W0175213

«Zum Ingenieur der Seele umgeschult, plant und feilt Stewart O'Nan an der ausbalancierten Statik seiner Erzählkonstruktionen, die man leichtfüßig betritt und nur schweren Herzens wieder verläßt.»

STEWART O'NAN

Die Armee der Superhelden

Erzählungen

Deutsch von Thomas Gunkel

Rowohlt Taschenbuch Verlag

Die Originalausgabe erschien 1993 unter dem Titel
«In The Walled City» bei *University of Pittsburgh Press* in den USA

Redaktion: Thorsten Oestreich

Deutsche Erstausgabe
Veröffentlicht im Rowohlt Taschenbuch
Verlag GmbH, Reinbek bei Hamburg,
Februar 2000
Copyright © 2000 by Rowohlt Taschenbuch
Verlag GmbH, Reinbek bei Hamburg
Alle Rechte vorbehalten
«In The Walled City» Copyright © 1993 by
Stewart O'Nan
Autorenfoto Copyright © Ekko von Schwichow
Umschlaggestaltung: Beate Becker / Notburga Stelzer
Foto: photonica © Lorna Clark
Satz Trinité No. 2 PostScript (PageOne)
Gesamtherstellung Clausen & Bosse, Leck
Printed in Germany
ISBN 3 499 22675 8

Für Trudy

Die Leute sagen dir, es sei schrecklich
zu sehen, wie die Realität unsere Träume, unsere
    Überzeugungen auffrißt,
aber sie haben unrecht. Es ist eine Ehre
zu lernen, wie man eine Hoffnung durch eine andere ersetzt.

Denis Johnson

Inhalt

DER FINGER

Sonntags besuchte Carter seine Frau und sein Kind. Es war weder seine Entscheidung noch die von Diane, es hatte sich einfach so ergeben. Es gab keine rechtliche Regelung zwischen ihnen. Sie lebten seit knapp einem Jahr getrennt, und auch wenn sie bei ihren Treffen noch wütend aufeinander waren, so hatte ihm die Distanz doch etwas von seiner verlorengegangenen Zuneigung zurückgegeben.

Carter wußte, daß sie sich mit anderen Männern traf, aber im Vergleich zu ihren gemeinsamen Jahren – der Aufeinanderfolge verschiedener Wohnungen und, während jener fetten und rosigen Jahre, Häusern – machten ihm ein paar Verabredungen zum Abendessen mit irgendwelchen geschniegelten Kerlen von der Arbeit keine Sorgen. Manchmal, wenn Diane dringend Geld brauchte, fuhr Carter nach der Arbeit mit dem Bus nach Bay Shore hinüber und steckte ihnen einen Umschlag in den Briefkasten. Er verdiente auf der Mülldeponie soviel wie nie zuvor, und sie mußte die Babysitterin bezahlen und Essen kaufen. Carter fühlte sich in gewisser Hinsicht mehr verantwortlich als zu der Zeit, als sie noch zusammen waren.

An diesem Sonntag ging er von der Bushaltestelle den William Floyd Parkway entlang zurück zu seinem Wohnkomplex – mit sich selbst im reinen, weil er seinen Pflichten nachgekommen war –, als ein Wagen an ihm vorbeischoß, in dem ein Mann aus dem Fenster der Beifahrertür hing. Er war vielleicht ein bißchen jünger als er selbst, dunkelhaarig, mit Flattop und Spitzbart. Ganz deutlich rief der Mann Carter «*Fuck you*» zu, zeigte ihm den ausgestreckten Mittelfinger und riß zur Betonung den ganzen Arm hoch. Carter blieb stehen. Der Wagen – ein großer brauner LTD mit New Yorker Kennzeichen – erreichte die Ampel am Montauk Highway, rumpelte über die Eisenbahngleise und raste den Floyd in Richtung Strand hinunter.

«Betrunken», sagte Carter und ging weiter am Straßenrand entlang. Es war ein milder Sonntag Ende April, und es würde noch ein paar Stunden hell sein. Er überlegte hin und her, ob er sich im Dairy Barn eine Literflasche Miller kaufen und sie, in einer Papiertüte versteckt, am Strand trinken sollte. Er brauchte etwas Aufmunterung, nachdem er sich den ganzen Nachmittag bei seiner Frau bemüht hatte, den Frieden zu bewahren. Jessie war krank und war erst spät eingeschlafen, und er und Diane hatten in der Küche gesessen und sich so taktvoll verhalten, als wären sie unter Leuten, als fühlte sich keiner verletzt. Sie hatte Kaffee aufgesetzt, und ihm war aufgefallen, daß der Wasserhahn unten undicht war.

«Das ist nicht dein Problem», hatte sie gesagt.

«Das Teil kostet zwei Dollar. Ich brauch bloß fünf Minuten dafür.»

Sie hatte über Gartenarbeit gesprochen; das tat sie jedes Jahr, pflanzte aber nie etwas.

«Du magst keinen grünen Paprika», hatte er sie erinnert.

«Vielleicht komme ich auf den Geschmack. Ich werde das meiste Mrs. Contas geben.»

«Was noch?» hatte er gefragt, weil es ihm gefiel, wenn sie Pläne machte. Das war etwas, was er nicht gut konnte, und ein Grund dafür, daß sie es ihm angetan hatte. Sie hatte ursprünglich vorgehabt, den Schein für Elektronik an der Abteilung der State University of New York zu machen und bei Grumman's zu arbeiten; dann hätte er kündigen und wieder zur Schule gehen können. Spätabends, wenn er den Waschsalon ausfegte, hielt Carter in der warmen Luft der Wäschetrockner stets inne, dachte daran, wie sie mit übereinandergeschlagenen Beinen Notizen gemacht hatte, und stellte sich vor, daß er in ein paar Jahren auch soweit sein würde. Er hatte Physiotherapeut werden wollen – wollte es immer noch. Ein Jahr bevor sie geheiratet hatten, war er bei Regen mit dem Fahrrad gestürzt und hatte sich einen Trümmerbruch am Knie zugezogen. Als der Arzt den Gips aufgeschnitten hatte, war das Bein graugelb und nur halb so dick wie das andere gewesen, der Quadrizeps wie Wackelpudding. Er konnte das Knie nicht beugen und hatte gedacht, er würde nie wieder der alte werden. Er wollte so sein wie die Leute, die ihn gerettet hatten.

Der Typ mit dem Bart hatte sich rausgelehnt, sich richtig angestrengt, dachte Carter. Es war niemand in der Nähe, niemand anders ging auf dem sandigen Seitenstreifen. Während die Autos in heißen Wellen aus Auspuffgasen vorbeirasten, fragte er sich, ob der Mann ihn mit jemandem verwechselt hatte, den er kannte. Oder ob er den Mann in einer miesen Phase seines Lebens tatsächlich gekannt hatte – ob er vielleicht mehr verdient hatte als den Mittelfinger.

Vielleicht kam der LTD gerade zurück. Er achtete auf den entgegenkommenden Verkehr. Vermutlich bloß ein Scherz, Übermut. Warum sollte das jemand jemand anderem zubrüllen?

Er und Diane hatten bereits seit ein paar Wochen nicht mehr miteinander geschlafen, als sie ihm mitteilte, daß sie schwanger war. Ihre Pläne waren gescheitert, und sie hatten auf Kosten seines Vaters gelebt – Geld, das er, so hatte Carter sich eigentlich geschworen, niemals annehmen würde. Er war mit einer Exfreundin von ihr ausgegangen, und er hatte bei der Kälte, die er zur Schau trug, erwartet, daß sich Diane auch jemanden suchen würde – einen Typen von der Arbeit, einen netten Typen, er wollte es nicht wissen. Er hatte es sich immer wieder vorgestellt, aber ein Baby war zuviel. Er wollte gerne daran glauben, daß es von ihm war. Diane nicht.

Trotz der eindringlichen Bitten seines Vaters zog Carter in den Osten der Insel, wo es billiger war. Er bewohnte ein Apart-

ment in einem bankrott gegangenen Komplex von Altenwoh-
nungen. Viele der ursprünglichen Mieter wohnten noch dort
und kamen mit ein bißchen Sozialhilfe zurecht. Es war ruhig,
wenn auch etwas heruntergekommen.

Wenn das Kleingeld in seinen Taschen für eine große Flasche
reichte, würde er eine kaufen. Das war ein Spiel, bei dem er eigentlich nicht verlieren konnte. Es fehlte ein Vierteldollar, aber
er beschloß trotzdem, sich etwas zu leisten. Es war Sonntag, er
hatte nichts zu tun. Er kaufte zwei und bemühte sich, einen
Schwatz mit dem Verkäufer zu halten, der wie ein tüchtiger Kerl
aussah, ein guter Kerl, dachte Carter, der vielleicht Familie hatte.
Das Dairy Barn hatte einen Autokiosk; der Mann war vermutlich
einsam.

Wie zum Teufel sollte er das wissen?

Das Wetter lockte die Alten vor die Tür. Auf dem Rasen vor
seinem Haus saßen Mr. Katz und ein Typ, den Carter aus der
Waschküche kannte, eingemummelt auf Klappstühlen. Mr.
Katz hatte eine Kappe von den Mets auf, um die Augen vor der
Sonne zu schützen. Beide hielten Dollarscheine in der Hand.

«Das ist mein Freund Carter. Sag Manny hier, daß es unmöglich ist, einen prähistorischen Elefanten auszugraben – wir reden hier von einem, der ein paar Milliarden Jahre alt ist –, und
ihn zu essen, als wenn es Reste vom Vortag wären. Sagst du ihm
das bitte?»

«Carter?» fragte Manny, «Carter, du hast doch von diesem
zotteligen Mammut gehört, stimmt's? Dann weißt du auch, daß
sie die gefroren im Eis finden. In der Arktis. Ich will sagen,
daß diese Archäologen, die sie finden, sie völlig konserviert vor-
finden.»

«Wie in einer großen Tiefkühltruhe, behauptet er.»

«Und wenn sie das Fleisch probieren, ist es so frisch wie vom
Metzger. Dann essen sie's auf, machen direkt in der Arktis ein
Picknick.»

«Das hab ich noch nie gehört», sagte Carter.

«Siehste? Der Mann lügt nicht.» Mr. Katz griff nach dem Dollar, aber Manny zog die Hand weg.

«Ich erzähl hier keinen Quatsch, das steht im *National Geographic*, verdammt noch mal.»

«Könnte sein», sagte Carter, «ich hab es bloß noch nie gesehen.»

«Das beweist gar nichts.»

«Was willst du denn», fragte Mr. Katz, «die *World Book Encyclopedia*?»

«Wollt ihr ein bißchen Bier trinken?»

«Davon krieg ich Blähungen», erwiderte Mr. Katz.

«Bei meinem Magen?» meinte Manny.

«Mr. Zotteliges Mammut», sagte Mr. Katz, «Mr. Picknick-in-der-Tundra.»

«Carter», sagte Manny, «erinnere mich dran, dich nie wieder was zu fragen.»

Drinnen ließ Carter das Licht aus, setzte sich in ein Viereck aus Sonne und folgte ihm mit seinem Stuhl, während sein Bier zur Neige ging. Er stellte sich vor, am Strand zu sein, und das schwächer werdende Licht färbte das Wasser wie Bronze. Es war vermutlich kalt; außerdem war es ein langer Weg. Er konnte nicht aufhören, an den Kerl mit dem Bart zu denken, daran, wie er seinen Oberkörper rausgestreckt hatte, um ihn anzuschreien. Wahrscheinlich hatte Carter Glück gehabt, daß sie nicht noch einmal mit Baseballschlägern zu ihm zurückgekommen waren. Wer war gefahren? Diane hätte mühelos vor ihm dort draußen sein können, mit dem Auto ihres Freundes. Sah aus wie ihr Typ – ein Psychotiker. Sie schwor, daß sie mit niemandem schlief, aber er wußte, daß sie das ihm zuliebe sagte, wegen des Geldes. Er wollte seinen zynischen Gedanken keinen Glauben mehr schenken; er hatte es satt, allein zu leben, und hätte gern geglaubt, daß das Eis zwischen ihnen auf wundersame Weise schmolz – wie alles Wichtige, stillschweigend, wie ein Verstehen jenseits aller Worte. Jedesmal, wenn er zu ihrer alten Wohnung fuhr, verspürte er den Drang, über Nacht zu bleiben, den nächsten Tag und immer so weiter, als hätte sich nichts geändert. Sie bot es nie an, und er bat nicht darum.

Im Zimmer wurde es langsam dunkel, das Bier ging zur Neige. Er ging zu seiner Truhe und vergewisserte sich, daß er Kleider für den nächsten Tag hatte. Auf der Arbeit stellten sie einem Overalls, aber Carter machte sich immer Sorgen, daß sich der Müllgeruch in seiner Haut festsetzte, wie ein Virus. Seit sein Vater ihm den Job auf Schleichwegen besorgt hatte, war ihm langsam sein Geruchssinn abhanden gekommen. Am Anfang trug er noch die Maske, die man ihm gegeben hatte, aber sie funktionierte nicht und keiner von den anderen trug eine. Im Bus hielten sich die Leute manchmal von ihm fern; an anderen Tagen drängten sie sich direkt in seine Achselhöhlen. Er konnte nicht sagen, ob er stank, aber jedesmal, wenn er die Wäsche wusch, schnupperte er aus Unsicherheit daran.

Diane sagte nie etwas. Sie wußte, daß sein Vater ihm den Job besorgt hatte, nachdem sie sich getrennt hatten. Zuerst hatte Carter ihn dafür gehaßt, aber jetzt machte der Job ihm nichts mehr aus. Es gefiel ihm, hoch oben im verglasten Führerhaus der Raupe zu sitzen und die großen Müllhaufen zu packen und einzuebnen, während die Möwen dichtgedrängt über ihm kreisten. Die Mülldeponie war meilenweit der höchste Punkt, und bei klarem Wetter konnte er sehen, wie die Trawler weit draußen vor Fire Island schaukelten. Das Beste daran war, daß er wußte, daß er dem Job nur vorübergehend nachging. Nicht weil er sich leisten konnte zu kündigen, sondern weil er sich nicht vorstellen konnte, länger als ein paar Jahre in der Hitze und dem Gestank zu arbeiten.

Er legte seine Kleider für den nächsten Tag zurecht und machte sich dann sein Abendessen – ein Spiegeleisandwich, das er mit Hi-C aus einer großen, kalten Dose runterspülte. Das ekelte ihn an und bedrückte ihn. Er sagte sich, daß all das nur vorübergehend war.

Er rief Diane an.

«Was willst du?» fragte sie.

«Ich wollte bloß wissen, ob bei dir alles in Ordnung ist.»

«Mir geht's gut.»

«Es lief heute ganz gut bei mir.»

«Schön. Hör mal, wir essen gerade.»

«Wir.»

«Ich und Jess», sagte sie, als hätte er etwas Albernes gesagt. «Ich muß jetzt auflegen.»

«Hör mal», sagte Carter. «Mir ist heute was Komisches passiert.»

«Du trinkst Alkohol. Mein Gott, ich kann es von hier aus an dir riechen.»

«Bloß Bier, das schwör ich.»

«Bis nächsten Sonntag», sagte sie und legte auf.

Um neun lagen bei ihm im Haus alle im Bett. Carter hörte zu, wie die Kinder aus den anderen Häusern beim Lichtstrahl einer Taschenlampe Fangen spielten, Privatflugzeuge auf dem Brookhaven Airport landeten und, als Untermalung von allem, wie der Verkehr gleichmäßig auf dem Floyd dahinströmte. Er konnte es kaum erwarten einzuschlafen, wieder aufzuwachen.

Er fuhr die Raupe und dachte an Sonntag, weit weg und strahlend wie der Himmel über der Insel. Es war windig, und flatternde Plastikfetzen verfingen sich im Nato-Draht. Montags war weißer Sperrmüll dran, und Entsorgungsfirmen aus der Gegend brachten Lastwagenladungen von Kühlschränken ohne Türen, Herden, Waschmaschinen und Wäschetrocknern, halbierte Küchentische und dazu passende Stühle, Sofas mit kaputter Rückenlehne, zerfetzte Liegesessel. Vernon, der Deponieleiter, schaffte die besseren Stücke hinter seinen Wohnwagen – wer zuerst kommt, mahlt zuerst. Alles, was am Freitag noch übrig war, wurde weggeworfen. Carters Wohnung war mit solchem Gerümpel eingerichtet; das meiste davon hätte er sich neu nicht leisten können.

In der Pause sagte Lorena, es sei ein mehrteiliges Sofa da, das ihm gefallen könnte, und sie nahmen ihren Kaffee mit nach hinten. Lorena kannte seinen Vater von der Wasserbehörde und kümmerte sich um Carter, als wenn er ohne Hilfe nicht zurechtkäme. Carter wußte es zu schätzen.

Das Sofa war hellbraun und bestand aus fünf Teilen, einschließlich einem gebogenen Element, auf dem sich ein tellergroßer Weinfleck befand. Lorena schlug auf die Polster und setzte sich.

«Es ist schön», sagte Carter, «aber ich hab nicht genug Platz.»

«Der Fleck. Fühl dich nicht unter Druck gesetzt. Wenn du's nicht gebrauchen kannst, dann vielleicht meine Nichte. Hast du dir die Frisierkommode mit den hübschen Griffen angesehen?»

Sie war aus Roteiche, leicht beschädigt, aber besser als die aus Preßspan zu Hause, die er letzten August hier gefunden hatte. Er konnte die Farbe entfernen und sie beizen.

«Ich weiß nicht», sagte er, «ich hab schon genug Zeug.»

«Vielleicht kann Diane sie gebrauchen.»

«Vielleicht», sagte er. «Klar, he, zum Teufel noch mal.»

Lorena fuhr ihn mit der Kommode, die sie in eine alte Armeedecke gehüllt hatten und deren Beine aus dem Kofferraum hervorschauten, nach Hause. Der Dairy Mart flog vorbei. Mr. Katz paßte auf, wie sie sie die Treppe hinauf und in Carters Wohnung schleppten.

«Es war ein Mastodon», sagte Mr. Katz, nachdem Lorena gegangen war.

«Was?»

«Dein zotteliges Mammut, es war ein Mastodon. Manny hat dieses Buch in der Bücherei besorgt. Die Typen haben das Ding auseinandergepflückt wie einen leckeren Weißfisch. Sie haben sogar ein Bild davon.»

«Warum erzählst du mir das?» fragte Carter.

«Sei doch nicht so gereizt. Ich hab gedacht, es interessiert dich. Ein Stück Holz ist interessanter, ist es das?»

«Das ist für meine Frau.» Er hatte die Kommode auf einer Insel aus Zeitungspapier im Wohnzimmer stehen. Mr. Katz saß auf dem Sofa, seinen Spazierstock zwischen den Beinen.

«Wozu?»

«Es ist ein Geschenk.» Er öffnete die Dose mit dem Abbeizmittel.

«Was willst du damit erreichen? Kauf ihr ein hübsches Kleid oder so was, lad sie zum Abendessen ein.» Er zog ein Taschentuch heraus und hielt es sich vor die Nase. «Mußt du das im Haus machen?»

Carter machte ein Fenster auf.

«Vergiß es», sagte Mr. Katz und humpelte zur Tür. «Sag Bescheid, wenn sie dich wieder abserviert.»

«Laß offen», sagte Carter.

Er holte eine wacklige Stehlampe herüber und nahm den Schirm ab, um sehen zu können, was er machte. Er tränkte einen Bausch Stahlwolle mit Abbeizmittel und rieb über die Maserung. Die Beize löste sich zähflüssig und färbte seine Finger nikotingelb. Er ließ das Abendessen ausfallen und scheuerte an den verschnörkelten Beinen, den Kugel-Klauenfüßen. Die Stahlwolle nutzte sich ab und stach ihm in die Finger, das Abbeizmittel brannte. Um Mitternacht konnte er, halb betäubt von den Dämpfen, sehen, daß sich seine Mühe lohnen würde. Er trat zurück und bewunderte die nackten Verschnörkelungen. Im Wohnkomplex war alles dunkel und ruhig; er machte seine Tür zu. Gegen zwei ging ihm die Stahlwolle aus, und er hörte für jene Nacht auf. Die Beize ging nicht von seinen Fingern ab, auch nicht, als er Goop benutzte. Stunden später stand er aus dem Bett auf und machte das Fenster zu.

Er wachte mit heftigen Kopfschmerzen auf. Es regnete, und über dem Meer lag Nebel. Während der ersten zwei Stunden kam kein einziger Lastwagen. Nur Profis brachten ihre Fuhren auch bei Regen. Er saß bei aufgedrehter Heizung in seinem Führerhaus und hörte zu, wie der Regen aufs Dach trommelte und die Scheibenwischer surrten. Möwen standen in kleinen Scharen herum und plusterten sich auf, um warm zu werden. Er dachte an die Frisierkommode, die in seiner dunklen Wohnung stand, daran, wie dumm es war zu glauben, daß sich dadurch etwas ändern würde.

Mitten in der Pause kam ein städtischer Lastwagen mit brennendem Licht und rauchenden Auspuffrohren den Berg heraufgefahren. Lorena verständigte Carter über Funk, daß er zum Wohnwagen zurückgehen könne.

«Geh du», sagte er. «Ich übernehm ihn.»

«Sicher?» fragte sie.

Der Lastwagen fuhr rückwärts an den Wall aus Müll, hob die Ladefläche an und begann, langsam vorzufahren, wobei er einen langen Streifen Müll ablud. Carter senkte seinen Schild, gab Gas und fuhr auf den Haufen zu. Der Lastwagen ließ die Ladefläche herunter, und die Klappe schlug zu. Der Fahrer blinkte Carter mit dem Fernlicht an, was Carter erwiderte. Als sie aneinander vorbeifuhren, streckte der Fahrer den Arm aus dem Fenster und winkte. Carter kannte ihn nicht, winkte jedoch verwirrt, aber froh zurück.

Auf dem Weg zurück vom Bus ging er im Odd Lot vorbei, um etwas Stahlwolle mitzunehmen. Es war ein billiger Laden, der bis an die Decke mit schlechtem, knorrigem Kiefernholz und überteuerten Eisenwaren aus Taiwan vollgestapelt war, die andere Läden nicht verkaufen konnten. Die örtlichen Firmen fuhren die zwanzig Meilen zum Pergament in Bohemia; hier waren nur Männer wie er selbst, Ehemänner, die nach einem Stück Abflußrohr oder einer Tube Abdichtungsmaterial suchten, um das Haus bis zum nächsten Problem zusammenzuhalten, was auch immer es kosten mochte. Sie gingen steifbeinig durch die Gänge und suchten nach einem Artikel, und wenn sie ihn gefunden hatten, schritten sie zur Kasse, bezahlten in bar und waren schon aus der Tür, im Auto und weg. Carter kannte die Prozedur; er arbeitete gern mit den Händen. Wenn die Tür mit dem Fliegengitter kaputtging oder die Kacheln in der Duschkabine herunterzufallen begannen, stieg er in den Valiant, bevor Diane eine Gelegenheit hatte, ihn auf das Problem aufmerksam zu machen, und fuhr rasch zum Pergament. Er dachte nie daran, eine Quittung zu verlangen, aber er leistete gute Arbeit, und nur der selten vorbeikommende Vermieter haderte mit ihm.

Carter war mit dem Odd Lot nicht vertraut und durchstreifte die Gänge in der Absicht, irgendeine Logik in der Anordnung der Pyramiden aus Lackdosen, der Körbe voller Taschenlampenbatterien und der Kisten mit Trockenmauernägeln zu entdekken. Alles schien im Sonderangebot zu sein, überall stand der Preis auf der weißen Fläche inmitten der immer gleichen schillerndroten Explosion. Er fand ein Regal mit Farbdosen, darüber eine Wand voll Pinsel und Rollen, aber keinen Spachtel und kein Schmirgelpapier, keine Stahlwolle. Die Frau am Tresen sagte, sie könne sich nicht erinnern, ob sie welche hätten. Da sie es für belanglos hielt, nahm sie ein Mikrophon aus seiner Wandbefestigung, und ihre Stimme brach göttergleich aus der Decke hervor: «Fred, Kasse, Fred.»

Fred brachte ihn zu den Farbdosen zurück und gab dann auf. «Wir dürften nächste Woche welche reinkriegen», sagte er unsicher.

Die beiden Gartenstühle, auf denen Mr. Katz und Manny neulich gesessen hatten, standen vorne auf dem Rasen und wurden im Regen naß. Carter brachte sein Bier rein und stellte es auf die Treppe, ging wieder raus, klappte die Stühle zusammen und schleppte sie, einen in jeder Hand, ins Haus.

Die Frisierkommode wartete schon auf ihn, als er die Tür aufmachte. Er zog seinen Mantel vorsichtig neben dem Wandschrank aus, damit kein Wasser auf das unbehandelte Holz tropfte. Er versuchte, sein Bier am Fenster zu trinken, und schaute auf das verfilzte Stück Rasen, das die Kinder für ihre Spiele hergerichtet hatten, aber die Frisierkommode lauerte hinter ihm, und er ging in die Küche. Er aß die fragwürdigen Reste eines Hähnchens und vergrub sich, nachdem er alles für den nächsten Tag – sonnig, hieß es in der Wettervorhersage – zurechtgelegt hatte, unter den Decken und träumte von den hellen Gängen im Pergament.

Am Morgen waren es fünfundzwanzig Grad; grüne Triebe und winzige Blumen umsäumten die grauen Haufen. Hausbesitzer erschienen in Kleintransportern oder gemieteten Lastwagen, luden den Kram aus ihren Speichern und Kellern ab, wirbelten dann herum und gruben ihre Hinterräder in die lockere Erde. Am Fuß der Mülldeponie bildete sich an der Waage eine Schlange aus Lastwagen, lief die Zufahrt entlang, zum Eingang hinaus und in beiden Richtungen die Landstraße runter. Carter und Lorena arbeiteten die Pause durch. Das war ein Tag, wie Carter ihn liebte. Er machte den Reißverschluß seines Overalls bis zur Taille auf, streifte das Oberteil und sein T-Shirt ab und fuhr mit nacktem Oberkörper, so daß der Schweiß seine Arme runterlief. Die Sonne stieg auf, schien dann zu verweilen, hoch oben, und der Nachmittag verflog. Selbst die plattgewalzten Möwen konnten ihn nicht davon abhalten zu pfeifen.

Im Pergament verschwendete er keinen Gedanken an einen Einkaufswagen. Die automatischen Türen hießen ihn willkommen, und er schritt zu dem Gang mit den Farben, ließ seinen Blick über die Kisten wandern und fand, was er brauchte. Er überprüfte rasch noch einmal, ob er das Preisgünstigste erwischt hatte, las das Etikett noch einmal, um sicherzugehen, daß er das Richtige hatte, und schritt dann, überzeugt von der Gerechtigkeit der Zukunft und der Güte der Menschheit, auf die überfüllte Kasse zu. Er suchte sich die kürzeste Schlange aus und schaute, nachdem er sich in der Auslage mit Vaselinestiften, Korrekturflüssigkeit und Kiefernduftspendern umgesehen hatte, verstohlen zu den anderen Kunden hinüber.

In der nächsten Reihe hatte ein untersetzter Mann ungefähr in seinem Alter und mit schütterem Haar ein Baby dabei, das ihm in seinem Wagen gegenübersaß. Mit seinen riesigen blauen

Augen und seinem rundlichen Gesicht sah das Baby wie Jessie aus. Da Carter sich mit dem Gedanken herumschlug, daß alle Babys niedlich sind und sich anfangs ein bißchen ähneln, brauchte er einen Augenblick, um sich klarzumachen, daß es tatsächlich seine Tochter war.

Der Mann blickte an ihm vorbei, durch ihn hindurch. Seine Haare waren rings um die kahle Stelle spröde und gekräuselt, und er trug ein neonfarben gebatiktes T-Shirt, viel zu grell und zu eng für jemanden in seinem Alter. Carter nahm ein Mickymaus-Nachtlicht vom Ständer und tat so, als ob er es genau betrachtete. Micky war wie ein Hexenmeister gekleidet, und sein Umhang und sein spitzer Hut waren mit Monden und Saturnen verziert. Der Mann trug einen grauen Dreitagebart, und sein Gesicht hatte einen leichten Gelbschimmer. Der Wagen war leer; Jessie hielt das einzige, was sie kaufen wollten, in der Hand – eine gegossene Hartplastikkugel für einen Delta Wasserhahn ohne Dichtungsscheibe.

«Dann mal los», sagte der Mann und schob den Wagen bis zur Kassiererin.

«Ist das alles, was du willst, mein Schatz?» fragte die Kassiererin, beugte sich zu Jessie und las die Kodenummer, damit sie ihr die Schachtel nicht wegnehmen mußte.

Carters Kassierer – ein storchenbeiniger Junge mit Brille und fürchterlicher Akne – schien Probleme zu haben. Er stand da und starrte, einen roten Telefonhörer ans Ohr gepreßt, die Registrierkasse an. An seiner Schürze war eine Plakette befestigt, auf der stand: Bitte haben Sie Geduld, ich bin neu.

Die Registrierkasse nebenan klickte, klingelte und stieß ihre Schublade aus. Der Mann zahlte lächelnd und schob Carters Tochter davon. Bevor sie bei den automatischen Türen ankamen, blieb der Mann vor einer Reihe roter Kaugummiautomaten stehen, zog einen Vierteldollar aus seiner Jeans, hockte sich hin, während Jessie mit dem Finger zeigte, und kaufte ihr etwas, was von einer zweiteiligen durchsichtigen Plastikkugel umschlossen war. Als sie draußen verschwanden, bemühte sie sich immer noch, sie aufzubekommen.

Carter sah das Nachtlicht an, schüttelte es in der Hand, als überlegte er, ob er es wegwerfen sollte, und ließ es dann wieder auf seinen Haken gleiten.

Nach seinem Truthahn-Fertiggericht arbeitete er unstetig und hielt oft inne, um sich mit verschränkten Armen aufs Sofa zu setzen, wobei ihm das Sägemehl auf der Haut juckte. Das Knie tat ihm weh; am nächsten Tag würde es regnen. Mr. Katz und Manny waren draußen auf dem Rasen, die Kinder kickten mit seiner leeren Hi-C-Dose, und Carter dachte, er könnte die verlorene Zeit am nächsten Tag aufholen. Er schaltete das Licht aus und ging nach draußen.

«Wie geht's, Romeo?» fragte Mr. Katz. Er und Manny blickten abwechselnd durch ein Handteleskop zu den Sternen hinauf. Das Teleskop war ein billiges Blechsouvenir aus Boston, auf dem stilisierte Bilder der Plymouth Plantation und der USS *Constitution* aufgedruckt waren. Carter wartete, bis er an die Reihe kam.

«Ich glaub, ich seh eins», sagte Manny. «Gibt es eins mit einem Auto?»

«Erzähl Carter von der Sternschnuppe, die wir gesehen haben.»

Manny lehnte sich herüber, um Carter das Teleskop zu geben, wobei sein Stuhl fast seitlich umkippte. Carter roch nichts, aber die Augen des Alten waren ganz glasig. Sie hatten getrunken, vermutlich schon eine ganze Weile. Er zog das Teleskop zu voller Länge aus und blickte in das Dunkel hinauf. Es funktionierte tatsächlich – die Sterne waren plötzlich näher.

«Was wir gesehen haben, war ein Meteor», sagte Manny. «Das ist dasselbe wie eine Sternschnuppe. Und für die von euch, die es nicht wissen, das ist jetzt die Jahreszeit für Meteoritenschwärme.»

«Wer zum Teufel weiß das nicht?» fragte Mr. Katz. «Man müßte schon ein Nichtswisser sein, um das nicht zu wissen.»

«Dann nehm ich an, du weißt, wo der größte schriftlich belegte Meteorit gelandet ist?»

«Yonkers.»

«Sibirien», sagte Manny, «und er hatte soviel radioaktive Strahlung, daß da niemand mehr leben konnte. Da wohnt immer noch keiner, so schlimm ist das.»

«Was?» fragte Mr. Katz. «Was erzählst du mir da?»

«Gottes reine Wahrheit», sagte Manny. «Hat die ganzen Pflanzen in Fleischfresser verwandelt.»

«Carter, sag Manny, daß er vergessen hat, seine Medikamente zu nehmen.»

«Sibirien», sagte Carter und blickte, das Okular kalt an der Augenhöhle, immer noch nach oben.

«Jaa», sagte Manny.

«Klar», entgegnete Carter. «Wer will da schon leben?»

«Sibirier», sagte Mr. Katz. «In einem Zimmer voller Sibirier würdest du nicht so reden.»

«Hast recht», erwiderte Carter. «Würd ich nicht.»

«Laß uns tauschen», sagte Manny, stieß mit einer Flasche Brombeerbrandy nach ihm und verschüttete ein bißchen. Carter setzte sie an; in der Ferne rappelte die Hi-C-Dose über den Parkplatz. «Ihr könnt jetzt alle rauskommen!» rief ein Mädchen. Carter setzte die Flasche erneut an.

«Gib mal weiter», sagte Mr. Katz.

«Ich besorg die nächste», erwiderte Carter.

Das rächte sich am nächsten Morgen, an dem herrliches Wetter herrschte. Sein Knie tat nicht mehr weh, und er redete sich ein, daß ein Sturm tosend über das nächtliche Meer und um die Insel herumgefegt war. Lorena wußte, daß es ihm schlecht ging, und ließ ihn eine Pause machen, als gerade wenig Andrang herrschte. Es waren gut und gerne dreißig Grad; die Blumen vertrockneten und verrotteten genau wie alles andere. Er trank Mineralwasser aus dem Automaten, saß schwitzend im Führerhaus und wischte sich mit seinem zusammengeknüllten Hemd das

Gesicht ab. Im Bus holte er sich an der Klimaanlage etwas Kühlung, die der lange Weg den flimmernden Floyd entlang aus ihm herausschmolz. Er machte seine Tür auf und stand völlig ausgedörrt auf der Schwelle, vor dem noch nicht fertiggestellten Geschenk.

Er wählte ihre Nummer und erwartete geradezu, daß ein Mann abhob.

«Carter», sagte sie enttäuscht, verärgert, «was ist los?»

«Lebst du mit diesem Typ zusammen?»

«Das geht dich nichts an», sagte sie, «und ich werde nicht mit dir drüber reden – schon gar nicht am Telefon.»

«Du schläfst mit ihm, was?»

«Das spielt keine Rolle.»

«Das spielt keine Rolle», sagte er und trat so fest gegen die Frisierkommode, daß sie schwankte. Sein Zeh fühlte sich an, als sei er gebrochen, aber er blieb am Telefon. «Er hat deinen Wasserhahn repariert. Ihr lebt zusammen.»

«Ist mit dir alles in Ordnung?» fragte Diane.

«Mir geht's gut!» brüllte Carter und knallte den Hörer auf, bevor er rückhaltlos zu schluchzen begann.

Das Telefon klingelte, aber er nahm nicht ab. Später hörte er Mr. Katz und Manny im Flur. Bei ihm war das Licht aus; sie dachten bestimmt, er sei nicht da. Er stand vom Sofa auf und ging ins Bett, nachdem er die Schlafzimmertür zugemacht hatte, um die Frisierkommode nicht sehen zu müssen.

Vielleicht lag es daran, daß Freitag war, vielleicht daran, daß der Sommer vor der Tür stand – die Aussicht auf Unbeschwertheit, der Genuß der Sonne –, aber als er am nächsten Morgen zum Bus ging, mußte Carter unwillkürlich um das Waldmurmeltier zittern, das gerade rechtzeitig über alle vier Fahrspuren hinweg in den grünen Straßengraben huschte. Er hatte sich den Zeh nicht gebrochen, nur verstaucht, und sie hatte zurückgerufen, oder? Bis Sonntag war es nicht mehr lange. Im Bus summte er vor sich hin.

Nach dem Mittagessen fing es an zu regnen. Er und Lorena plauderten gerade über die Gegensprechanlage – sie würde am nächsten Tag mit seinem Vater einen Angelausflug machen –, als sie innehielt und sagte: «Schräg links oben.» Schwarz und tief-hängend wälzte in der Ferne eine Wolkenbank ihren Schatten über die Bucht. Sein Lautsprecher knarzte, der Wind wirbelte Abfall auf und verstreute alles wie Blätter, und Regen prasselte auf die Erde.

«Sonntag», sagte er. «Ich brauche nur jemanden, der mich rü-berfährt; zurück komme ich mit dem Bus.»

«Und was soll ich ihm sagen?» fragte Lorena. «Kann ich sagen, daß du ihn grüßen läßt?»

«Nur zu.»

«Was noch?»

«Ist mir egal», sagte Carter. «Sag ihm, daß er recht gehabt hat und ich unrecht.»

«Im Ernst?»

«Im Ernst», sagte Carter.

Es regnete immer noch, als Carter aus dem Bus stieg. Er hatte keinen Regenschirm dabei und kam klatschnaß nach Hause. Er hängte seine Kleider über die Wanne, zog seine alte Uniform aus dem Waschsalon an, riß die Tüte Stahlwolle auf und machte sich an die Arbeit.

Mr. Katz und Manny schauten, kurz bevor es dunkel wurde, vorbei und luden ihn ein.

«Ich würde gern kommen, aber ich muß das hier fertig krie-gen.»

«Die ist für seine Frau.»

«Das wußte ich nicht», sagte Manny.

«Das ist Roteiche», sagte Mr. Katz und setzte sich aufs Sofa.

«Vogelkirsche», sagte Manny und setzte sich neben ihn.

«Als nächstes erzählst du mir, daß es Mineralwasser mit Va-nillegeschmack ist.»

«Wollt ihr mir helfen?» fragte Carter.

«Nein», erwiderte Mr. Katz.

«Du machst das allein ganz gut», sagte Manny.

Sie gingen, als er die Dose mit der Beize aufhebelte.

Am Samstag gab er ihr einen zweiten Anstrich, behandelte sie einmal zur Abendessenszeit und noch einmal um Mitternacht mit Schellack und stand am Sonntagmorgen dank der Hilfe von Manny und Mr. Katz neben der Frisierkommode auf dem Parkplatz, als Lorena hielt. Der Himmel war weit und strahlend, am Strand herrschte schon früh starker Verkehr. Es war einer von den Sonntagen, dachte Carter, an denen man an Gott glauben konnte, solange man nicht in die Kirche gehen mußte. Er hüllte die Frisierkommode in die Armeedecke, und dann hoben sie sie zu viert behutsam verkehrt herum in den Kofferraum. Sie verabschiedeten ihn feierlich, als ob er ein Selbstmordkommando anträte.

«Dein Vater hat gesagt, daß er dich vielleicht anruft», sagte Lorena unterwegs.

«Das wäre nett.»

Sie blieben auf der rechten Spur; andere Autos brausten vorbei.

«Er traut dir eine ganze Menge zu, mehr als du denkst.»

«Okay», sagte Carter.

Im Eingang seines alten Hauses bedankte er sich bei Lorena, und sie wünschte ihm Glück. Er drückte auf die Klingel unter ihrem Briefkasten. Die Frisierkommode kam ihm plötzlich klein und wichtigtuerisch vor, und er dachte, die ganze Sache sei ein Fehler – wie bei dem Typen, der ihm aus dem vorbeirasenden Auto den ausgestreckten Mittelfinger gezeigt hatte, nicht Schicksal, sondern Zufall.

Die Tür klickte und summte, und Carter machte sie auf und klemmte den zusammengefalteten Pappflyer eines chinesischen Schnellrestaurants darunter. Er hob die Frisierkommode mit gebeugten Knien an, bückte sich über das eine Ende, als wollte er sie einfangen, und manövrierte sie durch die Tür, wobei er sich lieber die Finger klemmte, als das Holz zu beschädigen. Drinnen stellte er sie ab, um die Tür zuzumachen, und trug sie dann halbwegs durch die Eingangshalle zum Aufzug. Als er die Frisierkommode vor ihre Tür geschleppt hatte, brauchte er einen Augenblick, um Luft zu holen und sich die Haare zu kämmen. Er zupfte an der Schulter des guten weißen Hemds, das er anhatte, hielt es sich an die Nase und schnupperte daran, stellte sich mit der Frisierkommode dann rechtwinklig zur Tür auf und klopfte.

Diane runzelte unwillkürlich die Stirn, als sie die Frisierkommode sah. Sie trat in den Flur hinaus, um sie sich anzusehen. «Was ist das?»

«Das ist eine Frisierkommode», sagte er. «Für dich oder für Jessie, wenn sie groß genug ist.»

«Die ist schön», sagte sie unsicher, als ob ihm das einen Vorteil verschaffte.

«Sie gehört dir. Ich hab sie auf der Arbeit gefunden und sie ein bißchen hergerichtet. Ich hab gedacht, sie könnte dir gefallen.»

«Warum?»

«Ich weiß nicht, ich hab nur so gedacht. Soll ich sie reinbringen?»

Jeder faßte an einem Ende an. Auf ihren Wunsch stellten sie sie im Wohnzimmer ab, wo Jessie in ihrem Kinderstuhl saß, in Scheiben geschnittene Bananen aß und sich Zeichtrickfilme ansah. Carter zerzauste ihr das dünne Haar – klebrig vom Frühstück – und küßte sie auf die Stirn.

«Laß uns irgendwohin fahren», sagte er, «ich hab Lust, irgendwohin zu fahren.»

«Wenn wir um zwei wieder da sind», sagte Diane.

«Was ist um zwei?» fragte er und sagte dann: «Klar, um zwei sind wir wieder da. Laß uns zur Uferpromenade fahren oder zum Park, irgendwohin, wo es schön ist und wo wir diesen schönen Tag genießen können.»

«Du bezahlst das Benzin?»

«Ich fahre?»

«Klar», sagte sie, «wenn's dir Spaß macht.»

«Das wird toll.»

Er war seit Monaten nicht mehr Auto gefahren. Er kurbelte das Fenster herunter und ließ sich das Haar ins Gesicht peitschen. Sie fuhren zum Eisenhower Park, und er kaufte einen Drachen. Sie ließen ihn über dem Ententeich steigen, ließen Jessie fühlen, wie stark er zog; dann fuhren sie zum Jones Beach, aßen Softeis auf der Promenade und gingen in ihren guten Schuhen zur Brandung hinunter. Diane schob es hinaus, ihm zu sagen, daß es Zeit sei zurückzufahren, und als sie es dann doch tat, schien es ihr leid zu tun. Er parkte den Valiant, gab beiden einen Abschiedskuß und ging dann, berauscht von der Sonne und dem Meer, zur Bushaltestelle.

Die Euphorie verließ ihn auch im Bus nicht, auf der Fahrt durch die wuchernden Vorstädte und Kartoffelfelder, und der Tag war immer noch vielversprechend. Er kaufte zwei Literflaschen und wog mit seinem Kumpel, dem Verkäufer, die Chancen der Yanks ab, wieder aus dem Keller zu kommen.

Mr. Katz und Manny warteten schon auf ihn. Sie standen von ihren Stühlen auf, schüttelten ihm die Hand und klopften ihm auf den Rücken.

«In einem Monat bist du hier raus», sagte Mr. Katz. «Du wirst uns vergessen, als ob wir nie existiert hätten.»

«Das ist gut», sagte Manny, der nach zwei Bechern schon etwas angeschlagen war, «ich wünsche dir alles Glück der Welt, mein Junge.»

Carter überließ ihnen die zweite Literflasche und ging rein, um Abendbrot zu essen. Er hielt gerade den Kühlschrank auf und versuchte, sich zu entscheiden, ob er rausgehen und feiern sollte, als das Telefon klingelte.

«Ich kann sie nicht annehmen», sagte Diane. «Für ein Geschenk ist sie zu teuer.»

«Sie gehört dir.»

«Du mußt sie zurücknehmen.»

«Ist er da?» fragte Carter. «Weil es ein Geschenk ist, ein Geschenk für dich und Jessie, und nichts mit ihm zu tun hat.»

«Cart, nimm sie einfach zurück. Ich hätte sie gar nicht erst annehmen sollen.»

«Dieses glatzköpfige Stück Scheiße. Sie gehört jetzt dir, und ich nehm sie nicht zurück.»

«Warum mußt du dich so aufführen?» fragte sie. «Warum mußt du mir alles so verdammt schwer machen?»

«Das liegt nicht an mir, sondern an ihm.»

«Nimmst du sie jetzt zurück? Es ist ein schönes Möbelstück, und ich bin auch dankbar, aber ich kann es nicht annehmen. Wirklich nicht, Carter.»

«Nein», sagte Carter.

Als Lorena ihn fragte, wie die Sache gelaufen sei, sagte er, es gehe so. Es war ein Tag, der so lala war, ein Montag, aber Carter war das egal. Er reagierte sich an der Raupe ab und wühlte sich tief in die Müllhaufen, die wie Wellen über dem Führerhaus zusammenschlugen.

«Tut mir leid», sagte Lorena.

«Tja», sagte Carter. «Ich bin ein Idiot gewesen.»

In der Mittagspause führte Vernon sie hinter den Wohnwagen. Die Frisierkommode war mit einem Lastwagen voll weißem Sperrmüll aus Bay Shore gekommen. Vernon hatte sie entdeckt, bevor der Fahrer seine Ladung abladen konnte.

Lorena überprüfte den Schaden. Die Oberfläche war zerkratzt, eins von den Beinen war locker, aber ansonsten war sie in Ordnung.

«Ich will sie nicht reparieren», sagte Carter.

«Warum nicht?»

«Weil ich sie schon mal repariert hab.»

«Und?» fragte sie.

Er hob das eine Ende an. Einen Augenblick später hob sie das andere an. Sie trugen sie um den Wohnwagen herum und setzten sie vor seiner Raupe ab. Er stieg ins Führerhaus, warf den Motor an, fuhr vorwärts und zerlegte die Frisierkommode in eine Reihe von Holzsplittern, die unter den Reifen hervorschauten.

Er sprang hinunter, um sich die Sache anzusehen.

«Bist du jetzt glücklich?» fragte Lorena.

«Jetzt bin ich glücklich», sagte er.

«Warum nimmst du nicht einen halben Tag frei?» fragte Vernon.

«Und was mach ich dann?» Carter kletterte auf den Reifen.

«Na los, ich stemple deine Stechkarte für dich.»

«Der ist in Ordnung», sagte Lorena.

Es war wieder ein schöner Tag, ein guter Tag, um zu arbeiten. Er stellte sein Funkgerät aus und übernahm so viele Lastwagen, wie er konnte. Bei Arbeitsschluß hatte Carter seine ersten Haßgefühle ausgelebt. Einen Augenblick lang hat er es kaum glauben können, aber mit jedem Ansturm auf den verrottenden Müll befreite Carter sich mehr davon. Er freute sich darauf, sich an diesem Abend zu betrinken, und als Lorena ihm anbot, ihn nach Hause zu fahren, wog er gegeneinander ab, entweder mit den Leuten im Bus Streit anzufangen oder noch einmal zum Dairy Barn zurückgehen zu müssen. Sie nahmen ihre Lunchboxen und stempelten ihre Stechkarten zusammen ab. Draußen lag die zerquetschte Frisierkommode an der Stelle, wo er drüber gefahren war.

«Was wirst du meinem Vater erzählen?» fragte er.

«Was soll ich ihm erzählen?»

«Ich weiß nicht», sagte er.

Im Auto fühlte er sich besser. Lorena hatte eine Klimaanlage, und er ließ die Luft über sich streichen und sah zu, wie draußen die grüne Landschaft am Fenster vorbeiflog. In Gedanken war er schon eine gute halbe Stunde voraus. Der Verkehr auf dem Floyd war noch nicht so stark. Es waren noch Kinder auf ihren Fahrrädern unterwegs, die gruppenweise von der Bandprobe nach Hause zockelten.

«Hat deine Nichte dieses Sofa genommen?» fragte er.

«Es sieht sogar ganz toll aus. Sie hat den Fleck größtenteils rausgekriegt, er ist kaum noch zu sehen. Wie kommt's, daß die Leute so schöne Sachen wegwerfen?»

Weiter vorn ging ein Mann am Straßenrand entlang und schleppte sich nach getaner Arbeit nach Hause. Er hatte eine Art Uniform an, ein hellblaues Hemd und eine dunkelblaue Hose wie ein Tankwart, und große, klobige Stiefel. Er ging gebeugt, mit gesenktem Kopf, und trug eine braune Papiertüte, in der sich, wie Carter wußte, eine Literflasche kaltes Bier aus dem Dairy Barn befand. Sie brausten an ihm vorbei. Carter drehte sich nicht um, um einen Blick auf sein Gesicht zu werfen.

Er besorgte kein Bier. Mr. Katz kam nach dem Abendessen herüber und hatte ein Buch dabei. Es war großformatig und stammte aus der Bücherei, mit einer Schutzhülle aus schmutzigem Zellophan.

«Hier ist es», sagte er und schlug das Buch bei einem Foto von zwanzig oder dreißig Männern in Parkas auf, die um den Kadaver eines zerstückelten Elefanten herumsaßen. Im Vordergrund stand ein Dreibein, an dem ein Kessel hing; die Männer saßen mit Blechtellern im Schoß auf Schemeln. Für das Bild hatten sie alle eine Pause gemacht und lächelten breit, und einige hielten angenagte Knochen hoch.

«Kannst du dir vorstellen, daß dir jemand so was auftischt?» fragte Mr. Katz.

In der Bildunterschrift hieß es, einige hätten Durchfall gehabt, aber es sei kein wirklicher Fall von Lebensmittelvergiftung aufgetreten. Frühlingsschneefälle hatten sie von ihrem Proviantnachschub abgeschnitten. Es stand nicht da, wessen Idee es gewesen war, und Carter sah sich ein Gesicht nach dem anderen an und versuchte unter den grauen Augen und den lächelnden Gesichtern den Mann zu finden, der so verrückt oder so mutig gewesen war. Der erste Bissen. Stank der nicht?

Am nächsten Morgen fuhr er mit einem frühen Bus. Vernon

war schon da und spülte die Kaffeekanne aus. Lorena kam herein, überrascht, ihn zu sehen. Er fragte, ob sie ihn nach Hause fahren könne. «Klar», sagte sie, «warum?»

«Weil ich ein Idiot bin.»

«Ja?» fragte sie.

«Ja.»

«Gut», sagte sie, und sie nahmen ihren Kaffee mit raus hinter den Wohnwagen, schlenderten an den frisch eingetroffenen Sachen vorbei und suchten nach etwas Vielversprechendem.

DER 3. JULI

Lawsons erster Schuß traf den mittleren Isolator des Blitzableiters, zertrümmerte die milchweiße Kugel und ließ ein Wölkchen aus Porzellan aufsteigen. Er schoß mit Dannys altem Kleinkalibergewehr, einer verrosteten Daisy. Es würde den Falken nicht töten, ihn aber veranlassen, es sich noch einmal zu überlegen, bevor er sich in die Nähe seiner Tauben wagte. Er hatte ihn gesehen, als er von seiner morgendlichen Kur im Teich am fünfzehnten Loch zurückgekehrt war, und hatte sofort gewußt, was zu tun war. Falls der Falke Beute machte, würde er sich so lange hier herumtreiben, bis der ganze Schwarm erledigt war. Darauf ließ er es nicht ankommen. Ungeachtet seiner Arthritis spannte Lawson das Gewehr, zielte mit zittrigen Händen und feuerte erneut. Er schob seine Kappe in den Nacken, um nachzusehen.

Der Falke drehte den Kopf. Er saß auf der Querstrebe eines runden Fensters unter dem Dachfirst der Scheune. Nur zwei staubige Fensterscheiben waren noch übrig.

Lawsons Ellbogen war durchgedrückt, als er das Gewehr spannte. «Verdammter Regen», sagte er und lachte, als ihm klar wurde, daß es gar nicht regnete und schon seit zwei Wochen nicht mehr geregnet hatte. Er tastete in seiner Jackentasche nach seiner Arznei. Schon wieder vergessen. Er stieß das auseinandergeklappte Gewehr gegen den Oberschenkel und zielte auf die weißgefleckte Brust. Kimme und Korn hoben und senkten sich.

Im Clubhaus, vormals der Hühnerstall, wandte sich Mrs. May

vom Fenster ab und schüttelte den Kopf. So sah es aus, acht Uhr morgens, die Leute aus der Stadt waren im Anmarsch, die Fairways so trocken wie Zunder, und Mr. Lawson vertrödelte die Zeit mit Blödsinn. Sie machte den Getränkeautomaten mit ihrem Schlüsselring auf, drückte sich eine Limoflasche an die Stirn und nahm einen Schluck, zündete sich dann eine Carlton an einer anderen an, die noch im Aschenbecher brannte, und begann, Dreierpackungen Maxflis-Bälle auf der Theke auszulegen. Es war ein schlechter Sommer gewesen – war das nicht immer so gewesen, seit Mr. May das Zeitliche gesegnet hatte? –, und sie hoffte, daß heute ein guter Tag sein würde. Vor drei Jahren hatte der Staat den Muddy Creek aufgestaut, um Lake Arthur zu schaffen, und dabei ein Stück der alten Route 488 ausgelöscht, die am Eingang des Platzes vorbeigeführt hatte. Jetzt fuhren die Leute auf der Staatsstraße 422, und Auswärtige blieben auf der Interstate 79. Aber heute war der 3. Juli, und die Leute waren überallhin unterwegs. Sie staubte ein Drehgestell mit Sonnenbrillen ab und lehnte eine Pappauslage mit rotweißblauen Schweißbändern gegen die Registrierkasse. Draußen klirrte Glas. «Gib mir Kraft», sagte sie und schnippte die Sprechanlage an.

«Mr. Lawson», rief eine Stimme aus den Bäumen. Er sah auf. «Wissen Sie, was wir heute haben?»

«Samstag», brüllte er den Lautsprecher an.

«Wir haben Samstag, Mr. Lawson, und hier bei uns ist Samstag ein Werktag. Werktags sollen wir arbeiten und keine Fenster kaputtschießen, vielen Dank.» Der schrille Ton einer Rückkopplung, ein Brummen, und dann gab der Lautsprecher keinen Ton mehr von sich.

«Ich passe bloß auf meine Vögel auf», sagte Lawson. Er sagte es erneut und drehte sich um, da er keine Antwort erhielt, und suchte den Falken. Er war verschwunden.

Er brachte das Gewehr in die Scheune und legte es zurück zu Dannys Sachen. Sie lagen rechtwinklig auf einer olivgrünen Decke, die über die Motorhaube eines roten 67er GTO drapiert war. Auf dem gepolsterten Rücksitz lagen eine weitere olivgrüne Decke und ein Kissen mit blauweißem Inlett – auf dem Vordersitz ein ordentlicher Stapel Latzhosen und noch einer aus hellblauen Esso-Uniformhemden. Lawson legte das Gewehr auf die Motorhaube und betrachtete die Patrone, die Danny ihm aus dem Ausbildungslager geschickt hatte. Sie war so lang wie sein Mittelfinger und sah aus wie der Zahn von einem Tiger, einem Wal oder etwas Ähnlichem. Wenn er ein Gewehr hätte, mit dem man so etwas verschießen konnte – dann würde er dem Falken eine Lektion erteilen. Lawson wickelte die Patrone in ein rotes Halstuch und legte sie neben eine stehengebliebene Armbanduhr. Er harkte den Fußboden rings um das Auto mit einem Rechen, bis seine Fußabdrücke verschwunden waren, hängte seine Jacke an einen Nagel und stieg, langsam, mühsam erst einen und dann den anderen Fuß auf die einzelnen Sprossen setzend, die Leiter zum unteren Heuboden hinauf.

Bevor er die Plane zurückschlug, die den Taubenschlag bedeckte, stand er einen Augenblick lang da und hörte zu, wie die Tauben gurrten und rumorten. Von dem Licht wie gelähmt, blinzelten sie, als er sie zählte und dabei einen Finger durch den Hühnerdraht steckte.

Bis auf Martin Luther King waren sie alle da. Der war fünfundvierzig Meilen entfernt, bei Mr. Bottsie in Homewood und wartete auf seinen Jungfernflug. Martin, den er von Mr. Bottsie als Geschenk für Danny gekauft hatte, war der letzte aus der ersten Brut. Bei ihm konnte man sich darauf verlassen, daß er zurückkehrte. In den vergangenen acht Wochen war Mr. Bottsie jeden Mittwoch auf der Route 8 nach Renfrew gekommen, hatte Martin wieder in Richtung Pittsburgh mitgenommen und ihn jedesmal fünf Meilen weiter weg freigelassen. Wenn Mr. Bottsie ihn, wie geplant, um drei fliegen ließ, würde Martin in der sich zäh dahinschleppenden Zeit vor dem Abendessen zurück sein. Bis dahin würde Lawson den Falken verjagen.

Zuerst mußte er sich jedoch um seine Arbeit kümmern. Mrs.

May hatte schlechte Laune. Er zählte die Tauben noch einmal und legte die Plane wieder zurück. Sie protestierten gurrend. «Das ist zu eurer eigenen Sicherheit», sagte er und stieg mühsam nach unten. Er schob das Scheunentor auf, warf nach mehreren geräuschvollen Versuchen den Traktor an und rumpelte ins Licht hinaus.

Mrs. May fing ihn am ersten Abschlagmal ab. Sie trug eine Bluse mit aufgedrucktem Blumenmuster, eine schwarze Hose und langsam grau werdende Turnschuhe. Sie hatte eine große Dose Off dabei, die sie über dem Kopf schwenkte, um seine Aufmerksamkeit zu erregen. «Kümmern Sie sich zuerst um die Sprinkler!» schrie sie, um den Motor zu übertönen. Mr. Lawson nickte, winkte und legte den Gang ein. Mit einem knarrenden Geräusch warf das Mähwerk Fontänen aus trockenem Gras. «Das Wasser!» schrie sie. «Das Wasser!»

Er stellte den Traktor aus, stieg ab und kam zu ihr herüber. «Was haben Sie gesagt?»

«Das Wasser», sagte sie. Als er zum Traktor zurückschaute und sich zwischen Nase und Oberlippe kratzte, erklärte sie es: «Das Gras kann ohne Wasser nicht wachsen, oder?»

«Zuerst schneide ich es, und dann ...»

«Es muß nicht geschnitten werden, Mr. Lawson. Falls es Ihnen noch nicht aufgefallen sein sollte, wir haben gerade die schlimmste Dürre seit fünfzig Jahren.»

«Hat der Wetteransager das gesagt?»

«Das ist nicht nötig.» Sie drückte die Dose Off, aber sie gab nicht nach. «Hören Sie mir zu: Kümmern Sie sich zuerst um die Sprinkler. Wenn es danach noch geschnitten werden muß, werde ich es persönlich schneiden.»

«Aber ...»

«Wässern Sie, Mr. Lawson, wässern Sie.»

«Ja, Ma'am.»

Er wendete mit dem Traktor am ersten Tee und fuhr zur Scheune zurück. Mrs. May seufzte über die schiefe Mähspur, die er zurückließ. Es war ein Kreuz mit ihm, daran bestand kein Zweifel. Er und seine Vögel. Und dieses Auto und diese Sachen von seinem Jungen, das war nicht normal. Andererseits, welcher normale Mensch würde den Job schon annehmen?

Niemand, wie sie herausfand, als sie eine Anzeige im *Butler Eagle* aufgegeben hatte. Sie hatte den ganzen März und den halben April inseriert, bevor ihr aufging, daß sie ihr Geld verschwendete. Als Pfarrer Smiley gefragt hatte, ob irgend jemand ein Herz für einen Bruder in unglücklichen Umständen habe, der bereit sei, für seinen Lebensunterhalt zu arbeiten, hatte sie nicht an jemanden wie Mr. Lawson gedacht.

Es lag nicht daran, daß er schwarz war oder ein schlechter Arbeiter. Er arbeitete hart. Das Problem war, daß er zerstreut war. Er arbeitete an so vielen Dingen gleichzeitig, daß er nie irgendwas zu Ende brachte. Zum Beispiel die Scheune: Seit Juni war die eine Seite weiß getüncht, die andere immer noch grau. Oder sein Auto: Jeden Mittwoch nach dem Abendessen fuhr er es rückwärts raus und machte sich am Motor zu schaffen, ließ ihn aufheulen und steckte dann den Kopf unter die Motorhaube, aber war er jemals damit gefahren? Noch schlimmer war, daß ihn nichts davon zu stören schien. Während er in aller Ruhe herumbastelte, fiel ringsum alles auseinander.

Ihr Sohn Jonathan hatte recht gehabt, das alles war zu groß für sie allein. Sie sollte wirklich alles verkaufen und nach Pittsburgh ziehen, in die Nähe von ihm und jenem Mädchen – wie hieß sie noch gleich? Jedenfalls sah sie keinen Grund, warum er seinen Ingenieurberuf wegen eines heruntergekommenen Golfplatzes aufgeben sollte, selbst wenn es sein Erbe war. Er lebte sein eigenes Leben, das verstand sie vollkommen. Sie dankte Gott nur dafür, daß Mr. May nicht mehr miterlebte, was aus allem geworden war. Das hätte ihn umgebracht, so sicher wie der Lippenkrebs. Sie schüttelte das Off, bis die kleine Kugel in der Dose rappelte, hielt sich den Mund zu und sprühte los. Eine Biene geriet in den Sprühnebel und fiel auf den Campingtisch.

Mr. Lawson kam hinter dem Clubhaus hervor, warf einen Schraubenschlüssel in die Luft und fing ihn mit einer Hand wieder auf. Sie drückte fest auf den Knopf, und die Biene ertrank.

Lawson stellte die Sprinkler auf den Fairways eins bis sieben an. Am achten kämpfte er mit einem klemmenden Ventil und quetschte sich den kleinen Finger. Er hielt die Hand zwischen die Beine und hüpfte herum. Am elften, in der Biegung einer Kurve, wo er wegen ein paar Eichen vom Clubhaus aus nicht zu sehen war, schraubte er seinen Flachmann auf und nahm einen Schluck Pfirsichbrandy. Das Schweißband an seiner Kappe war braun, die Rückseite seines Hemds triefnaß. Er legte sich in den Schatten, den Flachmann auf der Brust, und hörte zu, wie die Bäume rauschten und die versteckten Vögel zwitscherten. Der Himmel erstrahlte im Tiefblau der Dürreperiode, das nur von einem hoch oben dahinsegelnden Fleck unterbrochen wurde.

Lawson lief über den sechzehnten Fairway, einen Hügel hinauf und über das neunte Grün, und nahm den Schraubenschlüssel ständig von einer Hand in die andere. Während er nach dem Falken Ausschau hielt, stolperte er über eine kleine Tanne und stand fluchend auf.

Auf dem Parkplatz saßen ein Mann und ein Jugendlicher auf der Heckklappe eines neuen Kombis und zogen ihre Spikes an. Sie hatten beide weißblondes Haar und faltige, braungebrannte Gesichter und trugen gelbgrüne Lacoste-Hemden und Khakihosen. Mrs. May stand daneben, ihre Hände vor dem Körper gefaltet.

Lawson sah auf. Der Falke zog seine Kreise und schraubte sich immer höher.

«Ist da etwas, Mr. Lawson?»

«Nein, Ma'am», sagte er, «ich hab mir bloß die Hand weh getan.» Er machte sie auf und zu.

«Oh, meine Güte», sagte sie und ging einen Schritt auf ihn zu, um sie zu begutachten, aber eine Mauer aus Alkoholdunst ließ sie zurückprallen. Sie hätte es wissen müssen. Ihren Gästen zuliebe sagte sie: «Gehen Sie schnell und kümmern Sie sich drum. Wir wollen, daß die hinteren neun Bahnen genauso gut aussehen wie die vorderen.»

«Ich brauche nur ein Stück Eis.»

«Im Clubhaus ist jede Menge», sagte sie, aber er blickte zum Himmel hinauf, als würde es gleich anfangen zu stürmen. Er stand einen Augenblick lang mit vorgerecktem Kinn da, machte sich dann auf zur Scheune und stürmte über den Kies. «Typisch Mr. Lawson», erklärte sie dem Mann, der leuchtendgrüne Bälle in seine Tasche schob. «Er ist nicht immer ganz bei sich.»

Der Mann lächelte nicht. Er deutete auf den braungedörrten Platz und fragte: «Kann man darauf spielen?»

«Bis halb acht oder Sonnenuntergang, je nachdem, was eher ist.»

Der Mann kaufte zwei Halbtagskarten, jede zu zehn Dollar, und der Junge eine Neunundddreißig-Cent-Tüte Tees. Mrs. May schlug vor, daß sie ein paar Treibschläge machen sollten, bevor sie einen Ball vom ersten Abschlag spielten. Sie sagte, daß sie erst die Fairways trocknen lassen wolle.

«Was hältst du von einem Eimer?» fragte der Mann seinen Sohn.

«Ich könnte einen verschlagen.»

Sie schleppte zwei Eimer mit rotgestreiften Übungsbällen um die Theke und führte den Mann und seinen Sohn um die Scheune herum zum Abschlag auf dem Übungsgelände. Das Übungsgelände war eine zugewucherte Wiese, die zu einem Bach abfiel, hinter dem ein lockerer Stacheldrahtzaun Gruppen von Eichen und Roßkastanien aussperrte. Ausgeblichene Schilder markierten die Meterzahl bis 300. Jonathan hatte sie letzten Sommer gemalt, als er von der Penn State nach Hause gekommen war. Während der Mann sein Tee in die Erde bohrte, sagte sich Mrs. May, daß sie Lawson daran erinnern müsse, die Schilder neu zu malen.

Der Mann ließ seinen Sohn zuerst schlagen. Seine Ausholbewegung war ruckartig, ganz aus dem Ellbogen. Der Kopf des Treibschlägers streifte den Boden, und der Ball schoß über die Wiese, ging seitlich weg und sprang links von dem 100-Meter-Schild einmal auf, bevor er im hohen Timotheusgras liegenblieb.

«Versuchen Sie es etwas langsamer», schlug sie vor.

«Schau mal», sagte der Mann. Er stellte sich hinter den Jungen und legte die Hände über den Griff, so daß sie beide ausholen konnten. Der Ball stieg gerade in die Luft, bis er, weiß auf weißem Grund, in dem strahlenden Himmel nicht mehr zu sehen war und schließlich jenseits des 150-Meter-Schilds hoch absprang. «Halt die Hüfte weiter zurück», riet ihm der Mann, «da kommt deine Kraft her.» Er kniete sich hin und hielt die Hüfte des Jungen, während er ausholte. «Spürst du das im Rücken?» Als Mrs. May ging, schafften sie es bis zur 200-Meter-Marke.

Als sie um die Scheune herumging, lief sie beinahe gegen eine Ausziehleiter aus Aluminium. Oben streckte Mr. Lawson auf Zehenspitzen dem Fenster ein viereckiges Stück Sperrholz entgegen. Er reichte bei weitem nicht heran. Er stieg noch eine Sprosse höher, verlor fast das Gleichgewicht und ließ einen Hammer fallen, der keine zwei Meter vor ihr landete. Als er herunterschaute, um nachzusehen, wo er hingefallen war, winkte sie ihn mit einem Finger zu sich. Er brauchte ein paar Minuten, um herunterzukommen.

«Was in aller Welt», fragte Mrs. May, «machen Sie da?»

Er zeigte nach oben. «Fenster ist kaputt.»

«Dieses Fenster ist schon die ganze Zeit kaputt, seit Sie hier arbeiten. Warum wollen Sie es gerade heute reparieren?»

«Ich weiß nicht, es dürfte halt mal repariert werden.»

«Nein, Mr. Lawson, es muß repariert werden. Was auch nötig ist, da stimme ich Ihnen zu. Aber wir haben im Moment Dringenderes zu erledigen, zum Beispiel muß der Rasen gesprengt werden, falls Sie sich nicht daran erinnern sollten.» Ein Auto tauchte auf der Zufahrtsstraße auf und zog eine Staubwolke hinter sich her. «Wenn Sie damit fertig sind, die hinteren neun anzustellen, stellen sie die vorderen neun ab. Wir werden heute sehr viel zu tun haben, und ich brauche Ihre Hilfe. Verstehen Sie?»

«Ja, Ma'am», sagte Lawson, und sie entfernte sich mit schnellen Schritten. Er wartete, bis sie um die Ecke des Clubhauses verschwunden war, bevor er ihr folgte.

Die Sonne stand höher, und es war wärmer geworden. Er übersprang das vierzehnte und fünfzehnte Loch, die am weitesten vom Clubhaus entfernt waren, und hockte sich am sechzehnten mit dem Gesicht zur Scheune hin. Von dem Abschlag am Übungsgelände schlugen der Mann und der Junge Bogenlampen.

Nachdem Lawson mit dem achtzehnten Loch fertig war, brachte Mrs. May ihm ein Glas Eiswasser und fragte ihn, wie es seiner Hand gehe. Um den Campingtisch saßen acht dicke Männer in T-Shirts und Shorts. Alle hatten eine Dose Iron City, und einer kaute Tabak. «Ich weiß, daß es verdammt heiß ist», sagte Mrs. May, «aber wenn Sie die vorderen neun abstellen würden, könnten diese Herren anfangen. Danach können Sie eine kurze Pause machen.»

Lawson wickelte das Eis in eine Papierserviette, legte sie sich auf den Kopf und zog seine Kappe darüber. «He», sagte einer der Männer, «können wir davon auch was kriegen?» Ein paar standen auf und gingen ins Clubhaus. «Moment», rief Mrs. May, schnappte sich das leere Glas von Lawson und eilte ihnen nach.

Während Lawson den ersten Fairway entlangschlenderte, tat es ihm plötzlich leid, daß er die beiden Löcher übersprungen hatte. Mrs. May war eine gerechte Frau (hart, aber gerecht, wie alle guten Menschen), aber sie hatte keine Ahnung von Vögeln. Vielleicht wäre sie nicht so, wie sie war, wenn es sich damit anders verhielte. Nicht daß irgendwas an ihrer Art verkehrt war, wo sie doch schon so lange allein am Ende der Welt lebte. Es war wirklich nicht leicht für sie. Was sie brauchte, war etwas, worum sie sich außer dem Golfplatz kümmern konnte, etwas, was sie ihre Sorgen vergessen ließ. Möglicherweise waren Tauben die

Lösung. Er eilte den Fairway entlang, ohne in dem kühlen Wasserstrahl zu verweilen, als er am Sprinkler ankam.

«Warten Sie, bis er am Grün vorbei ist», sagte Mrs. May zu dem Mann am Abschlagmal. Die andere Vierergruppe ging, die Taschen über der Schulter, zum zehnten Abschlag. Die alten Brunswick-Wagen standen in der Scheune. Nach Mr. Mays Tod war Jonathan eine Weile lang jeden Frühling gekommen und hatte sie in Schuß gebracht, aber schließlich hatte er damit aufgehört – wann? – das mußte jetzt fünf Jahre her sein. Und Mr. Lawson hatte sie trotz all der Arbeit an seinem Auto nicht ein einziges Mal angerührt.

«Wie sieht's jetzt aus?» fragte der Mann.

Mr. Lawson arbeitete sich den Hang vor den Bunkern hinauf, zweihundert Meter weit weg.

«Nur zu», sagte sie.

Der Mann stellte seine Bierdose neben seinen hinteren Fuß, traf den Ball mit einem schnörkligen kurzen Schwung und schlug zischend einen schnurgeraden Drive über den fünften Fairway. «Wir spielen so, daß man bei einem schlechten Schlag noch einen Versuch hat, in Ordnung, Jungs?»

Mr. Lawson trampelte direkt über das Grün.

Der Vater und sein Sohn saßen am Campingtisch, und als Mrs. May vorbeirauschte, sagte der Vater: «Ich glaube, wir waren vor denen hier.»

«Das weiß ich», sagte sie, aber in Wahrheit hatte sie sie vergessen, und sie entschuldigte sich nervös, da ihr keine andere Antwort einfiel, und ließ sie am sechzehnten Abschlag anfangen.

Sie ging ins Clubhaus und setzte sich mit einem nassen Waschlappen über den Augen hinter die Theke. Ein Ventilator mit blauen Plastikblättern drehte sich hinter dem Schutzgitter. Von Zeit zu Zeit hob sie eine Ecke des Waschlappens an und guckte verstohlen zur Tür hinaus. Es ging nicht an, daß Mr. Lawson sie so zu Gesicht bekam.

Und die Leute aus der Stadt, die würden auch jeden Augenblick da sein. Der Feiertagsverkehr hielt sie auf, das war alles. Es hatte eine Zeit gegeben, und das war noch gar nicht lange her, bevor der Staat Lake Arthur schuf, als die Leute direkt nach dem Mittagessen in Strömen gekommen waren, in aller Ruhe die achtzehn Löcher gespielt und dann rings um den Campingtisch gestanden und Gin Tonic getrunken hatten. Dann hatten sie gefragt, wer das Firecracker 400 gewonnen hatte, und die Männer hatten sich darüber gestritten, wer der Beste gewesen war: Richard Petty, Cale Yarborough oder David Pierson. Bei Einbruch der Dämmerung hatte Mr. May immer den Gasgrill nach draußen gerollt und Hähnchenflügel für alle gemacht, und später, wenn die Glühwürmchen und dann die Fledermäuse herausgekommen waren und Jonathan im Bett war, hatte er die Fackeln angezündet, und es hatte Wunderkerzen und Gesang gegeben. Und wenn sie ins Bett gegangen waren ...

«Miss May, Ma'am?»

Sie riß den Waschlappen herunter. Mr. Lawson stand in der Tür und lächelte wie ein Idiot, und ein V aus Staub und Schweiß zeichnete sich dunkel auf seinem Hemd ab.

«Ja?» sagte sie.

«Ich bin fertig mit dem Rasensprengen und der ganzen Sache. Kann ich jetzt meine Pause machen?»

«Sie können Mittag essen, wenn Sie daran denken, es kurz zu machen. Wir haben noch viel Arbeit vor uns.»

«Ich sehe nicht so viele Leute da draußen.»

«Die kommen noch. An Feiertagen ist immer viel los.»

«Am Memorial Day war kaum was los.»

«Zwischen Memorial Day und dem 4. Juli besteht ein großer Unterschied, Mr. Lawson. Am 4. Juli feiern alle. Haben Sie jemals in Ihrem Leben gesehen, daß die Leute am Memorial Day ein Feuerwerk abbrennen?»

«Nein, Ma'am.»

«Sehen Sie. Ich will, daß Sie nach dem Mittagessen die Schilder auf dem Übungsgelände nachziehen. Sie müßten die Zahlen noch erkennen können, aber wenn Sie Schwierigkeiten haben, fragen Sie mich einfach. Gehen Sie jetzt.»

Lawson ging zur Scheune zurück und zog sich ein anderes Hemd an. Er zog einen Karton Milch aus einem schief dastehenden Coca-Cola-Automaten, goß sich eine Tasse ein und fügte einen Schuß Brandy hinzu. Am Mittwoch hatte Mr. Bottsie ihm etwas Aufschnitt mit Oliven mitgebracht, aber das Brot vom Mittwoch vor zwei Wochen hatte grüne Flecken, und je mehr er davon mit dem Taschenmesser wegschnitt, um so ekliger wurde es. Er warf das Brot in den unteren Heuboden. Er stieg in den GTO, legte seine Kappe auf das Armaturenbrett aus rotem Leder, ließ den Motor aufheulen und schaltete die Klimaanlage ein. Er lehnte den Kopf gegen die Kopfstütze und ließ sich von der glykolgekühlten Luft den Hals trocknen.

Es machte ihm nichts aus, daß Mrs. May so mit ihm redete. Manche Leute hatten eine komische Art, sich zu bedanken. Anhand von dem, was die Leute sagten oder auch taten, konnte man nie sagen, wie sie nun wirklich waren. Genau wie bei Danny damals. Er war einfach wütend gewesen, weil er gehen mußte. Sie hatten sich gestritten, obwohl es gar nichts zu streiten gab; wenn der Mann sagte, daß man gehen müsse, ging man. Danny hatte das, was er gesagt hatte, nicht sagen wollen, sie hatten sich einfach gestritten. Und egal, was er später gesagt hatte, als sie nicht mehr miteinander geredet und so getan hatten, als wären sie nicht verwandt, am Ende war er gegangen. Am Ende gab es etwas zwischen ihnen, das ihn gehen ließ. Lawson trank seine Milch aus und stellte den Motor ab.

Er zog sich die Leiter hoch. Die Plane über dem Taubenschlag war unberührt, die Tauben waren ruhig. Er setzte sich auf einen Heuballen und blickte durch das trübe, staubige Licht zu dem kaputten Fenster hinauf. Die Ballen im oberen Heuschober waren reihenweise wie Stufen gestapelt. Die oberste Reihe war gut drei Meter vom Fenster entfernt.

Auf dem Weg nach oben brach in seiner Hand eine Sprosse. Er

fiel ein kurzes Stück und landete quer über zwei Ballen, erschrocken, aber unverletzt. Er drückte sich eine Hand ins Kreuz, wackelte zur Sicherheit mit Armen und Beinen. Entschlossen klammerte er sich an die Leiter und prüfte auf dem Weg nach oben jede einzelne Sprosse.

Die Schnur um die Ballen schnitt ihm in die Handflächen. Das Heu war verfault und strömte einen süßlichen Geruch aus, und er konnte es nicht hochheben. Er dachte an Mrs. May und stieg nach unten, fand eine Dose mit weißem und eine mit schwarzem Latex und zwei verkrustete Pinsel und ging um die Scheune herum zum Übungsgelände.

Wenn es bei Arthritis etwas Schlimmeres als Malen gab, dann war es Lawson noch nicht untergekommen; andererseits war er nahe genug an der Scheune, um das Fenster im Auge behalten, und weit genug weg, um den ganzen Himmel überblicken zu können. Er arbeitete von der Seite her und klatschte die weiße Farbe auf das Schild, ohne genau hinzuschauen. Flatternde Schwalben ließen ihm das Herz stocken. Im Timotheusgras sprangen Grashüpfer und lenkten ihn ab, wobei einer in die offene Dose fiel.

Die Schilder nahmen zuviel Zeit in Anspruch. Beim dritten waren seine Arme weiß und klebrig und begannen zu jucken. Die Sonne stand genau über ihm, es waren noch zwei Schilder, und mit den Zahlen hatte er nicht einmal angefangen. Er hebelte die Dose mit dem Schwarz auf, rührte es mit einem trockenen Zweig um und begann, das erste Schild, die 100, zu beschriften. Dick und frisch, verbarg der weiße Anstrich die ursprünglichen Zahlen. Seine neue Eins war unten grau und verschmiert. «Mr. Lawson», sagte er sich, indem er sie nachäffte, «das ist die lausigste Malerarbeit, die ich in meinem ganzen Leben gesehen habe.»

Als er mit dem Weiß fertig war, war das erste Schild noch klebrig. Er rührte das Schwarz noch einmal um und zog die Eins nach. Diesmal klappte es.

Als er die erste Null dazumalte, sprang ein Kaninchen aus ei-

nem Grasbüschel in seiner Nähe hervor und flitzte mit zurück-
gelegten Ohren im Zickzack über die Wiese. Lawson hielt seine
Hand über die Augen. Der Falke kreiste hoch über dem Wald,
schlug einmal mit den Flügeln und glitt in einem langgestreck-
ten, langsamen Bogen dahin. Das Kaninchen hüpfte durch den
Bach und die Böschung hoch, schlüpfte unter dem Stacheldraht
durch und hoppelte in den Wald. Wie von einem Schuß getroffen, stieß der Falke in die Bäume hinab. Lawson schmiß seinen
Pinsel in die Dose und lief zur Scheune.

Er kam mit dem Kleinkalibergewehr zurück und wartete auf
den Falken, wobei er direkt über die Baumwipfel zielte und den
Lauf auf das Schild stützte. Nach langen fünf Minuten senkte er
das Gewehr, lehnte es gegen die Rückseite des Schildes, kauerte
sich hin, so daß der Falke ihn nicht sehen konnte, und malte,
während er von Zeit zu Zeit über das Schild lugte, zwei weitere
Nullen.

Mrs. May kontrollierte ihn vom Fenster des Clubhauses aus,
sah, wie er die zusätzliche Null malte, und warf den Waschlappen auf den Boden. «Was ist nur los mit ihm?» überschrie sie das
Firecracker 400, das sie sich in ihrem tragbaren Fernseher ansah.
Sie ging nach draußen und vergewisserte sich, daß niemand auf
den vorderen neun Bahnen abschlug oder puttete, ging wieder
rein und sprach ins Mikro: «Mr. Lawson.» Er wandte sich zum
Clubhaus um und winkte mit dem Pinsel in der Hand. «Einhundert, Mr. Lawson, nicht eintausend, einhundert.» Er wandte
sich zu dem Schild um, dann wieder zurück und winkte.

«Der Mann versucht ganz klar, mich in den Wahnsinn zu treiben», sagte sie zu einem Baby in einem Gürtelreifen. Als das Ren-
nen wieder gezeigt wurde, lag Richard Pettys Sohn Kyle in Führung. Er sah genau wie sein Vater aus, nur daß sein Haar nicht so
fettig war. Sie machte noch ein Mineralwasser auf und sah zu, bis
Darrel Waltrip die Führung übernahm. Mr. May hatte Darrel
Waltrip nie leiden können. Sie schaltete zum Spiel der Pirates
um, aber die schlugen die Mets haushoch, und das einzige, was

sonst noch lief, war Golf. Sie knipste den Apparat aus. Golf sah man sich nicht an, man spielte es. Vielleicht lag da das Problem, alle waren zu Hause und schauten sich Golf im Fernsehen an.

Gegen drei kamen der Mann und sein Sohn herein und kauften zwei Dosen Mineralwasser, setzten sich dann an den Campingtisch, zogen die Spikes aus und rechneten ihr Spielergebnis aus. Mrs. May bot ihnen ein Weidenkörbchen mit Brezeln an und fragte sie, wie es gelaufen sei.

«So lala», sagte der Mann.

«Erzähl ihr von deinem Drive auf der Vierzehn», sagte der Junge.

«War der gut?»

«Ich glaube, der harte Boden hat ein bißchen geholfen.»

«Das waren locker dreihundert Meter.»

«Trotzdem habe ich am Ende einen Bogey gespielt», sagte der Mann. «Haben Sie in letzter Zeit mal probiert, auf den Grüns zu putten? Die sind hart wie Glas.»

«Die waren ziemlich schnell», gab der Junge zu.

«Das liegt an der Dürre», erklärte Mrs. May. «Wir sprengen zweimal täglich, aber das Wasser sickert einfach weg. Wenn Sie nächstes Mal kommen, wird der Platz in besserem Zustand sein.»

«Ich weiß nicht», sagte der Mann, «wir sind bloß rübergekommen, weil im Lake Club alles voll war – dabei sind wir Mitglieder! Ich schwöre, daß sie die Touristen besser behandeln als ihre eigenen Mitglieder.»

«Wir haben die ganze Woche geöffnet», sagte Mrs. May, «außer mittwochs.»

«Ich werd's mir merken», sagte der Mann und stand auf. Der Junge stand auf, trank seinen Sprudel in einem Zug aus, faltete die Zählkarte zusammen und steckte sie in seine Gesäßtasche, und dann schleppten sie ihre Taschen zu ihrem Kombi.

«Gute Fahrt», sagte Mrs. May, «und kommen Sie bald wieder.» Als der Kombi weit genug weg war und Staub aufwirbelte, sagte sie: «Lake Club, so eine Frechheit.»

Sie ließ ihren Blick auf der Suche nach den Vierergruppen über die vorderen neun Bahnen schweifen. Eine war auf dem siebten Grün. Ein dicker Mann in einem dunklen T-Shirt, das ihm zu klein war, schwang den Flaggenstiel wie ein Tambourmajor. Ein anderer warf ihm Bierdosen zu. «Gott steh mir bei», sagte sie, «mit so was muß ich mich herumplagen.» Sie ging ins Clubhaus und schaltete das Firecracker 400 ein. Darrel Waltrip hatte jetzt eine Runde Vorsprung. Sie kontrollierte Mr. Lawson. Der war bei 200 angekommen. Die Biertrinker schlugen an der achten Bahn ab. Sie wartete, bis der Dicke ausschwang, bevor sie über die Sprechanlage rief: «Mr. Lawson. Sehr schön.»

Lawson winkte und malte weiter. «Siehst du?» sagte er sich. «Und da sagst du, sie weiß dich nicht zu schätzen.»

Obwohl sein Ellbogen anfing, steif zu werden, beeilte er sich mit dem fünften Schild. Er kam zu dicht an den Wald. Wenn der Falke durchbrach, würde er an ihm vorbei sein, bevor er einen Schuß abgeben konnte. Aber selbst wenn er es schaffte, würde eine kleinkalibrige Kugel ihn töten?

Eine kleinkalibrige Kugel konnte eine Taube töten, das wußte er. Das war der ganze Grund, warum er Martin Luther King und die anderen gekauft hatte. Er hatte Danny das Gewehr zu Weihnachten geschenkt und am nächsten Tag hinter ihrem Haus zwei Tauben im Schnee gefunden. Sie waren steifgefroren, und man sah kaum, daß sie abgeschossen worden waren; auf -ihrer Brust war nur ein schwarzer Blutfleck zu sehen gewesen. Er hatte sie ins Haus gebracht und sie dem Jungen gezeigt. Der stritt alles ab. «Halt sie», hatte er gesagt, «halt sie in den Händen.» Der Junge zitterte. «Schau mich an. Was würde deine Mutter sagen, wenn sie dich so sehen könnte? Würde dieser Anblick deiner Mutter gefallen?» Der Junge brach in Tränen aus, und Lawson begriff, daß er zu weit gegangen war. Er nahm dem Jungen die Vögel weg und warf sie zu den Küchenabfällen, woraufhin der Junge nur noch heftiger zu weinen begann. Er war nicht zum Vater geboren. Er wußte nie, was er tun sollte. Aber in diesem Fall – und in all den Jahren als Vater eines Sohnes vielleicht nur in diesem einen Fall – hatte Lawson einmal richtig reagiert. In seinem letzten Brief, fast auf den Tag vor sieben Jahren, der um die halbe Welt gegangen war, hatte Danny sich nach den Vögeln erkundigt, die er damals zum Geburtstag bekommen hatte.

Aber würde eine kleinkalibrige Kugel einen Falken töten? Lawson legte seinen Pinsel hin und nahm das Gewehr. Auf dem Schaft und auf dem Abzug waren weiße Fingerabdrücke. Er erinnerte sich an einen Ausdruck aus seiner eigenen Militärzeit bei der Infanterie – Mündungsgeschwindigkeit. Je höher die Mündungsgeschwindigkeit, um so härter traf die Kugel. Mit brennendem Ellbogen spannte er das Gewehr, so oft er konnte, und kämpfte gegen den steigenden Luftdruck an. Er würde eine Kugel mitten durch den Mistkerl jagen.

Er schnitt mit seinem Taschenmesser eine Kerbe oben in das 100-Meter-Schild, legte den Lauf hinein und wartete. Die Farbdämpfe machten ihn schwindelig. Ein Schweißfilm wärmte seine Hände. Er wischte sie an seiner Kappe ab und setzte sie dann wieder verkehrt herum auf. Sein kleiner Finger begann zu schmerzen, sein Ellbogen pochte. Er beugte den rechten Arm, bis er taub wurde.

War er vielleicht schon an ihm vorbeigeflogen? Da waren die paar Sekunden, als er in der Scheune gewesen war und das Gewehr geholt hatte. Oder vielleicht hatte er sich auch davongemacht. Vielleicht hatte er das Kaninchen erlegt und es genug sein lassen.

Nach einer Weile beschloß er, Mr. Bottsie anzurufen. Vielleicht hatte der alte Mann vergessen, Martin Luther King fliegen zu lassen. Lawson lehnte das Gewehr gegen das Schild und ging über die Wiese zurück. Am Tee fing er an zu laufen, um schnell zum Clubhaus zu gelangen.

«Es ist wirklich wichtig», erzählte er Mrs. May und bog seine Kappe zwischen den Händen. Sie hatte bestimmt wieder Kopfschmerzen, weil der Fernseher aus war. «Es dauert nicht mal eine Minute, das verspreche ich.»

«Ich will, daß diese Schilder heute noch fertig werden.»

«Ja, Ma'am.»

Mr. Bottsie hob beim dritten Klingeln ab: «Bottsies Tierhandlung, hier spricht Mr. Bottsie.»

«Mr. Bottsie ...»

«... haben im Augenblick geschlossen, aber falls Sie ein krankes Tier bekommen haben sollten, können Sie vorbeikommen und an die Tür klopfen. Andernfalls kommen Sie in der Woche zwischen neun und fünf vorbei, und wenn Sie Glück haben, treffen Sie mich samstags an. Wenn Sie eine Nachricht hinterlassen wollen, tun Sie das. Versprechen kann ich Ihnen aber nichts.» Es erklang ein Piepton.

«Mr. Bottsie, hier treibt sich ein Falke rum. Was auch immer Sie tun, lassen Sie Martin nicht fliegen.» Er las die Telefonnummer von der Wählscheibe ab und setzte gerade noch, bevor der Piepton wieder erklang, hinzu: «Ich bin's, Lawson.» Er legte auf und blickte aus dem Fenster. Der Himmel über dem Wald war klar und verdunkelte sich.

«Mr. Lawson», sagte Mrs. May hinter ihm.

«Hm?» fragte er und sah sie mit leerem Gesichtsausdruck an. Sie roch nichts, aber inzwischen war er vermutlich schon betrunken.

«Die Schilder, Mr. Lawson, die Schilder.»

«O ja», sagte er und ging zur Tür hinaus.

Er hatte seine Baseballkappe auf der Theke liegenlassen.

«Idiot», sagte sie. Draußen hörte sie Gelächter. Die Biertrinker stolperten alle acht über den zweiten Fairway, direkt auf sie zu. Sie schob einen Bleistift durch das Plastikband der Kappe, brachte sie nach draußen und ließ sie auf den Campingtisch fallen.

Als sie ihre Taschen gegen die Seitenwand des Clubhauses lehnten, klimperten leere Dosen darin. Sie ließen sich schwerfällig am Campingtisch nieder. Einer von den Männern legte den Kopf auf die verschränkten Arme, ein anderer setzte Mr. Lawsons Kappe auf. Zwei weitere waren klatschnaß. «Ist Bud okay?» fragte ein breitgebauter, braungebrannter Mann in einem schwarzen Netzhemd den Rest der Gruppe. Er hatte behaarte Schultern. Er stand auf, wandte sich an Mrs. May und wiederholte schwankend die Bestellung.

«Wir haben leider nur Sprudel», sagte sie.

«Sie haben kein Bier?»

«Leider nicht.»

Der Mann mit dem Kopf auf dem Tisch sah auf und fragte: «Wie meinen Sie das, daß Sie kein Bier haben?» Er stand auf und kam um den Tisch herum, wobei er sich mit einer Hand darauf abstützte. Er war hager und trug ein Steelers-T-Shirt und eine rote Badehose, und seine Augen waren schmal wie Schlitze. «Kein Bier? Was ist denn das hier für ein Laden?»

«Immer mit der Ruhe, Joey», sagte der Behaarte und faßte den Hageren am Arm. Die anderen lachten.

Der Hagere schüttelte seine Hand ab. «He, alles, was ich will, ist ein Bier. Ich bin vier beschissene Stunden lang hier draußen gewesen, und jetzt kann ich nicht mal ein Bier kriegen?»

«Sie hat Limo da; trink 'ne Limo.»

«Ich will keine verdammte Limo.»

«Herrgott noch mal, deswegen mußt du doch keinen Anfall kriegen.»

«Wer kriegt hier einen Anfall?»

«Mann, laß mich raten. Wer kriegt denn immer einen Anfall, wenn er verliert?»

Der Hagere schlug dem Behaarten ins Gesicht, und sie taumelten beide zu Boden. Mrs. May machte einen Satz zurück und klammerte sich an den Türrahmen.

Die anderen Männer brachten die beiden auseinander und hielten sie fest, während sie sich gegenüberstanden. Sie sahen beide überrascht aus. «Was zum Teufel sollte das?» schrie der Behaarte. Er faßte sich ans Gesicht und sah seine Hand an. «Du hättest mir das Nasenbein brechen können!»

Sie sahen zuerst sich und dann die Männer, die sie festhielten, wütend an. Allmählich ließen die anderen sie los. Immer noch rührte sich niemand, und keiner sagte etwas.

Schließlich fragte der Hagere: «Alles in Ordnung?»

«Ich werd's überleben», sagte der Behaarte. Er wischte sich die Zähne am Handrücken ab.

«Kommt», sagte irgend jemand, «laßt uns von hier abhauen und Bier besorgen.»

«Jaa», sagte der Hagere, «der Laden hier ist echt Scheiße. Was meinste, John?»

Alle sahen den Behaarten an. «Okay», sagte er, «aber du zahlst, du mieses Arschloch.»

Sie brachten die beiden dazu, sich die Hand zu schütteln, alles lachte, und dann latschten sie, wobei sie herumbrüllten, einander auf den Rücken klopften und sich gegenseitig zeigten, wo der erste Schlag gelandet war, zu ihren Autos, zwei großen Dodges, knallten Türen und Kofferraum zu und brausten in einer Staubwolke davon.

Mrs. May hielt immer noch den Türrahmen umfaßt. Wo war Mr. Lawson? Die hätten sie umbringen können. Er war wirklich keine Hilfe. Sie faßte sich an den Hals und fühlte den Puls. Sie ließ sich auf den Stuhl hinter der Theke fallen und preßte sich die Hand aufs Herz.

Als es wieder ruhig schlug, rief sie ihren Sohn an.

«Ja?» fragte er. Er brüllte geradezu.

«Mein Lieber, hier spricht deine Mutter. Eben ist etwas ganz Schreckliches passiert. Männer sind gekommen, haben Bier getrunken und hatten vor dem Clubhaus eine furchtbare Prügelei. Sie waren zu acht, und sie ...»

«Mom, ich kann im Moment nicht reden. Wenn das eine längere Geschichte wird, mußt du mich morgen noch mal anrufen.»

«Hörst du mir zu? Sie waren betrunken. Sie hätten hier alles verwüsten können. Es war niemand da, der sie hätte aufhalten können. Allein kann ich so nicht weitermachen, wirklich nicht.»

Es trat Schweigen ein.

«Jonathan, ich brauche jemanden, der mir hilft. Mr. Lawson reicht nicht aus. Ich brauche dich hier.»

«Mutter.» Er hielt inne. «Mutter, du weißt doch, daß das nicht realistisch ist.»

«Ist mir egal, ob es realistisch ist. Ich kann das nicht mehr machen, verstehst du nicht, ich kann es nicht. Dein Vater ist tot, und ich bin ganz allein. Ich tue mein Bestes, aber ich glaube nicht, daß ich das noch lange kann. Bitte, mein Schatz, bitte. Deine Mutter braucht deine Hilfe.»

«Beruhig dich», sagte er, «du bist ja ganz hysterisch.»

«Ich bin nicht hysterisch», schrie sie und klopfte, da sie spürte, wie ihr die Tränen kamen, mit den Fingerknöcheln heftig auf die Theke. «Ich bin nicht hysterisch», wiederholte sie in ruhigem Ton, «ich mach mir bloß Sorgen darüber, was aus alldem hier werden soll. Ich weiß, daß du nicht gern darüber redest, Jonathan, aber wir müssen miteinander reden.»

«Wir reden miteinander, okay? Aber im Moment kocht hier der Mais über, Alicias Kind schreit sich die Lunge aus dem Leib, ich bin der einzige, der hier ist, und jeden Augenblick stehen fünfzehn Leute vor der Tür.»

«Ich bin deine Mutter.»

«Das weiß ich, und ich liebe dich, aber ich muß jetzt auflegen. Ich ruf dich morgen an.» Es klickte in der Leitung.

«Jonathan!»

Sie weinte nicht. Sie setzte sich mit einer frischen Dose Mineralwasser an den Campingtisch und zündete sich eine Carlton an. Der Golfplatz war menschenleer, eine riesige braune Einöde, die in der Hitze flimmerte. Sie ließ den Rauch von ihren Lippen ziehen und blies ihn dann weg. Morgen würden mehr Leute kommen. Es war immer noch das Wochenende um den 4. Juli. Es lag an der Dürre und am Verkehr, das war alles. Sie würde dafür sorgen, daß Mr. Lawson die Sprinkler vor dem Abendessen anstellte.

Als sie um die Scheunenecke bog, sah sie das halbfertige 300-Meter-Schild und fluchte. Sie rief etwas in die Scheune. Er war weg. «Das war's», sagte sie, «jetzt reicht's.» Auf dem Weg zurück zum Clubhaus goß sie sich Mineralwasser über die Bluse.

Martin Luther King flog an den Wipfeln der Bäume vorbei, die die vierzehnte Bahn säumten. Er schlug mit den Flügeln und stieg höher und tauchte dann mühelos mit angelegten Flügeln ab. Lawson lief ihm auf dem elften Fairway entgegen und schwenkte das Gewehr über dem Kopf.

«Mr. Lawson!» dröhnte eine Stimme aus dem Himmel. Er blieb stehen und blickte zurück. «Mr. Lawson, ich habe mit Ihnen zu reden – auf der Stelle!» Ihr letztes Wort hallte nach. Jenseits des Übungsgeländes stieg der Falke wie bestellt aus dem Wald auf.

Als Martin ihn sah, war es zu spät. Er schoß auf die vorderen neun Bahnen zu, schlug wie wild mit den Flügeln, aber er war zu langsam. Lawson hielt den Gewehrschaft an die Wange, folgte dem Falken, der so hoch stieg, daß er außer Schußweite war, hoch über Martin, dann stillstand – schwarz vom Himmel abgehoben, die Flügelspitzen Fingern gleich – und herabstieß. Die beiden Vögel befanden sich direkt über Lawson. Er wartete zur Sicherheit so lange wie möglich, bevor er seinen einen Schuß abfeuerte.

Mrs. May fand ihn, wie er im unebenen Gelände neben der Zufahrtsstraße kniete. Mit schwingenden Armen und geballten Fäusten überquerte sie den Parkplatz und schritt auf ihn zu. Als sie in Hörweite war, schrie sie seinen gebeugten Rücken an: «Warum tun Sie mir das an?»

Er drehte sich nicht um, um ihr ins Gesicht zu sehen.

«Sie bringen mich noch um, das ist es, was Sie tun, Sie bringen mich noch um. Warum tun Sie mir das an? Warum?»

Sie ging um ihn herum. Er hielt einen seiner Vögel an die

Brust, eine große, fette Taube, und drückte sie mit beiden Händen wie einen Rosenkranz. Sein Hemd war voller Blut, und auf seinem Gesicht glänzten Tränen. Ihm lief die Nase; seine Augen waren weit aufgerissen.

«Mr. Lawson», sagte sie, «Mr. Lawson.» Sie berührte ihn an der Schulter. «Mr. Lawson!»

«Mein Junge», sagte er und starrte in den hohen blauen Himmel hinauf, der jetzt leer war, «mein Junge, mein Junge, mein Junge ...»

Als sie begriff, daß er nicht damit aufhören würde, half Mrs. May ihm auf die Beine, führte ihn zum Clubhaus, beide Hände um seinen Arm, und stützte seinen Ellbogen wie ein pflichtbewußtes Kind.

IN DEN MAUERN DER STADT

Während des Landeanflugs auf Logan, hoch über den Hafeninseln, stellte Grey sich vor, wie Rachel und die Kinder am Flugsteig auf ihn warteten und sich nicht, wie die kleinen Punkte, die unten in Fort Warren herumliefen, herrlich abgeschieden und weit draußen im Meer auf Nantucket aufhielten. Früher hätte sich Grey vielleicht gewünscht, dort zu sein, auf der Veranda in einen Krimi versunken, oder allein in Boston, wo es ihm freistand, zu recherchieren und zu schreiben. Dieses Jahr hatte er diesbezüglich keine Wahl gehabt. Rachel hatte nicht gefragt, ob er kommen könne, und was ihn betraf, so hatte er bei dem Reisestipendium der Universität sofort zugegriffen.

Ach, aber Madaket, die Dünen im Sonnenuntergang. Sie hatten dort gesegelt, zuviel getrunken, die Fenster offengelassen. Das Rumpeln beim Ausfahren des Fahrwerks lenkte Grey von seinen Gedanken ab. Steuerbord flimmerte in einiger Entfernung die Stadt im Augustdunst, das Meer endete plötzlich an der Landebahn, und mit einem gut abgefederten Ruck war Greys Sommer in Dijon vorbei.

Eine Glocke ertönte, und alle drängten sich in den Gang, um an das Gepäck über ihren Köpfen zu gelangen. Der kühle Luftstrom über ihm riß ab. Er wartete, bis die anderen sich nach draußen drängelten und zu den Gepäckkarussells stürmten, dann auf seine drei alten, zueinander passenden braunen Taschen, wartete in den heißen Auspuffgasen auf den Pendelbus zur U-Bahn-Haltestelle, um dort auf den Zug zu warten, der ihn unterirdisch und mit Stopps zum Government Center bringen würde, wo er auf die Linie C nach Brookline warten würde. An diesen aufeinanderfolgenden Bahnsteigen bemühte sich Grey so gut er konnte, nicht nachzudenken, sondern stand mit den Taschen vor seinen Füßen da und versuchte, sich auf den neusten Stand der Reklame, der Graffiti und der in den Bahnhöfen lebenden Obdachlosen zu bringen. Er war zu Hause, und er hätte sich darüber freuen müssen, doch er spürte, wie er sich gegen die Anfänge eines eitlen Zorns wehrte, und während er nach Hause fuhr, schloß sein Groll die ganze Stadt mit ein. Er hatte genug Geld für ein Taxi und zog es mehrmals in Betracht, aber auf der Linie C, wieder oberirdisch an der langen, glitzernden Fläche der Beacon Street, ein paar Haltestellen vor seiner eigenen, wurde Grey mit dem Anblick eines Jungen – allerhöchstens achtzehn – mit weißblondem Haar in einem Muskelshirt belohnt, das so geschnitten war, daß seine Taille zu sehen war. Solch lässige Schönheit rührte ihn, und einen Augenblick lang schienen sich die vorüberfliegenden, tristen roten Sandsteinhäuser aufzuhellen, schien die Menschenmenge auf dem Gehsteig einen Schritt schneller zu werden und die Sonne weicher zu scheinen.

Rachel und die Kinder würden gut eine Woche lang nicht zu Hause sein. Er könnte Mason anrufen. Sie hatten seit Juni – über den Atlantik hinweg, mit einem Knacken in der Leitung – nicht mehr miteinander geredet, und Grey hoffte, nicht ganz aufrichtig, daß Mason ihm da verziehen haben könnte, wo Rachel es nicht konnte, obwohl es doch Mason gewesen war, den er betrogen hatte, Mason, der den Sommer in seinem Rattenloch von einem Studio über dem Davis Square gesessen und gewartet hatte, während er und Rachel jeder für sich geflüchtet waren. Mason war vielleicht wieder mit Rob, seinem jamaikanischen Freund, zusammen. Das war alles scheußlich, bedauerlich, und bis zur nächsten Haltestelle hatte Grey beschlossen, wieder der Ehemann und Vater zu werden, der sein eigener Vater (Gott segne und behüte ihn) nicht gewesen war. Wozu es natürlich zu spät war.

Er stieg aus, und die Hitze schlug über ihm zusammen. Es war kurz vor zwei. Der Zeitunterschied ließ ihm sein eigenes Viertel sowohl tröstlich als auch fremd erscheinen, unwirklich, so als würde der richtige Grey erst in ein paar Stunden auftauchen. Häuser in einem Pseudotudorstil und große stuckverzierte Blocks standen entlang der Straße, die Fenster schwarz und blind. Alle waren auf Cape Cod. Ein paar Kombis schmorten in den Einfahrten, eine Rasenfläche lag braunverbrannt da. Weiter hinten murmelte die verrückte Briefträgerin in ihrem Tropenhelm etwas über ihren Handwagen hinweg. Er würde die Post durchsehen, sich um Rachels Rechnungen kümmern müssen. Wer wußte schon, was ihn an der Universität erwartete? Er und Mason schrieben sich nicht mehr: Ein herumliegender Brief, den Rachel gefunden hatte, hatte alles ins Rollen gebracht.

«Wer ist Mason?» hatte sie an jenem Abend auf der Veranda gefragt.

«Student», hatte Grey gesagt.

«Männlich.»

«Graduiert.»

Sie hatte ihren Drink hingestellt und einen Fetzen Papier aus der Tasche gezogen. «Er sagt, er vermißt deine Hände. Was könnte das wohl bedeuten?»

Ihm fiel so schnell keine überzeugende Antwort ein, weil er seine Daumen auf Masons Taille sehen konnte, zwischen ihnen Masons flaumbedecktes Kreuz.

«Ich hab ihm geholfen», sagte Grey.

«Hast du das?» fragte Rachel hoffnungsvoll und dann, als er zögerte: «Sag mir, warum frage ich überhaupt?» Sie hatte ihm den Fetzen Papier in den Schoß fallen lassen und ihren Drink nach drinnen mitgenommen.

Die Taschen wurden ihm schwer. Ach, aber Mrs. Abplanalps Garten blühte und gedieh leuchtend in der Sonne. Er erstreckte sich am Eisengeländer ihrer Veranda entlang, ein schwindelerregender Farbenrausch. Ralph, sein Jüngster, hatte sich einen Sommer darum gekümmert, während die Abplanalps ihren Monat in Bar Harbor verbrachten, hatte in der Abenddämmerung Rachels schwappende Gießkanne über den Rasen geschleppt, und der Gedanke an diese gewissenhafte Hingabe, die auf so wunderbare Weise belohnt wurde, gab Grey Kraft. Auch er paßte nun auf ein Haus auf – auch wenn es einmal sein eigenes gewesen war –, und vielleicht würde man ihn, wenn er sich sorgfältig darum kümmerte, wieder freundlich aufnehmen. Die letzten paar Wochen des Sommersemesters hatte er auf dem Sofa in seinem Büro geschlafen. Das hatten sie auch vorher schon durchgemacht, hatten sich in der Vergangenheit zu unbefriedigenden Kompromissen durchgerungen, deren Bedingungen ihm seine Begierde und ihr den Abscheu davor zugestanden. Damals hatte Rachel letzten Endes immer nachgegeben. Diesmal hatte sie noch keine Anstalten dazu gemacht. Sie hatte die Idee, daß sie sich in Freundschaft trennen sollten. Die Kinder waren alt genug, obwohl es nicht nötig war, daß sie den Grund erfuhren. Er hatte nicht gedacht, daß sie so schroff, so überzogen reagieren würde. Sie hatten immer noch ein gemeinsames Konto. Er würde die Rechnungen bezahlen, sich gern darum kümmern. Gut, hatte sie gesagt, aber erwarte bloß nichts von mir.

Das Haus war nicht abgebrannt. Rachel hatte die Pflanzen wahrscheinlich von Sigi Hansen von nebenan gießen lassen. Es sah so aus, als hätte einer von den Zwillingen den Rasen gemäht. Auf der Veranda mußte Grey seine Taschen abstellen, um nach seinen Schlüsseln zu suchen, und während er sich auf die gemusterten Platten kniete, die er zwanzig Jahre lang an den Sommerabenden abgespritzt hatte, fragte er sich, wohin er wohl gehen würde.

Die Luft war muffig, die Vorhänge wegen der Sonne zugezogen. Er schloß die Tür hinter sich ab und ging zum Kühlschrank, erhoffte sich etwas Kaltes, fand aber nur ein paar Dosen Papayanektar, den Melanie vor kurzem entdeckt hatte. Er holte den Scotch aus der Speisekammer und goß etwas davon über einen Eiswürfel, setzte sich dann im durch die Vorhänge abgedunkelten Wohnzimmer aufs Sofa und trank, wobei er ab und zu die Augen schloß. Als er zur Ruhe gekommen war, ging er in die Küche zurück und rief in Madaket an.

«Hier bei Grey», meldete sich Melanie. Sie klang komisch, piepsig.

«Melanie?»

«Nein. Mr. Grey?»

«Wer spricht da?»

«Lisa.» Sie war bestimmt Ralphs oder Marks jüngste Eroberung aus der Schule; er sah kein Gesicht vor sich.

«Lisa, ist Mrs. Grey da?»

«Sie sind alle am Strand. Ich bin erkältet.»

«Tut mir leid.»

«Wollen Sie eine Nachricht hinterlassen?»

«Ja», sagte Grey, «bitte sag allen, daß ich wohlbehalten angekommen bin.»

«Soll ich Mrs. Grey sagen, daß sie zurückrufen soll?»

«Wenn sie Lust hat», erwiderte er. «Es ist nichts Dringendes.»

Er mußte die Bilder durchgehen, die er in Beaune gemacht hatte, ein Manuskript zusammenstellen, bevor das Semester anfing. Er hatte genug Arbeit.

Er nahm die Pflanzen aus dem Spülbecken und stellte sie wieder dahin, wo sie hingehörten. Er rief beim Postamt an; dort sagte man ihm, er müsse vorbeikommen und für ihre Post eine Unterschrift leisten. Er aß ein paar Cracker mit Erdnußbutter, trank noch etwas Scotch und suchte die Schlüssel für den VW Kombi. Ursprünglich hatte er Rachel gehört; in der High-School hatte Mark ihn stark strapaziert. Er war gut für die Stadt oder im Winter. Ein phosphoreszierender Gummi-Werwolf baumelte am Spiegel. Niemand würde ihn erkennen, und das gefiel Grey. Er warf sich in alte Tennisshorts und ein Izod-Hemd voller Farbflecke, und im Kombi fand er eine altmodische Sonnenbrille von Mark.

Im Postamt gab man ihm eine Einkaufstasche voll Post, das meiste davon Reklame. In der Universität schlich er sich über eine Hintertreppe ins Postzimmer. Die Tür, die es mit dem Graduiertenbüro verband, stand zum Durchlüften offen. Dort konnte er Peggy an ihrem Computer sehen, und obwohl er versucht war, hallo zu sagen, hielt er sich dicht an der Wand mit den Briefkästen. Seiner war vollgestopft, ein paar Umschläge waren zerknittert. Er drückte sich das Durcheinander an die Brust, ließ seinen Blick über den Gang wandern, flitzte dann auf die andere Seite und lief mit schnellen Schritten die Treppe hinunter.

Wieder zu Hause, ließ er den Stapel aufs Sofa fallen und sah ihn durch, während er an einem Drink nippte. Nichts von Mason, aber auf einem fotokopierten Zettel stand in der anonymen, herzlichen Sprache der Fachbereichsschreiben, daß Rolandsen in Köln gestorben war. Es gab keine Erläuterung, nur das Wann und Wo des Gedenkgottesdienstes. Der war auf den übernächsten Tag datiert.

Grey ließ sich aufs Sofa zurückfallen und biß einen Cracker zur Hälfte ab. Rollie, o Gott. Er hatte den jüngeren Mann gekannt, auch wenn sie nicht befreundet gewesen waren. Es war Politik im Spiel, die rauhen Barrieren von Ruf und Position, und voll Entsetzen wurde Grey bewußt, wie er daran dachte, daß er aufsteigen und den vakant gewordenen Lehrstuhl von Marsden einnehmen würde, wenn alles nach Wunsch lief.

Aber wie jung Rolandsen war, Ende Vierzig, und man fing gerade erst an, ihm für sein erstes Buch über die Troubadoure Anerkennung zu zollen, das schon weit hinter ihm lag. Er hatte an einem Buch über die Klafeld-Häretiker gearbeitet; er war in Köln gewesen, um sich die Originalhandschriften anzusehen. Vermutlich Herzinfarkt, so wie er sich ernährte. Peggy war nicht der Meinung gewesen, daß sie beide sich nahe genug gestanden hätten, um ihn in Beaune anzurufen. Und Grey kam der makabre Gedanke, daß Rolandsen unten im kalten Laderaum beim Gepäck lag, während er in der Touristenklasse zurückgeflogen war und an trockenen Corned-beef-Sandwiches herumgeknabbert hatte.

Grey versuchte Mason anzurufen, aber unter der Nummer gab es keinen Anschluß mehr. Genau wie Rachel konnte Mason nicht mit Rechnungen umgehen; er hatte das nie tun müssen. Außer dem unerschütterlichen Zynismus und der Hoffnung eines Jugendlichen war Mason eine leichte Hilflosigkeit oder Ungeschicktheit eigen, die Grey auf die Palme bringen konnte. Er konnte nicht mit Geld umgehen und hatte Schwierigkeiten bei der Wahl seiner Freunde, und wenn Grey gestand, daß er sich Sorgen um ihn machte, wurde Mason, wie ein kleines Kind, entweder ganz still, oder er tat es mit einem Lachen ab. «Können wir uns nicht einfach amüsieren?» fragte er dann und sagte damit im wesentlichen, daß es zwischen ihnen nicht von Dauer sein würde (der Aschenbecher kalt auf seiner Brust, und die Uhr in der Kochnische sagte ihm, daß er sich eigentlich für den Unterricht anziehen müßte), und obwohl Grey wußte, daß es nicht dauerhaft sein konnte, sorgte irgendein romantisches Ideal aus seiner Jugend dafür, daß er es sich wünschte. Wieviel hatte er verloren, und doch war er immer wieder geschockt, wochenlang völlig erledigt. Er klammerte sich genauso an seine Männer, wie er sich an Rachel und seine Familie klammerte – an die ihm fehlenden Ausflüge im Sonnenschein nach Crane's Beach oder zum Lake Winnepesaukee, wo Rachel auf der Chaiselongue auf der hinteren Veranda geschlafen und der hin und her schwankende Schatten des Ahorns helle Flecken von Haut, Lippe, Wimper hervorgehoben hatte. Seine beiden Lieben kamen ihm gleichwertig vor – stimmt, irgendwie vorbestimmt –, obwohl er sich, wenn er mehr als ein paar Tage mit seiner Familie verbrachte, sicher war, daß er für eine Entscheidung büßte, die vor langer Zeit jemand anders getroffen hatte, und in den Armen seines Liebhabers Melanie in ihren Kleidern für den Kirchgang vor sich sah.

Grey fuhr zum Davis Square hinüber. Masons Name stand immer noch an der Tür desselben eingedellten Messingbriefkastens. Grey betätigte den elektrischen Summer, blickte die Treppe hinauf in den ersten Stock, auf die schwache, nackte Glühlampe, gab dann auf, stand in der schäbigen Vorhalle und fühlte sich so alt und schwerfällig, daß er dachte, er würde es nicht mehr zurück zum Auto schaffen. Er fuhr nicht aus der Parklücke heraus und saß eine Weile mit seinen Schlüsseln auf dem Schoß in der Hitze. Ein Wagen hielt und hupte, in der Hoffnung, Grey würde wegfahren. Grey schaute in den Spiegel. Der Werwolf hing an seiner Kette und drehte sich.

«Immer mit der Ruhe», sagte Grey.

Er nahm das Telefon vom Haken, goß sich eine Kaffeetasse voll Scotch ein und nahm sie mit ins Bett.

Er arbeitete den größten Teil des nächsten Vormittags im Eßzimmer, numerierte und beschriftete seine Bilder. Er hatte die letzten beiden Monate innerhalb der Stadtmauern von Beaune verbracht, im Hôtel-Dieu, einem großen befestigten Stadtpalast aus dem Mittelalter, und Van der Weydens *Jüngstes Gericht* fotografiert. Als ein Polyptychon aus Tod, Verdammung und Auferstehung wurde es oft als Vorlage für Bruegels *Triumph des Todes* angeführt. Gott schwebte gewaltig und aus dem Hintergrund beleuchtet über einem Berg aus Leichen, mit verschränkten Armen und geschlossenen Augen. Unten zerfleischten sich die Sünder, wurden aufs Rad geflochten, ertranken in Strömen von Blut. Das Hôtel-Dieu war während der Pest ein Hospital gewesen. Das Wandgemälde bedeckte eine riesige Kalksteinwand im früheren Armensaal. Grey stellte sich vor, wie die Patienten unter großen Qualen hilflos dagelegen hatten, von Angesicht zu Angesicht mit ihrem eigenen Tod. Die Franzosen betrieben es jetzt als Touristenattraktion. Man hatte ein raffiniertes, mechanisch betriebenes Vergrößerungsglas installiert, das sich wie der Zeiger einer Alphabettafel Stück für Stück über die Oberfläche des Gemäldes schob und die vorquellenden Augen und zusammengebissenen Zähne der Verdammten hervorhob. Als er in Dijon eingetroffen war, hatte Grey ein Buch über das Warnende in der mittelalterlichen Kunst im Sinn gehabt, aber im Laufe des Sommers empfand er das *Jüngste Gericht* zunehmend als ekelerregend und bedrückend, und jetzt sah er sich nur noch genötigt, das verdammte Ding zu veröffentlichen, um es vom Tisch zu bekommen. Aber er brauchte jetzt etwas, woran er arbeiten konnte, irgendeine Ablenkung. Er setzte das *Jüngste Gericht* wie ein Puzzle für die Kinder an einem Regentag auf dem Eßzimmertisch zusammen, die Teile groß, die Farben leuchtend, und ging dann um den Tisch herum und machte Notizen.

Er und Mason hatten nie einen gemeinsamen Morgen gehabt. Grey träumte von ihm, wie er nackt Kaffee kochte oder wie er ihn in der Dusche überraschte. Er konnte sehen, wenn Rachel eifersüchtig gewesen war, so wie er es gewesen war, als sie noch jünger waren und sie an manchen Nachmittagen mit einem Strahlen zu spät vom Tennis zurückkam und fade Entschuldigungen auftischte. Darüber sollten sie eigentlich hinweg sein, sagte sie mit tränenfeuchten Augen, wenn sie in Wirklichkeit meinte, daß sie angeekelt war, daß er ein Ungeheuer war. Mason gab ihm nie so ein Gefühl, das kam nur, wenn er allein war.

Während des aus Thunfisch bestehenden Mittagessens rief er beim Fachbereichsbüro an. Es sei ein Herzinfarkt gewesen, bestätigte Peggy.

«Wollen Sie das Unheimliche daran hören?» fragte sie. «Er war im Raritätensaal, als es passiert ist. Mit dem Buch.»

«Und hatte zweifellos die Tür von innen abgeschlossen.»

«Besser», sagte sie, «er war nicht der erste, der beim Lesen dieses Buches gestorben ist.»

«Machen Sie keine Witze», sagte er.

«Das ist entsetzlich, was?» sagte sie. «Armer Rollie.»

Wie die meisten seiner Kollegen besuchte Grey keine Fachbereichsveranstaltungen, und jetzt war ihm bestimmt nicht nach einem Begräbnis zumute. Peggy sagte, sie könne nicht kommen, obwohl sie ihm keine überzeugende Begründung lieferte. Er wollte nicht sagen, es komme ihm ungelegen (so war es nicht) oder daß er Rolandsen eigentlich nie gemocht habe. Er sagte, er wisse es nicht, aber er glaube es kaum.

Er war noch nicht richtig betrunken, als Rachel anrief – es war schwer zu beurteilen, da er den ganzen Abend mit niemandem geredet hatte.

«Das Wetter war herrlich», sagte sie. «Hattest du Zeit, dir auch die Weinberge anzusehen?»

«Nein», erwiderte er. «Das Haus ist in Ordnung. Mir geht's gut.»

«Das hat Lisa gesagt.»

«Sie ist Marks Freundin.»

«Gut geraten. Sie ist neu. Sehr nett.»

«Ich hab in der Universität einen Zettel bekommen, auf dem steht, daß Rollic Rolandsen vor ein paar Tagen in Köln gestorben ist.»

«Tut mir leid, ich erinnere mich nicht an ihn. Ist er ein Freund von dir gewesen?»

«Er war ungefähr in unserem Alter.»

«Alleinstehend, stimmt's, so ein großer Dicker?»

«Er war fett. Er war kein besonders geselliger Typ. Er war vielleicht zweimal bei uns zu Hause.»

«Ich weiß nicht, was ich sagen soll.»

«Wir waren nicht befreundet, aber er war ein guter Mann.»

«Im Gegensatz zu einigen anderen in deinem Fachbereich.»

«Ja», sagte Grey. «Schätze, er war eher wie ich, so ein harmloser Typ.»

«Was machen meine Pflanzen?» fragte sie. «Wir denken daran, noch eine Woche zu bleiben. Bist du noch da, wenn wir zurückkommen?»

«Darf ich denn?»

«Das haben wir doch schon durch», sagte sie, als hätte die Frage sie ermüdet.

Grey stand am Spülbecken und blickte aus dem Fenster in den dunklen Hinterhof hinaus. «Sag mir, was ich tun soll.»

«Mir ist es egal», sagte sie. «Entscheide selbst.»

«Ich vermisse dich.»

«Wir sehen mal, ob das Wetter sich hält.»

Der VW Kombi ratterte den ganzen Weg zum Davis Square. Er kaute Kaugummi und rauchte, in der Hoffnung, das würde helfen, wenn die Polizei ihn anhielt. Es war glühend heiß, und die Gehsteige waren voller Menschen, die Treppe zu Masons Gebäude eine Gasse aus jungen Kariben, die Bier tranken und auf eine Art lachten, die Grey wie eine beabsichtigte Drohung vorkam. Rob war nicht dabei, aber schon die ersten gewisperten Gassenworte reichten aus, um Greys Hoffnungen zu dämpfen.

Er drückte auf den Summer und wartete, drückte noch einmal und wollte gerade gehen, als oben an der Treppe eine Gestalt erschien. Die Birne hinter dem Mann erschwerte das Sehen, aber als er halb unten war, erkannte Grey Mason, der in Jeans und Pullunder und mit bloßen Füßen ziemlich fit aussah. Er war viel in der Sonne gewesen; sein Haar hatte einen rotbraunen Farbton, und seine Arme waren dunkel. Er lächelte Grey säuerlich an und machte die Tür auf, hielt sich aber am Rahmen fest.

«Ich hab versucht anzurufen.»

«Ich brauch keine Erklärungen.»

«Falls Rob hier ist», brachte Grey heraus.

«Niemand ist hier.» Er stand da und versperrte die Tür. Grey hatte ihn einfach anders in Erinnerung, jungenhafter, aber er konnte keine Spur davon in seinem Gesicht entdecken.

«Ich weiß nicht, warum ich gekommen bin.»

«Tut mir leid», sagte Mason, als könnte er ihm nicht helfen.

«Ist mit dir alles in Ordnung?»

«Mir geht's gut.»

«Wie steht's mit deinem Geld?»

«Gut», sagte Mason.

Oben an der Treppe fragte eine Gestalt: «Alles klar, Mace?»

«Ja», rief Mason und sagte dann zu Grey: «Wir sehen uns an der Uni.»

«Paß auf dich auf.»

«Bis dann», sagte Mason.

Die Männer auf den Stufen lachten schallend, als Grey herauskam, und ihr Gelächter folgte ihm die Straße entlang.

Er konnte das *Jüngste Gericht* nicht ansehen, die Verlorenen, die wie Fische aufgeschlitzt waren. Der Regen kam erst nach Mitternacht und brachte keinerlei Abkühlung. Grey saß auf der Veranda, nippte an einem Drink und lauschte, dachte an den Gemüsegarten, den sie immer angelegt hatten, an den aufblasbaren Pool mit dem blauen Boden, in dem die Kinder sich gerekelt hatten, an die Mittagessen unter dem Ahorn. Das, dachte er, war das Rätsel, wie all das verschwunden war, während das Haus unverändert blieb.

Der Gottesdienst fand morgens in einer Leichenhalle drüben in Cambridge statt. Es war feucht und bedeckt, bedrohlich, und Grey sorgte dafür, daß er zu spät kam. Er parkte den VW Kombi in einer Nebenstraße der Mass Avenue. Er hatte einen Leinenanzug an, den er immer sonntags getragen hatte, als die Kinder noch kleiner waren. Er war nicht so leicht, wie er ihn in Erinnerung hatte. Die Leichenhalle war klimatisiert, mit schweren Teppichen ausgelegt und dunkel. Es gab mehrere Besichtigungsräume, und er folgte einer Anzeigetafel und betrat versehentlich den ersten, der bis auf einen Sarg leer war. Er ging denselben Weg zurück in die Haupthalle, wo ein Mann in einem guten schwarzen Anzug bestätigte, das sei der Rolandsen-Raum.

«Ist die Familie da?» fragte Grey.

«Ich glaube, Mr. Rolandsen hat in dieser Gegend keine Familienangehörigen.» Er sagte das mit so einer Gefaßtheit und – wie Grey sich einredete – so einem Mitgefühl, daß Grey es als normal, ja sogar logisch gelten ließ. Ein Mann in seinem Alter, unverheiratet. Zu dieser Jahreszeit war die Stadt menschenleer; das war bedauerlich, sonst nichts.

Der Sarg wurde geschlossen. Grey nahm auf halbem Wege zurück auf einem der gepolsterten Klappstühle Platz und wartete.

Er war nur ein paar Blocks vom Davis Square entfernt. Mason wachte bestimmt gerade auf, bereit für einen vollen Tag zwischen den Regalen der Widener-Bibliothek. Der Direktor kam den Gang hinauf zu Grey und sagte, die Prozession werde jeden Augenblick beginnen. Ob er seinen Wagen herholen wolle?

Er folgte dem Leichenwagen, schaute auf der Suche nach Zuspätkommenden in den Spiegel, aber es war keiner zu sehen. Er wünschte sich, er hätte eine Klimaanlage. Die Leichenhalle sorgte für den Priester und die Sargträger und ließ Grey nichts anderes übrig, als an dem offenen Grab zu stehen und das Programm der Begräbnisfeier durchzublättern. Der Gottesdienst nahm kein Ende. Die Hitze und die tiefhängenden Wolken brachten den Geruch umgegrabener Erde heraus. Er erwartete, daß irgendein Freund oder Liebhaber mit Blumen über das schattige Gras eilen würde. Er wollte, daß all das jemandem etwas bedeutete. Eine plötzliche Panik überkam ihn, und er kämpfte dagegen an, indem er weit über die ordentlichen Reihen von Grabsteinen blickte.

Es war ein schöner Friedhof, sauber, gepflegt, und Grey dachte voller Verzweiflung, daß Rolandsen es zu schätzen wüßte, daß er gekommen war. Auf der anderen Seite eines Teiches fraß sich ein Löffelbagger in den Rasen. Einer der Sargträger drückte auf einen Knopf, und der mechanisch betriebene Aufzug ließ den Sarg hinunter; der Priester ließ eine Handvoll Erde fallen. Grey dachte an Rolandsen da drin, daran, wie er die Erde aufschlagen hörte; an den ruhigen Gesichtsausdruck von Toten. Er hatte sich den ganzen Sommer lang mit der Hölle befaßt, aber erst jetzt ging ihm die wirkliche Drohung des *Jüngsten Gerichts* auf. Van der Weyden hatte seine Motive nicht dem Leben abgeschaut, sondern sich an die frisch Verstorbenen aus dem Hôtel-Dieu gehalten, so daß die Patienten, die noch am Leben waren, dem Maler dabei zusahen, wie er – manchmal noch am selben Tag – die Gesichter ihrer Bettnachbarn neu erschuf. Zum ersten Mal seit dem Begräbnis seines Vaters sprach Grey ein Gebet. Er bedankte sich bei dem Direktor, suchte sich einen Weg zwischen den Steinen hindurch, stieg in den VW Kombi und fuhr los.

Es war ein strahlender Himmel, die Gehsteige waren leer. Er fuhr an einer einmündenden Straße mit ein paar dunklen Köpfen in den getönten Fenstern vorbei, auf der keine Autos fuhren, niemand entlangging. War Feiertag, oder war er der einzige in der Stadt, der noch übrig war?

Die Abplanalps hatten Landschaftsgärtner kommen lassen; ihr Pritschenwagen stand in der Einfahrt, und Rechen und Schaufeln waren an den Seiten befestigt wie einsatzbereite Waffen. Ein älterer Mann kniete mit einer Heckenschere neben dem Blumenbeet, ein anderer stand auf einer kurzen Leiter und stutzte die Hecke. Ein Junge, der etwas jünger als Ralph war, schob einen ohrenbetäubenden Benzinrasenmäher durch den Garten. Er hatte das Hemd ausgezogen, und im Kreuz waren seine Shorts dunkel vor Schweiß. Er grüßte Grey, als er vorbeiging.

Im Haus zog Grey die Vorhänge vor, so daß er sie nicht sehen mußte. Er zerlegte das *Jüngste Gericht* und schlang ein Gummiband um den Stapel Bilder. Er machte alle Fenster zu und stellte die Pflanzen ins Spülbecken. Er nahm das Scheckbuch und ein Paar alte Tennisshorts, hinterließ eine Nachricht im Briefkasten der Hansens. Der VW Kombi vibrierte, als er fünfzig lief, der Werwolf leuchtete. Er hielt an einem Store 24 außerhalb von Quincy, um eine Sonnenbrille und einen Taschenbuchkrimi zu kaufen, der ihn reizte, den er aber nicht anrührte. Statt dessen schlief er mit über der Brust verschränkten Armen, während das Boot von Hyannis durch die einbrechende Dunkelheit schaukelte.

DIE VERSTEIGERUNG

Der Schulbus stoppt am Briefkasten, eine Wolke aus Staub und Blättern zieht vorbei, als er hält, und aus der Tür tritt Walter, der Fahrer. Oben an der von zwei Fahrspuren durchzogenen Einfahrt sieht er, daß der obere Teil des Hauses nicht mehr da ist. Walter fällt das Fähnchen des Briefkastens auf, und er langt hinein, um das Bündel Umschläge herauszunehmen. Karge Gräser säumen die Einfahrt auf beiden Seiten und peitschen den Wind, während er zu den Überresten des Hauses stapft. Das Land jenseits der Steigung kommt in Sicht, ein Hellbraun, das zu Grau geworden ist, abgeerntete Stoppelfelder, auf denen die Spuren der Mähmaschinen noch zu sehen sind. Auf halbem Weg dreht er sich um, um sich zu vergewissern, daß die Kinder den Bus nicht verlassen haben. Er kann ihre Gesichter nicht sehen, nur Gestalten in den unterteilten Fenstern. Die Gräser zucken und pfeifen, schwanken, um ihre Saat abzuwerfen.

Er fängt an zu laufen, die Arbeitsstiefel bohren dunkle Monde in den Schmutz, und während er rennt, erschrocken über seine eigene Geschwindigkeit, während er ausgepumpt näher kommt, sieht er, daß da nichts mehr ist, worauf er zulaufen könnte. Das Feuer hat von dem Haus nur noch einen Haufen Balken übriggelassen. Trotzdem bleibt er erst stehen, als er den Rand des schwarzverbrannten Grases erreicht. In den Trümmern stehen ein Herd und ein Kühlschrank, deren Farbe Blasen geworfen hat. Walter schaut die Einfahrt entlang zurück zum Bus, der vor dem Wald wie eine Streichholzschachtel aussieht.

Die Scheune ist unversehrt, wie auch all die anderen Nebengebäude. Noch bevor er die Scheune erreicht, schlägt ihm der Gestank entgegen. Er hält den Atem an und klopft, in der Hoffnung, ein Muhen zu hören, ein Ohr an der mit Stechmücken übersäten Tür. Dann muß er loslaufen, um wieder atmen zu können.

Während er zurückgeht, sieht Walter, wie die Gesichter der Kinder Augen bekommen, anfangen zu lächeln. Sie lachen – beeilt euch, setzt euch hin, da kommt er –, und als er einsteigt und die Tür zumacht, kichern einige von ihnen. Er läßt das Handschuhfach aufspringen und steckt die Post zwischen schmierige Straßenkarten.

> *Es lebe unser Busfahrer*
> *Busfahrer, Busfahrer*
> *Es lebe unser Busfahrer dreimal hoch*
> *Hoch soll er leben, hoch soll er leben*
> *Dreimal hoch*
> *Hoch hoch hoch!*

Als die Kinder alle weg sind, parkt er quer auf den Behindertenparkplätzen, stellt den Motor ab und macht sich auf den Weg zum Büro des Direktors.

Im Luna, der einzigen Bar von Kennadaro, sitzt Jim Ed Steckler, betrunken, und erzählt jedem, der bereit ist zuzuhören, von seinen Plänen für seine nächste Farm. Es gibt hier andere, die schlechter dran sind, deren Farmen schon versteigert sind und die bei Nabisco in Chickasha oder bei Harvester oben in Carnegie im Schichtdienst arbeiten. Sie hören taktvoll zu, fluchen mit ihm zusammen auf die Landbarone aus den Siebzigern, auf die Banken, die Präsidenten, die sie verraten haben, aber sie wissen, daß Jim Ed, genau wie sie, nie wieder Landwirtschaft betreiben wird. «Das Loch, das du dir selber schaufelst, wird zu groß», sagen sie. Sie lassen jedesmal ein Bier anschreiben, diskutieren über die Sooners und die Wildcats, trinken einen Schluck und hören zu, wie sich Jim Ed an der Theke alles von der Seele redet.

«Wenn ihr glaubt, daß ich für so einen Scheißkerl auf einer der großen Farmen arbeite, dann habt ihr sie nicht mehr alle. Verdammt noch mal, da ist immer noch das Land, das haben wir noch nie aufgegeben, und damit fangen wir auch jetzt nicht an.» Er läßt seine Zigarette fallen und stößt, als er sie auffangen will, mit der Hüfte einen Barhocker um. «Verdammte Scheiße.» Marley Simms, sein nächster Nachbar, der ebenfalls bankrott ist, hebt den Hocker auf und dreht Jim Ed, einen flanellbekleideten Arm auf seinen Schultern, wieder zur Bar. Die anderen wenden sich unter Gemurmel wieder ihrem Bier zu. Hier gibt es niemanden, gegen den man kämpfen könnte, die sitzen in Washington oder New York. Bürohengste, Politiker.

Jim Ed sieht sich im Spiegel, sein Kopf sauber abgetrennt von einer Reihe von Flaschenhälsen. Seine Augen spähen durch den Rauch, wodurch seine Wangen sich heben und sein Gesicht gedrungener wirkt. Er lacht den Mann mit dem großen Kiefer und der Deere-Kappe an und hebt sein Glas. Sie wischen sich den Mund am Ärmel ab. Marley stellt den Krug wieder sorgfältig auf den Bierdeckel.

Nadine Steckler drängt die Kinder, ihre Hausaufgaben zu machen und erinnert sie mehrmals daran, während sie abwaschen. Jim Junior, der im Schlafanzug darauf wartet, ins Badezimmer zu können, knurrt: «Jaa, Ma.» Um Strom zu sparen, heizen und beleuchten sie das Haus mit Petroleum, und Nadine läuft in der Morgen- und Abenddämmerung mit einer Sturmlaterne durch die Flure. Die Kinder geben nur halb überzeugende Gespensterlaute von sich, Schatten sausen die Treppe hinauf. Obwohl sie weiß, daß sie die Farm verlieren werden, kann Nadine sich nicht vorstellen, mit nichts als ihrem Lieferwagen von ihrem Grund

und Boden verwiesen zu werden. Aber es stimmt, denkt sie, genau das wird passieren.

Nachdem die Kinder gefrühstückt haben, beobachtet sie, allein am Spülbecken, wie die Mädchen sich an die Arbeit machen, hinter ihnen die Felder und, in weiter Ferne, teilweise erkennbar das Tiefland von Washita. Sie spült ab, blickt in den klaren Herbsthimmel hinauf und hört dem regelmäßigen Rumpeln der Melkmaschinen zu. Jim macht das Scheunentor auf, winkt und reibt sich den Bauch. Sie hält eine Hand hoch: Fünf Minuten.

Er kommt aus Oklahoma City, weil keiner von den Einheimischen etwas mit dem Job zu tun haben will. Die Federal Deposit Insurance Corporation hat ihn aus dem gleichen Grund schon einmal weit weg in North und South Dakota eingesetzt. Er wohnt im County Line Motel außerhalb von Kennadaro, aus Angst vor den Leuten aus der Stadt. Einige andere Versteigerer sehen auf ihn herab, weil er so eine Arbeit macht, und er selbst hat manchmal ein schlechtes Gewissen, aber es ist Arbeit. Es gibt nur wenige erfreuliche Versteigerungen, meistens sind Bankrott oder Tod die Ursache. Tod zieht ein interessanteres Publikum an; Bankrott mehr Geld.

Er ißt in einem Steakhaus neben dem Motel und überprüft eine Inventarliste, die ihm die FDIC zur Verfügung gestellt hat. Obwohl er nie auf einer Farm gearbeitet hat, kann er anhand der Listen einschätzen, wie groß und erfolgreich sie ist. Er macht einen Kreis um die Posten, die höchstwahrscheinlich hohe Angebote bringen. Bevollmächtigte der großen Farmen werden dafür sorgen, daß die Preise für die meisten Maschinen im Rahmen bleiben; das Land wird der Bundesstaat übernehmen. Er sucht nach etwaigen Antiquitäten unter den vereinzelt übriggebliebenen Möbelstücken – bewegliches Eigentum werden sie genannt. Kinderkommode, ca. 1850, leichter Brandschaden. Er ißt seine Pastete zu Ende, trinkt seinen Kaffee aus und nimmt die Rechnung. Aus der Küchendurchreiche sehen der Koch und die Kellnerin zu, wie er liest: «*Have a nice day. Fuck you.*» Er läßt das übliche Trinkgeld da.

Der Versteigerer schläft im Wald in seinem Wagen. Er kennt das Datum, die Uhrzeit und den Ort; er wird dasein, wenn er gebraucht wird. Das Gewehr, das er normalerweise in seinem Koffer aufbewahrt, liegt unter dem Fahrersitz, den Kolben nach außen und entsichert.

Das einzige Foto, das der Chefredakteur von Jim Ed Steckler hat, stammt aus *The Ram*, dem Jahrbuch der Kennadaro High-School. Unter dem pickligen Jungen mit dem Bürstenhaarschnitt steht: «4-H I, II, IV; Auswahlteam Basketball III, IV; Autoclub. Jim freut sich darauf, Landwirt zu werden. College: Steht noch nicht fest.»

Nadine Smithson ist in der Ausgabe vom nächsten Jahr, das blonde Haar straff zurückgekämmt, mit zwei Zöpfen, die ihr breites Gesicht wie Säulen einrahmen.

Jim Junior ist ein weißer Kopf, sein Körper verdeckt von einem heranrennenden Stürmer, die Zuschauer auf der Tribüne dunkel, außer Reichweite des Blitzlichtes. Der Ball, zwischen den Fingerspitzen des gegnerischen Spielers und dem Korbrand, nimmt seine ganze Aufmerksamkeit in Anspruch. Sein Mund steht offen, und er hat die Augen aufgerissen. Der Chefredakteur findet das Bild ungeeignet.

Carolyn June Steckler und Marcia Lynn Steckler kommen in seinen Akten nicht vor. Er sucht in den Klassenfotos von der Grundschule, aber ihre Gesichter sind zu klein, und bei einer Vergrößerung würden sie zu grobkörnig.

Er gibt sich mit den Fotos aus *The Ram* zufrieden, in doppelter Größe. Auf der Titelseite sind sie siebzehn Jahre alt.

Nadine fährt mit Myra Simms einmal in der Woche in die Stadt. Seit das Telefon abgestellt ist, braucht Nadine diese Ausflüge, um über den neuesten Klatsch auf dem laufenden zu sein. Aber in letzter Zeit gab es wenig zu erzählen. Sowohl das Geld der Simmses als auch das der Stecklers geht zur Neige, und Nadine und Myra haben die Hoffnung auf einen Ausweg verloren. Auf jeder Fahrt sitzen sie nach ein paar Minuten, in denen sie ihre Vermutungen austauschen, still da und beobachten, wie die Zäune Meile um Meile an ihnen vorbeiziehen. In der Stadt schlendern sie durch die Gänge der Läden, deuten auf Sachen, die ihnen gefallen, und gehen dann wieder, ohne etwas zu kaufen.

Bevor die ersten Briefe vom Kreditinstitut und vom Büro des Sheriffs kamen, hat Nadine immer am vorderen Fenster auf den Postjeep gewartet. Sie ging in der Schürze die Einfahrt hinunter, direkt aus der Hitze der Küche bei der Zubereitung des Mittagessens für die Mädchen. Es waren Wurfsendungen der Läden aus der Stadt, Gutscheine von Clearingstellen und Briefe von ihrer Mutter. Nachdem sie die Gutscheine und Werbezettel in die Schürzentasche gesteckt hatte, las sie auf dem Weg zurück zum Haus immer laut die Briefe ihrer Mutter. Jetzt, da die Mädchen in der Schule sind und die Post nur noch Angst einjagt, sitzt sie im Hinterzimmer, liest Romane aus der Bücherei und versucht, dem herannahenden Motor keine Beachtung zu schenken.

Manchmal kommt Jim Ed betrunken aus der Stadt nach Hause, aber sie versteht das. Er ist so ein guter Ehemann gewesen, wie sie es sich immer gewünscht hat, als sie noch jung war. An den Abenden, an denen er betrunken nach Hause kommt, bereitet sie ihm das Abendessen extra zu und scheucht die Kinder nach oben. Nachdem er gegessen hat, sitzen sie im Hinterzimmer und reden. Sie werden umziehen, sie werden sich beide einen Job in der Stadt besorgen, oder in Carnegie oder Chickasha. Alles wird gut klappen, sagt sie. Alles wird gut.

Freitags wird Liza Radley von ihren Eltern nach Chickasha zum Psychiater gefahren. Eines Nachts, in der Woche nach dem Feuer, haben sie ihr Bett leer vorgefunden, das Fenster offen.

Mrs. Radley kontrollierte die Frisierkommode: Es fehlte nichts. Da Mr. Radley befürchtete, sie sei entführt worden, rief er den Sheriff an, zog seine Stiefel an, schnappte sich seine Schrotflinte und lief, seine Frau an der Hand hinter sich herzerrend, zu ihrem Bronco. Mit eingeschalteten Nebelleuchten fuhren sie über die Felder und riefen ihren Namen. Sie glitt im Scheinwerferlicht dahin, das Konfirmationskleid schleifte auf dem Boden, der Spitzensaum schlammbeschmiert. Als ihre Mutter ihr ins Führerhaus half, sagte Liza: «Vielen Dank.»

Sie muß zu Hause bleiben, bis ihre Füße geheilt sind, aber der Arzt sagt, es bleibe kein dauerhafter Schaden zurück. Der Psychiater sagt ihren Eltern, das sei eine normale Reaktion. Die Radleys hoffen, daß er recht behält, wissen aber, daß er sich täuscht.

Während sein Schwimmer auf dem Wasser treibt, sieht Jim Ed durch die Nylonmaschen seiner Kappe, die er übers Gesicht gezogen hat, ein grünes Mosaik. Er hat Nadine erzählt, daß er am hinteren Zaun Jagen-verboten-Schilder für die frühe Damwildsaison aufstellt. Alle paar Minuten zieht er ruckartig an der Schnur, ohne etwas zu erwarten, froh, hier zu sein, weg von allem. Aber er ist nicht weg; sie werden ihnen die Farm wegnehmen, und er kann nichts tun, um sie davon abzuhalten. Er hat daran gedacht, seit der erste Brief gekommen ist, hoffte wider besseres Wissen, als würde alles besser, wenn man es sich nur stark genug wünscht. Er und Nadine haben ihre Fluchtmöglichkeiten überflogen, aber sie haben keine richtigen Pläne. In der Stille – Vögel, Blätter, Gras – stellt Jim Ed sich die Farm vor, stellt er sich sein ganzes Leben vor, so wie es hätte sein können, und ruft sich dann in Erinnerung, daß es nicht so ist.

Die Schnur schneidet ihm in den Finger und reißt ihn aus seinen Gedanken. Er steht auf, und seine Kappe fällt auf die Erde. Der Fisch zieht nach links, dann schwach nach rechts, taucht und zieht den Schwimmer unter Wasser. Jim Ed hockt am Ufer des Teiches, läßt etwas Schnur nach und spult sie dann auf. Es ist ein Sonnenbarsch, ein Stachelflosser, der in allen Farben des Regenbogens schimmert. Jim Ed zieht ihm den Haken aus dem Maul und wirft den Fisch wie eine Frisbeescheibe hoch über den Teich. Er klatscht auf die Wasseroberfläche und verschwindet.

Die Mädchen sind im Hühnerstall und streiten sich um ihre beiden Küken, Timmy und Tony. Carolyn sagt, Timmy sei Tony und daß Marcia ihn stehlen wolle. Marcia widerspricht ihr und beschuldigt Carolyn, daß sie versuche, ihr Timmy zu stehlen. Sie ballen die Fäuste und schreien sich an. «Verdammt», sagt Marcia versehentlich, und Carolyn läuft auf die Halbtür zu und tut so, als würde sie es Mutter erzählen. Marcia packt sie am Arm und stellt ihr ein Bein, und dann wälzen sie sich tretend und boxend auf dem Boden. Weinend flüchtet sich Carolyn ins Haus. Marcia tauscht die Küken aus, läuft dann in die Scheune und versteckt sich auf dem Heuboden. Sie wartet in der süßlich-dunstigen Luft. Sie glaubt zu hören, wie Mutter ihren Namen ruft, weit weg, wie in einem Traum. Ist das Mutter? Marcia weiß, daß sie bald hinuntersteigen muß. Draußen ist es schon fast dunkel.

Auf einem Barhocker im Luna hört Marley Simms zufällig ein Gespräch mit an:

«Hab gehört, man hat ihm einen Job angeboten, und er hat ihn ausgeschlagen, Versicherungsjob.»

«Kann man ihm nicht vorwerfen. War nicht zum Versicherungsvertreter geboren, dazu ist niemand geboren.»

«Manchmal muß man nehmen, was man kriegen kann.»

«Und manchmal muß man Stellung beziehen. Man kann doch nicht ständig nur hinter dem Geld herlaufen.»

«Verdammt noch mal, es ist um einiges besser als das, was er gemacht hat. Zumindest kann man mit einem Job weiter seinen Lebensunterhalt bestreiten, egal, wie mies oder schlecht bezahlt er ist. Man kann hinkommen.»

«Also haben sie ihm einen Knochen hingeworfen, das ist

wirklich prima. Da muß er sich richtig gut gefühlt haben. Versicherungsjob, daß ich nicht lache.»

«Hätte ihm vielleicht das Leben gerettet.»

«Red bloß nicht so über Jim Ed. Er ist genauso gut wie jeder von uns.»

Liza Radley und Jim Junior rekeln sich auf dem Rücksitz seines Chevelle und rauchen Zigaretten. Beide tragen schwarze Konzert-T-Shirts mit Seidensiebdruck-Drachen darauf, die Goldflitter speien. Ihre nackten Beine balancieren auf den Kopfstützen des Vordersitzes. Auf dem Armaturenbrett liegen die Reste ihres kleinen Imbisses nach dem Spiel, kalte, halbaufgegessene Hamburger und aufgeweichte Fritten. Draußen tost der Washita zwischen den dunklen Bäumen. Sie lehnen sich zurück und horchen, reichen eine schwere Weinflasche hin und her, schweigsam, müde, froh.

Ihre glühende Zigarette wirft ein blaß leuchtendes Orange auf ihre Schenkel und Schienbeine. Jim will sich an all das erinnern, sich vergewissern, daß er wirklich hier ist; das Mädchen neben ihm, das Mädchen, mit dem er gerade geschlafen hat, muß ein Produkt seiner Phantasie sein. Er spürt das Handtuch unter seinen Schenkeln, die kühle Herbstnacht, die kalte Feuchtigkeit in seinen Schamhaaren. Er sieht auf ihren Lippen und in ihren Augen Lichtperlen brennen, ihr Gesicht aus Schatten gemeißelt. Betrunken, begeistert verspricht er, all das nie zu vergessen.

Und warum diese Nacht? Er hat sie schon vorher gefragt, sie inständig gebeten, auf sie eingeredet, und doch hat sie immer geweint, ihn zurückgewiesen. Sonst hatten sie alles getan. Warum heute nacht? Er ist klug genug, nicht zu fragen. Er weiß, daß er es nie erfahren wird.

Polizisten trennen den Auktionator von den Bietern. Sie stehen mit verschränkten Armen da und werfen ab und zu einen Blick auf die triste Menschenmenge hinter sich. Von seinem Pult aus

(Marcias Frisierkommode hochkant, schwarze Esche mit grün angelaufenen Kupfergriffen) leitet der Auktionator alles. Hier und da erkennt er ein Gesicht wieder, macht Besorgnis aus. Er bietet die Maschinen mit schneller, gleichförmiger Stimme an. Die Einheimischen versuchen, einige der Gerätschaften ihres Kumpels zu retten, aber sie können nicht mit den Profis aus anderen Bundesstaaten mithalten. Alles scheint im voraus festzustehen, zwei Gebote und verkauft, zwei Gebote und verkauft. Jedesmal, wenn er seinen Hammer niedersausen läßt, schreien und fluchen die Leute aus der Stadt. Eine neue Mähmaschine, eine sieben Meter lange McCormick, geht für dreißigtausend weg, und die Augen der Polizisten streichen über die Menge.

Wenn es nach ihm ginge, denkt der Auktionator, würde er nicht einmal herkommen. Er wäre nicht in dieser Lage. Er würde den Auktionator nicht ausstehen können, ihn aber gleichzeitig verstehen. Es ist nicht der Auktionator, der ihm die Farm wegnimmt. Die Menge spricht im Namen der Toten. Sie würden mich umbringen, denkt er, sie würden uns alle umbringen. Es wird ein Gedrängel geben, und vielleicht werden ein oder zwei Schläge ausgeteilt, aber eine Stunde danach wird er auf der Straße zurück nach Oklahoma City sein und das Gaspedal seines Mietwagens durchtreten, um nicht hinter der Polizeieskorte zurückzubleiben.

Die Profis schenken dem beweglichen Eigentum keine Beachtung, was die Einheimischen beruhigt. Sie retten, was sie retten können. Der Auktionator ruft es auf, beendet die Versteigerung und verläßt den Ort wohlbehalten. Meilen außerhalb von Kennadaro geht ihm plötzlich auf, daß er Marcias Frisierkommode vergessen hat.

Nadine plaudert eher mit den anderen Einkaufenden, als daß sie selbst etwas einkauft. Ohne sich um die Mädchen kümmern zu müssen, rollt sie den einen Gang hoch und den nächsten wieder runter und liest die Etiketten der Waren, die sie aus Zeitgründen nie genauer betrachtet hatte. Räucherlachs, Austernsoße, Guavenmarmelade. Dreineunundfünfzig für so eine kleine Dose! Sie vergleicht das Obst, Gemüse und Fleisch im Laden mit ihrem eigenen, schüttelt den Kopf über die Verdickungsmittel, das Fett und die Konservierungsstoffe. Ihre Liste ist kurz: Shampoo, Zahnpasta (sie sucht eine neue Zahnbürste für Jim Junior aus, legt sie sofort zurück), Toilettenpapier, Majoran, brauner Zucker, Kaffee. No-name-Produkte sind besser als Gutscheine.

Während sie auf einer Bank draußen auf Myra wartet, beobachtet Nadine, wie andere Frauen Wagen voller Tüten vor sich herschieben, und denkt über Sozialhilfe, Essenmarken und die Wohlfahrt nach. Sie ist immer dagegen gewesen, aber wie sollen sie sonst zurechtkommen? Irgendwie, sie weiß nicht genau, wie, aber es wird schon gehen. Es ist nicht ihre Schuld, sie haben hart gearbeitet. Sie sind keine Sozialhilfefälle, sie sind Steuerzahler. Essenmarken.

Der Sheriff wartet, bis alle anderen weg sind, die Reporter, die Feuerwehrleute, der amtliche Leichenbeschauer; wartet, bis der Wagen des Leichenbeschauers vom Rasen fährt, stochert dann mit seinen Stiefeln in den Trümmern herum und versucht, ihn wiederzufinden. Da, wo das Hinterzimmer gewesen ist, tritt er ihn los, einen geschmolzenen Metallstab, einen Gewehrlauf. Bevor er ihn aufhebt, blickt er zur Straße zurück.

Unten am Hügel gibt es einen Teich.

Die letzte Kuh fällt leise um, und die Stahlkannen halten das Schußgeräusch auf. Jim Ed Steckler macht das Scheunentor zu und geht zum Haus hinauf. Es ist eine kalte Nacht, sternenlos, und der Mond wandert von Wolken verdeckt über den Himmel. Er tastet an der Hintertür nach dem Türgriff.

In mildem Petroleumlicht sitzen sie auf dem Sofa, die Mädchen zu beiden Seiten von Nadine, Jim Junior am Ende, ganz schlaff, als wäre er während eines Spätfilms eingeschlafen. Jim

Ed schaukelt, verzerrt im toten gewölbten Bildschirm, in schwingende Schatten gehüllt. Das Gewehr lehnt am Couchtisch, wirft einen schwarzen Streifen an die Wand und halb über die Zimmerdecke. Jim Ed greift nach unten und stößt die Lampe um, lehnt sich zurück und wartet auf das Licht.

Mein Vater ruft wegen dem Rasen an. Es ist Dezember, ich versuche, unser Haus zu verkaufen, und unten am Strand gibt es einen Hausbesetzer, der sich in einem Haus nach dem anderen einnistet und auf den Marmorböden Feuer macht.

«Du hast gesagt, einmal die Woche», sagt mein Vater. «Es ist eher einmal im Monat.»

Es ist ein Ferngespräch – Spitzenzeit –, und ich bezahle, egal, wer anruft. Das wird sich alles ändern, wenn Eileen erst mal die Papiere zusammen hat. Der Markt ist flau, und ich esse eine Menge Cornflakes.

«Hör mal», sage ich ihm, «ich ruf ihn an, in Ordnung?»

«Ich will dir deswegen nicht auf die Nerven gehen.»

«Tust du aber», sage ich, um ihm zu verstehen zu geben, daß es nicht so ist.

«Und wann kommst du her?»

«Weihnachten.»

«Wann Weihnachten?»

«Hier oben geht es gerade drunter und drüber», sage ich und erzähle ihm schließlich von Eileen.

«Das ist schade», erwidert er. «Ich wette, du fühlst dich jetzt anders, hm?»

«Es ist bloß das Schlüsselbein.»

«Darum geht es nicht», sagt er.

«All das ist vorbei», sage ich, «und ich will nicht drüber reden.»

Er hält den Mund, damit ich ein schlechtes Gewissen kriege.

«Ich ruf den Typen an», sage ich.

Ich wohne im Gästezimmer neben der Küche, so daß Sandy, die Maklerin, das Haus in sauberem Zustand vorführen kann. Die Möbel sind noch da; Eileen hat nur die Kinder mitgenommen. Ich hab die Gardinen auf und die Jalousien oben, der Teppich ist gerade schamponiert worden. Ich habe alle Kreuze abgenommen, bis auf das von Dan über meinem Bett. Ich mache mit dem Geschirr weiter, mit den Arbeitsplatten. Das Haus steht in allen Immobilienteilen; wenn ich von der Spätschicht komme, finde ich Visitenkarten neben dem Spülbecken. Ich lasse ein paar Patronen auf der Frisierkommode liegen, um ihnen etwas zu denken zu geben.

«Er ist Detective», wird Sandy, Barb oder Gerry sagen. Das hört sich besser an als einfacher Bulle, als ob bei der Bezahlung wirklich ein Unterschied bestünde.

Die Käufer werden Dans Jesus bedeutungsvoll anschen, und, je nach Verkaufstaktik, wird Sandy ihnen die Geschichte erzählen oder auch nicht. Ich frage mich, was ich ihrer Meinung nach tun werde. Ich frage mich, ob sie eine Ahnung haben.

Spätschicht ist nicht so schlimm wie Nachtschicht. Alles hat offen, und man braucht seine Schlafgewohnheiten nicht zu ändern. Der Tag ist im wesentlichen genauso, die Mahlzeiten und alles, bloß daß man das Abendessen Mittagessen nennt. Man kommt nie zu spät zur Arbeit.

Ich bin tagsüber nicht gern im Haus. Ich fahre ans Meer runter und lese die Psalmen, was manchmal hilft. Ich habe den Blazer von unserem Revier, wenn ich hinter dem Hausbesetzer her bin. Die Wellen kommen an den Sand herauf, bis sie unter mir sind.

Auf Dich, Herr, traue ich, mein Gott;
Hilf mir von allen meinen Verfolgern und errette mich,
Daß sie nicht wie Löwen meine Seele erhaschen
Und zerreißen, weil kein Erretter da ist.

Mein Vater kann Winter Haven nicht ausstehen, weil die Leute immer draußen herumlaufen. Er sagt, daß er jetzt, wo meine Mutter gestorben ist, in den Norden zurückkommen will. Er hat keine Freunde in Florida, er vermißt den Winter. Wenn die Gischt fliegt, die Möwen in der Luft zu stehen scheinen und der Wind die Mülltonnen umwirft und vor sich her treibt, dann kann ich die Anziehungskraft verstehen, aber es ist hier nicht mehr wie früher, und seine Freunde sind tot. Doch das kann man ihm nicht sagen.

«Glück gehabt?» frage ich Sandy.

«Es wird besser, wenn sich das Wetter ändert, im Moment ist das einfach ein Käufermarkt. Das Problem ist, daß Leute mit Kindern nicht das Schuljahr unterbrechen wollen. Und das ist es, wonach wir suchen, eine Familie mit Kindern. Aber Sie wissen ja, wie's konjunkturell hier in der Gegend aussieht. Ich denke, dadurch wird der Markt gedrosselt, aber ich bin sicher, daß es im März besser wird, das ist halt eine flaue Jahreszeit.»

Eileens Gesicht taucht vor mir auf, aber sie muß ihren Arm in einer Schlinge tragen, und es fällt mir schwer, kein Mitgefühl zu haben. Bei einer Razzia bin ich einmal in ein Boot gestürzt und habe mir die Hand gebrochen. Ich konnte nicht ertragen, daß sie mir mein Essen kleinschnitt; egal, worum es sich handelte, wenn sie zur Hälfte damit fertig war, war es kalt.

«Du willst fünfmal die Woche Pizza?» fragte sie. «Du willst Hotdogs und Hamburger wie ein kleines Kind?»

Unser Hausbesetzer scheißt in die Toiletten, aber die sind den Winter über dichtgemacht. Der Gestank schlägt einem entgegen, sobald man den Fuß in der Tür hat, das und der Rauch. Er schneidet die Kabel der Alarmanlagen durch, selbst die großen ADT-Systeme, deshalb glaubt Jimby, daß es ein Profi ist. Jimby kommt aus der Großstadt, für ihn ist man schon ein Genie, wenn man ein Auto reparieren kann. Als ich noch ein Kind war, haben wir dasselbe getan, deshalb übernehme ich die Spät- und Jimby die Tagschicht. Jimby meldet sich, auf seinem Schreibtisch liege eine Adresse, Dune Road Nr. sowieso, und als ich eintreffe, sind die Bilder schon fertig. Ein vertrockneter Scheißhaufen, verkohlte Treibholzspäne neben einem Konzertflügel. Ich ziehe mein Segeltuchzeug an und streife durch die Dünen rings um die leeren Häuser. Buchtanwohner behaupten, man könne das Meer sprechen hören, wenn man genau hinhöre, aber mir kann das nicht passieren. Gott ist nicht wie ein Stern, der verlöschen kann.

Der Typ für den Rasen sagt, er wäre dagewesen. «914 Clarendon», sagt er. «Ich hab's vor mir liegen.»

«Welches Datum?»

«Hier steht Donnerstag.»

«Diesen Donnerstag?»

«Vorigen Donnerstag.»

«Was ist mit diesem Donnerstag?»

«So schnell wächst es nicht.»

«Dann erzählen Sie mir bitte mal, wofür ich vierzig Dollar im Monat bezahle.»

«Ich fahr hin und mähe selber noch mal, wenn Sie wollen.»

«Bitte», sage ich.

Ich telefoniere nicht gern mit den Kindern. Ich weiß nicht, was sie ihnen gesagt hat. «Euer Alter ist kein schlechter Kerl», sage ich manchmal, aber das nehmen sie mir nicht ab. Jay würde mir nicht einmal trauen, wenn alles in Ordnung wäre; zwölf ist ein übles Alter. Ich habe von Dan etwas Hilfe erwartet, aber er hat sich zurückgezogen. Das ist ein schlechtes Zeichen, sage ich zu ihr, aber sie denkt, daß ich wegen der ganzen Sache auf ihr herumhacke. «Soll ich vielleicht wieder einziehen», sagt sie. «Klar. Gib mir einen Augenblick, um alles zusammenzupacken, okay?»

Sie will sich nicht einmal mehr streiten. Sie hört, daß ich es bin, und legt auf. Sie denkt, der Unterlassungsbefehl regelt alles. Es ist ihre Schwester, um die es mir leid tut. Jenny hat mich immer gemocht. «Sie ist im Moment total durcheinander», wird

Jenny mir draußen sagen. Wir wissen beide, daß das nicht stimmt, aber dadurch wird es leichter zu gehen, und sie sieht von der Veranda aus zu, wie ich weggehe, als ob ich wiederkommen würde.

Ich habe den Reingewinn auf Sechzehntausend kalkuliert. Wenn die Autowerbespots laufen, denke ich daran, zum Händler zu gehen, einen Umschlag auf seinen Schreibtisch fallen zu lassen und einfach auf den zu zeigen, den ich haben will. Nicht daß es für den reichen würde, den man sich wünscht.

Ich fahre nachts gern mit dem Allrad und rolle langsam über die Dünen. Die Feuer der Brandungsfischer springen aus dem Dunkel und werden dann schwarz. Ein Wohnmobil nimmt Gestalt an, bei dem für die Nacht alles dichtgemacht ist. Ich habe die Matratzen der Kinder hinten drin und Beef Jerky, meine Grundverpflegung, auf dem Armaturenbrett. Es wird nicht leicht sein, wieder mit dem Caprice zu fahren. Ich lasse den Suchscheinwerfer übers Wasser gleiten; selbst nachts kommen die Wellen noch.

> O Herr, mein Gott, habe ich solches getan,
> Und ist Unrecht in meinen Händen,
> Habe ich Böses vergolten denen, so friedlich mit mir lebten,
> Oder die, so mir ohne Ursache feind waren, beschädigt,
> So verfolge mein Feind meine Seele und ergreife sie
> Und trete mein Leben zu Boden
> Und lege meine Ehre in den Staub.

Mit dem Schlafen habe ich keine Probleme, in letzter Zeit vergesse ich nur vieles. Jimby läßt mir eine leere, halbverbrannte Packung Salems da, einen schwarzverkohlten Streichholzbrief mit dem Gesicht von JFK und ein Paar verbrauchte AA-Batterien. Auf ein Notizkärtchen hat er geschrieben: «Menthol Crack Walkman?» Ich gehe in die Asservatenkammer runter und hole etwas, das mich durchhalten läßt. Ich soll auf dem Rastplatz hinter der Ausfahrt 66 vorbeischauen und mit meinem Scheinwerfer in die Büsche leuchten, aber als ich dort ankomme, mache ich das Fenster auf und lausche dem Rascheln der Männer. Wann ist Liebe keine Sünde?

Bei Jenny brennt Licht, die Vorhänge sind zugezogen. Jays Fahrrad liegt vorne auf dem Rasen. Ich esse einen Streifen Beef Jerky und sehe zu, wie die Schatten immer wieder über das Wohnzimmerfenster gleiten.

Sandy ruft an und weckt mich auf, um mir zu sagen, daß wir einen Kaufinteressenten haben. Ich habe die Tarnkleidung der letzten Nacht an und bin noch ganz aufgedreht. Meine Augen sind wie Stanniolpapier, mein Zahnfleisch schwitzt. Das Angebot liegt bei Siebenundachtzig-fünf.

«Das kommt nicht mal ansatzweise ran», sage ich.

«Hier draußen kriegt im Moment niemand den Schätzpreis. An Ihrer Stelle würde ich mir ein ernsthaftes Gegenangebot überlegen.»

«In ein paar Monaten im Frühling wird alles besser, stimmt das nicht?»

«Ich kann die Marktentwicklung nicht vorhersagen», sagt sie. «Die haben gute Aussichten, eine Hypothek zu erhalten.»

«Eins-null-zwei.»

«Ich glaube nicht, daß sie sich darauf einlassen.»

Meine Schrotflinte lehnt in der Ecke. Dans Jesus blutet auf mich herab.

«So ist das nun mal», sage ich.

Jimby macht eine Bemerkung über meinen Bart. «Du schlüpfst richtig in die Rolle rein», sagt er und deutet auf meine Jagdweste, meinen orangefarbenen Hut. Das sind meine eigenen Kleider.

«Und», frage ich, «wie nah bist du dran?»

«Ich komm nicht weiter», sagt er. «Und wie hältst du dich so?»

«Spitzenmäßig, Jimby. Mir geht's prächtig.»

Jennys Mann Howie spielt dienstags und donnerstags Bowling in Hampton Bays. Er wirft drei Serien und sitzt dann fröhlich in der Bar, im Höchstfall zwei große Bier. An der Wand hängt eine Tabelle mit den Ergebnissen dieser Saison; sie ist noch nicht zur Hälfte rum. Dieses billige Speed ruiniert mir die Augen, aber es sieht so aus, als wäre Howie die tragende Säule des Teams. Herzlichen Glückwunsch, Howie.

«Jay», sage ich.

«Wir sollen nicht mit dir reden», sagt er und legt auf.

Die Männer in den Büschen stöhnen. Ich gehe runter zum Strand und leuchte mit meinen Nebellampen in die Häuser, gehe nach Hause und schlafe bis zum Mittag. Die Sünde ist kein Feind.

Ich muß daran denken, öfter zu essen, und dann, als ich Cornflakes essen will, ist die Milch schlecht. Ich werfe die Visitenkarten in den Müllschlucker, gieße die klumpige Milch rein und zerkleinere alles. Hauskäufer sind Arschlöcher.

«Der Rasen», sagt mein Vater, «niemand ist deswegen gekommen.»

«Ich werde mich drum kümmern», erwidere ich. «Das schwöre ich, und wenn ich selber runterkommen und ihn mähen muß.»

«Ich bin hier der einzige», sagt er. «Du weißt nicht, wie das ist.»

«Willst du, daß ich runterkomme?»

«Was ist mit Eileen und den Kindern?»

«Die sind weg.»

«Das ist schade», sagt er. «Mach dir mal keine Sorgen wegen der Sache mit dem Rasen. Ich weiß, daß du Probleme hast.»

«Mir geht's total gut», sage ich. «Ich mach mir bloß Sorgen um dich.»

«Brauchst du nicht», entgegnet er. «Ich werde dir nicht mehr lange auf den Wecker gehen.»

Der Typ für den Rasen sagt, da hätte es nichts zu mähen gegeben, aber er hätte den Rasenmäher trotzdem drüberlaufen lassen. Er nennt mir noch einmal die Adresse.

«Hat Ihr Vater vielleicht Probleme mit dem Gedächtnis?»

«Wieviel schulde ich Ihnen insgesamt?» frage ich. «Weil ich von diesem Mist die Nase voll hab.»

Am Donnerstag hat unser Hausbesetzer draußen am Flamingo Club in dem leeren Swimmingpool kampiert und wegen dem kalten Wind ein Feuer riskiert. Jimby ist von einer langen Mittagspause im Crow's Nest zurückgekommen und praktisch über den Rauch gestolpert. Ein Junge hier aus der Gegend, was hab ich gesagt? Ich wechsle die Schicht, was mich übers Wochenende bringt, am Montag muß ich mich dann wieder rasieren.

Ich fahre vor Sonnenuntergang an den Strand runter. Es weht ein starker Wind, und die Brandung tobt. Ein paar Männer in Wasserstiefeln werfen ihre Angeln aus. Ich lasse die Heizung auf vollen Touren laufen, einen kalten Sixpack auf dem Sitz, meine Packung Cornflakes. Ich kann mich nicht erinnern, ob ich die zwei genommen habe, die ich normalerweise um diese Zeit nehme, und nehme vier, um sicherzugehen. Das Meer wird niemals müde, gibt niemals auf.

> O laß der Gottlosen Bosheit ein Ende werden
> Und fördere die Gerechten.

Ich tanke bei einer Hess-Tankstelle auf, kaufe zwei von ihren Weihnachts-Tanklastzügen und fahre zu Jenny rüber. Sie haben einen Baum mit Geschenken drunter, Engel mit Flügeln aus Pfeifenputzern. Howie ist bei seinem zweiten Spiel. Entweder wird keinem oder allen von uns vergeben.

Jenny versteht nicht, was ich bei ihnen will. Ich reiche ihr die Tanklastzüge durch den Spalt in der Tür und zeige ihr die Pistole.

«Ron», sagt sie, ohne den Blick davon zu wenden. Ich mache die Tür auf, und sie tritt zurück.

«Wer ist es?» ruft Eileen von oben.

«Ich bin's», sage ich.

Sie kommt oben an die Treppe. «Jen, ist alles in Ordnung mit dir?»

«Es geht ihr gut», sage ich.

«Was willst du?» fragt Eileen.

«Ich wollte auf Wiedersehen sagen. Ich gehe nach Florida. Das hier hab ich für die Kinder mitgebracht.» Ich deute auf die Tanklastzüge.

«Dann mach's gut», sagt Eileen.

«Mach's gut», sage ich und erschieße sie durch die Schlinge. Sie fällt nach hinten statt die Treppe runter, so daß ich nur ihre zuckenden Füße sehen kann. Ich denke mir, daß eine ausreicht.

Ich meide Rastplätze, schlafe auf Zeltplätzen. In North und South Carolina sind alle freundlich und haben noch einen Rasierer übrig. Während ich fahre, stelle ich mir vor, wie ein Bulle mich rechts ranfahren läßt und in mein Seitenfenster schaut, während ich so tue, als würde ich meinen Fahrzeugbrief rausholen. Er wird sich denken, daß ich ein ganz normaler Bursche bin, und fragen: «Wozu brauchen Sie den Rasenmäher?», und ich werde sagen: «Zum Rasenmähen», und wer weiß schon, was dann passiert?

DIE SUCHE NACH AMY

Annie Marchand entdeckt den Fausthandschuh am Ende der Einfahrt. Amys Nase läuft, und sie darf nicht zu lange draußen sein. Annie ist selbst krank, eine Grippe hat sie ans Sofa gefesselt, mit einem Glas abgestandenem Ginger Ale neben sich. Das ist nicht der Moment für irgendwelche Spielchen. Sie ruft in beide Richtungen, während sie mit verschränkten Armen ihr Nachthemd an die Brust drückt. Sie hat lange Unterhosen und die aufgeschnürten Stiefel ihres Freundes an. Das rote Fähnchen ist oben, im Briefkasten liegt eine Wurfsendung von Fay mit Gartenutensilien vorne drauf. Sie ruft immer wieder.

Sie haben, mit Unterbrechungen, die ganze Nacht miteinander geschlafen, haben die Bettlaken mit schimmernden Spuren überzogen und das Zimmer mit Rauch gefüllt. Brock hat es gern, wenn sie auf ihm ist; Glenn hat nie gewartet, bis sie sich entschieden hatte. Es ist kühl über der Bettdecke. Sie lehnt sich zurück und findet außen an seinen Beinen eine Stelle, wo sie die Hände hinlegen kann. Brocks Handflächen gleiten an ihrem Körper hoch. Im Nebenzimmer schreit Amy im Schlaf auf, und Annie hält inne. «Willst du nachschauen gehen?» fragt er, aber Annie wartet, den Kopf zur Seite gedreht, mit angehaltenem Atem. Dann kreist sie mit dem Becken über ihm und denkt – und sei es nur ihm zuliebe, deshalb, weil er auf ihre Antwort wartet –, daß sie die Scheidung braucht.

Drinnen ist es dunkel, damit sie Strom sparen. Die Fenster sind mit Plastikfolie abgedeckt; das winterliche Licht läßt den Teppich schäbig aussehen. Sie stellt «Die Springfield Story» leiser und ruft durchs Haus. Buster unter dem Klapptisch steht auf und trottet, in der Hoffnung auf ein paar Krümel Grahamcracker, hinter ihr her. Das Geschirr vom Mittagessen wartet neben dem Spülbecken, Amys Teller mit dem an einer Traube aufsteigender Ballons hängenden Bären drauf, ein knickbarer Trinkhalm, der sich aus der dazu passenden Tasse neigt. Der Duschvorhang gibt den Blick auf Blumenabziehbilder frei. Sie schürft sich die Haut am Teppich auf, als sie unter ihr Bett schaut, findet die Bluse von Barbie und läuft, diese in der einen und den Fausthandschuh in der anderen Hand, zur Haustür und ruft immer wieder ihren Namen.

Glenn muß hinfahren, wenn er mit ihr reden will. Sie legt immer auf, wenn er anruft. Er wohnt bei Rafe, einem alten Kumpel von der High-School, mit dem er zusammen arbeitet, draußen hinter der Middleschool. Die Eltern von Rafe sind tot, genau wie die von Glenn. Die Möbel sind aus dunkler Eiche, die Teppiche durchgescheuert. Sie reden spätabends stockbesoffen darüber, daß Amy das einzige sei, was Glenn in seinem Leben richtig gemacht habe, obwohl sie wissen, daß sie bald aufstehen und zur Arbeit müssen. Rafe ist zeugungsunfähig. Er hält Glenn im Arm und schluchzt, versucht, sich zu erklären. «Mann, du hast Amy, egal, was passiert, Mann, sie bleibt dir.»

«Komm schon, Mann», sagt Glenn, «fang nicht schon wieder mit der Scheiße an.»

«Hast recht», sagt Rafe, schnieft und versucht zu lachen. «Du weißt, ich kann nichts dafür.»

Draußen beim Wasserturm endet die Straße an einer gestreiften Leitplanke. Die Felder wölben sich in die Ferne, durchzogen von vereisten Bächen, an denen windgebeugte, nicht verwertbare

Bäume aufgereiht stehen. Überlandleitungen tauchen unter, spinnenartige Türme krabbeln in den Nebel davon. Die abgestorbenen Stengel rascheln. Es hat angefangen zu schneien.

May, Annies Mutter, macht sich Gedanken darüber, daß Brock Annie ausnutzt. Glenn ist erst seit ein paar Monaten weg, und angeblich waren die beiden Freunde. Nicht daß sie Verständnis dafür hätte, daß Glenn ihre Tochter mit einer Vierjährigen sitzengelassen hat, und sie nicht in der Lage ist, ihren Lebensunterhalt zu bestreiten. May weiß nicht, wo sie das Geld herbekommt, bestimmt nicht von dem, was sie an den Wochenenden als Bedienung im Country Club verdient. Jedesmal, wenn sie Annie danach fragt, endet es mit einem Streit. Sie hat immer das Gefühl gehabt obwohl sie es nie gesagt hat oder höchstens leise zu Martin –, daß Annie nicht sehr intelligent ist, daß sie nicht vorausschaut und sich dann wundert, wenn alles schiefläuft. Dennis, ihr ältester Sohn, hat Dienst bei der Marine geleistet, und Raymond hat sich durchs Gemeinde-College gearbeitet. Annie scheint immer noch an der High-School zu sein: Sie hat einen Teilzeitjob und sucht sich aus, mit welchem Jungen sie ins Bett geht, als hätte das keine Folgen. Sie ist ihre Jüngste, und nach allem, was May gehört hat, müßte sie sich verzweifelt an ihr festklammern. May wünschte nur, daß sie zur Ruhe käme oder daß sie, falls daraus nichts wird (und das befürchtet sie, sie ist ihre einzige Tochter), irgendwohin zöge, wo sie es nicht mit ansehen muß. Aber sie würde Amy furchtbar vermissen.

Annie hat letzten Monat ein paarmal einen Mann in einem blauen Wagen unter dem Wasserturm gesehen. Brock hat seinen Cousin bei der Polizei gefragt; niemand scheint ihn zu kennen. Sie dachten, er sei harmlos, ein Alter, der allein dasaß. Jetzt sieht sie vor sich, wie er ihr Haus beobachtet, wo sie und Amy vielleicht gerade eine Schneeburg bauen, sieht, wie seine Hand sich hinter der hochgehaltenen Zeitung abarbeitet.

Brock bekifft sich in der Mittagspause am anderen Ende des Parkplatzes mit Alicia aus der Lohnabteilung. Sie ist drall, blond und unterhaltsam und stammt aus Ford City. Sie hört für ihr Leben gern Neil Young.

«Ich wohne bei Kenny», sagt sie, «aber wenn es was Festes ist, dann spür ich das, weißt du?»

«Und das trifft im Augenblick nicht zu.»

«Kenny? Machst du Witze? Wir sind zusammen aufgewachsen.»

«Genau wie ich und Annie.» Die Heizung läuft stockend, ein Blatt steckt im Gebläse. Rauch strömt aus dem Fenster. Er weiß, sie mag ihn, sie läßt ihn in ihre Augen blicken. Er hat versucht zu begreifen, warum er glaubt, daß er in sie verliebt ist. Kann sein, daß er in Annie nicht mehr so verliebt ist. Er will Annie nicht weh tun, aber er denkt, daß Alicia vielleicht etwas mehr als Freundschaft erwartet, und da wäre er nicht abgeneigt.

«The Needle and the Damage Done» zieht ihn ins Innere des Armaturenbretts, in eine vergessene Sommernacht, auf eine dunkle Nebenstraße. Die Wirkung des Joints löst sich in Wohlgefallen auf. Alicia hat Kaugummi dabei und gibt ihm eins. Hinter ihnen fahren ein paar Wagen auf der Suche nach einem Parkplatz herum; die Leute aus der Verwaltung kommen aus dem Forbidden City, aus Rick's Café, aus Hojo's zurück. Alicia greift über den Schaltknüppel, um ihre Visine-Augentropfen ins Handschuhfach zurückzulegen, und sie küssen sich, das Kaugummi süß zwischen den Lippen.

«Ay-miii!» ruft Annie, «Ay-miii!» und läuft mit schlappenden Stiefeln schwerfällig ums Haus. Buster läuft am Waldrand entlang. Gefrorene Fußspuren zeichnen sich unter der Wäschespinne ab. Die Kaninchen sind den Winter über auf der Veranda, Busters Hütte ist in der Kälte geruchlos. Sie steht mit schlaffen Armen und dampfendem Atem da. Die Bäume sind kahl, ein paar Vögel schweben über das Gestrüpp, lassen sich nieder und kreischen. Die Pfade unten hinterm Haus laufen um den Teich herum und rauf zur Interstate. In der Ferne kann sie die Lastwagen hören, das Heulen der Schneeketten.

Karleen wird Annie irgendwann verzeihen, aber erst, wenn sie sie hat leiden lassen, und zwar richtig. Es war zwischen ihr und Brock noch nicht völlig vorbei, das wußten alle. Er war vielleicht nicht ihre große Liebe (auf die Art, wie sie in der Schule immer über Liebe gesprochen hatten), aber sie hatte ihm drei Jahre geschenkt, mehr als jedem anderen. Sie war ihm zuliebe aus dem Haus ihrer Mutter in die Wohnung über McCrory's gezogen. Sie und Annie hatten damals immer wieder miteinander geredet, über Ehe, Treusein und Liebe. Als sie sich von Brock trennte, saßen sie und Annie draußen auf der Feuertreppe und sahen zu, wie das Team der Policemen's Benevolent Association sich auf dem Kirchhof drängte und der Ball die Drahtnetze klirren ließ. Karleen weinte, und Annie gab ihr aus ihrem Flachmann Pfefferminzschnaps zu trinken und brachte sie zum Lachen. Es war noch keine zwei Monate her, daß sie seinen Grand National auf dem Parkplatz der Veteranenvereinigung gesehen hatte. Sie und ein paar von ihren Freundinnen waren ohne Männer ausgegangen, um sich einen wilden Abend zu machen. Sie fragte sich, wer das geile Miststück wohl war. Sie hatte gedacht, daß es lustig werden würde.

Die Veranda ist vollgestopft mit sommerlichem Plunder. Sie läuft mit kalt gewordenen Fingern zur anderen Seite des Hauses, schaut an der Straße in beide Richtungen, in die Straßengräben, ruft und rennt dann ins Haus. Während sie ihre eigenen Stiefel anzieht, ruft sie Melvina, ihre nächste Nachbarin, an und erklärt ihr die Situation. Das beruhigt sie. Melvina hat heute den Wagen, weil Donnerstag ist und ihre Mutter am Donnerstag ihre Freunde im Overlook Altenheim besucht. Sie wird ihre

Mutter mitbringen, und dann können sie die Felder und den Wald absuchen, und wenn sie sie dann noch nicht gefunden haben, herumfahren und nach ihr Ausschau halten. Annie hat keinen besseren Plan. Sie läuft im Mantel durchs Haus und ruft, Barbies Bluse ins Spülbecken werfend, dann läuft sie nach draußen.

Der Wagen springt nicht an.

«Diesel muß erst warm werden», sagt Melvinas Mutter und deutet auf den leuchtenden Glühdraht auf dem Armaturenbrett. Annies einzeln stehendes Haus liegt gleich um die Ecke, durch den Wald von einer Reihe von Ranches getrennt. Die Straße führte früher nach Saxonburg, bis man das Staubecken dazwischen gebaut hat. Manchmal denkt Clare, daß ihr die Abgeschiedenheit gefallen würde, nur daß die Gemeinde den Schnee nicht räumt. Sie biegt ein, und der Wassertank zeichnet sich blau, riesenhaft ab.

«Ist sie das?» fragt ihre Mutter.

Melvina sieht sie, den Reißverschluß des Mantels halb offen, das Haar verfilzt und auf einer Seite eng anliegend, neben dem Briefkasten winken. Jerrell fragt Melvina immer, warum sie sich Gedanken mache, das Mädchen mache einem nur Probleme, jeder könne das sehen.

«Oh», sagt Melvina, «und wie erkennt man die Probleme?»

«Scheiße», sagt Jerrell, «man guckt einfach. Und da sind sie schon – die Probleme.»

«Du kennst sie nicht mal», sagt sie. «Sie ist sehr nett.» Aber Annie ist nicht sehr nett, ist nicht die Freundin, die Melvina sich vorstellte, als Mrs. Peterson von ihrer Familie nach Florida geholt wurde. Sie ist in allem auf die falsche Art jung; sie weiß nie, wann sie aufhören muß. Sie behandelte Glenn wie den letzten Dreck, wegen Brock, und nach allem, was Melvina gesehen hat (und manchmal gefällt ihr das, was sie sieht: Brock kümmert sich nicht um die Ölrechnung, er mag das Nachtleben, die Ausfallstraße oberhalb des alten Armco-Werks), ist Brock niemand zum Heiraten. Genau wie Jerrell fragt sie sich, was Annie nur an ihm findet. Ihre Antwort fällt anders aus, wenn Jerrell mit übelriechendem Atem von den drei Bieren, die er getrunken hat, während er sich die Penguins angesehen hat, und muffig von der Kletterei des Tages, auf ihr schlappmacht. Er ist beim Störungsdienst der Telefongesellschaft, und manchmal träumt Melvina davon, eine bestimmte Nummer zu wählen, und ein Stromschlag fährt in ihn, wo immer er sich in der Gegend aufhält, der ihn über die Leitungen, mitsamt seinem Sicherheitsgurt und allem, bewußtlos macht. Sie nimmt an, daß sie ihn liebt, oder weshalb wäre sie sonst immer noch da – aber wo sollte sie sonst hingehen? Aber so zu denken, ist albern; sie geht nirgendwohin. Sie liebt diesen Idioten. Sie ist nicht vollkommen. Sie hätte sich mit Glenn zufriedengegeben.

Amy steht über der Überlaufrinne und sieht zu, wie das Wasser aus dem Teich unter das Eis sickert, beobachtet die dunklen, hängengebliebenen Blasen. Wo schwimmen die Fische hin? Sie greift nach unten und fühlt, wie hart das Eis ist, wie fest es steckt. Aber auf der anderen Seite des Bretts spritzt das Wasser kalt über die Rinne. Es schneit, und sie sieht, daß sie einen Fausthandschuh verloren hat. Vom Abhang her dringt das Donnern und Pfeifen der Lastwagen auf dem Highway herüber. Sie zieht den anderen Fausthandschuh aus und läßt ihn ins Wasser fallen, wo er unter dem silbernen Schwall verschwindet und dann rosafarben unter dem Eis wieder Gestalt annimmt.

Während des heißen Augusts hat Annies Vater sie immer zum Angeln mit raus an den Stausee genommen. Er hatte ein glasiertes Keramikgefäß mit Deckel, das sie im Kunstunterricht für ihn gemacht hatte, in dem er seine Lucky Strikes ausdrückte. Wenn das Gefäß voll war, ließen sie es genug sein. Sie hat Bilder hinter ihrem Spiegel stecken, auf denen sie auf dem betonierten Bootssteg steht und eine Schnur mit Flußbarschen, anderen Süßwasserbarschen und einer glücklich gefangenen Forelle hält. Nur sie, ihre Brüder waren dafür zu alt. «Zum Teufel mit ihnen», sagte ihr Vater immer und saß, eine orangefarbene Schwimmweste hinter dem Kopf, auf der Kühlbox, «die würden ein echtes Vergnügen nicht mal erkennen, wenn es ihnen in den Hintern beißt.»

Sie weigerte sich, ihn im Krankenhaus zu besuchen; am Telefon sagte sie, sie werde ihn sehen, wenn er nach Hause komme.

«Warte nicht zu lange auf mich», sagte er mit ersterbender Stimme.

«Willst du, daß ich vorbeikomme?» fragte sie.

«Ich glaube, das solltest du lieber tun», sagte er.

«Hast du das gehört?» fragte ihre Mutter aus dem Küchenanbau.

«Ich hab's gehört!»

«Ich will nicht, daß ihr zwei euch streitet», sagte ihr Vater, so daß sie sich im Wagen stritten.

Melvina fährt an den Baumreihen der unbefestigten Straße entlang und holpert über den gefrorenen, von Furchen durchzogenen Schlamm.

«Ich glaube nicht, daß der Wagen dafür gebaut ist», sagt ihre Mutter.

«Guck und rede nicht», sagt Melvina. Auf den Feldern ist niemand, der späte Mais vom letzten Jahr ist Reihe für Reihe abgeerntet, und ein paar gebeugte und ausgebleichte Überbleibsel winken schlapp. Das Radio ist an, damit sie das Wetter mitbekommen; der richtige Schnee läßt immer noch auf sich warten, es ist noch zu kalt. An der Ecke eines Feldes versperrt ein Erdwall die Straße, aus dem ein paar alte Zaunpfosten ragen.

«Zu viele Partys», sagt Melvina und schaltet auf Parken.

«Ich bleibe hier», sagt ihre Mutter. Annie ist schon draußen und läuft zum Teich hinunter.

«Drück alle paar Minuten auf die Hupe. Auf diese Weise können wir uns nicht verirren.»

«Verstanden, wird gemacht.»

Melvina rennt, um Annie einzuholen.

Zum dritten Mal in dieser Woche kommt Glenn zu spät, und Wetmer zitiert ihn in der Pause zu sich. Es ist nicht direkt ein Büro, nur vier Trennwände mitten im Laden. Das Geräusch von Stahl, der krachend in den Tonnen für Altmaterial landet, und das Knistern der Schweißgeräte dringen oben durch die offene Decke herein. Wetmer hat die Jacke ausgezogen und die Ärmel aufgerollt, als würde er arbeiten, aber er hat die *Bradford Era* auf seinem Schreibtisch ausgebreitet, und auf den Comics steht eine Tasse Kaffee. Er sieht nicht auf, während er redet.

«Ich hoffe, diese Verspätungen haben nichts mit persönlichen Problemen zu tun», sagt er.

«Nein, Sir.»

«Sie werden dafür bezahlt, um Punkt sieben hier zu sein, haben Sie verstanden?»

«Ja, Sir.»

«Sie trinken manchmal.»

«Nein, Sir.»

«Lassen Sie uns dabei bleiben.» Er hebt eine Hand, um ihn wegzuschicken.

Später, auf der Toilette, schlägt Glenn gegen den Handtuchautomaten. «Verdammtes Arschloch!»

«Wer?» fragt Rafe aus einer der Toiletten. «Wetmer?»

«Wie kommt's, daß er dir nie den Marsch bläst? Jedesmal, wenn ich zu spät komme, bist du auch zu spät.»

«Du warst dran. Letztes mal war ich dran; nächstes Mal bin ich wieder dran.»

«Falsch», sagt Wetmer aus einer anderen Toilette, «es wird kein nächstes Mal geben. Sonst sitzt ihr zwei Dummficker nämlich auf der Straße.»

Regina, Melvinas Mutter, schaut auf ihre Armbanduhr. Sie sind erst ein paar Minuten weg, aber sie rechnet damit, daß sie jeden Augenblick am Ende des Pfads auftauchen und eine tränenüberströmte Amy bei sich haben. Es wundert sie, daß so etwas nicht schon früher passiert ist, bei dem Leben, das das Mädchen führt. Wer den ersten Stein wirft und so, aber in diesem Fall ist die Frau ein ausgemachtes Flittchen, das den Ehemann betrügt und sich dann mit einem Nichtsnutz einläßt. Noch dazu aus einer ordentlichen Familie, das ist ja das Furchtbare. Was ihre Mutter jedesmal durchmachen muß, wenn sie an sie denkt. Sie kennt May Pratt als eine rechtschaffene Frau. Wie ihre Tochter so werden konnte, ist ein Rätsel, eine echte Schande. Regina hofft, daß es sich bei ihr um ein schwarzes Schaf handelt, daß ein Gen außer Kontrolle geraten ist, daß Amy sich wieder als eine echte Pratt erweisen wird. Und wer weiß, die Sache hier könnte Annie eine Lehre sein, sie zur Umkehr bewegen. Nicht der Gerechte, sondern der Sünder ist es, über dessen Errettung Gott sich freut. Die Wettervorhersage erwartet 8 bis 15 Zentimeter Schnee, 15 bis 20 in den Bergen. Regina sieht auf ihre Armbanduhr, streckt die Hand aus und drückt auf die Hupe.

«Mom?» ruft Amy aus der Küche. «Kann ich ein rotes Weingummi haben?»

«Nein.» Annie und Brock schauen sich «Wheel of Fortune» an.

«Kann ich bitte eins haben?»

«Nein, du hast dein Abendessen nicht aufgegessen.»

«Ach, gib ihr doch eins.»

«Nein. Sie hat ihr Abendessen nicht gegessen, warum soll sie dann Süßigkeiten bekommen?» Sie läßt den Blick über die Buchstaben und Leerstellen wandern, aber es passiert nichts. «Du ißt da drüben besser keine Weingummis.»

«Würde sie das machen?» fragt Brock.

«Moment. Amy?» ruft sie. «Amy?» Sie steht auf und entdeckt Amy unterm Küchentisch, den Mund vollgestopft, eine schwarze

Sabberspur am Kinn. «Komm sofort da raus», sagt Annie. «Sofort! Du kommst, wenn ich es dir sage.» Sie zerrt sie am Arm heraus, und Amy schlägt mit dem Kopf ans Tischbein. Amy fängt an zu heulen und läßt, rot im Gesicht, die dunkeln Weingummispuren sehen. Annie versohlt sie, und sie würgt und erbricht dann auf einen Schlag alles, was sie im Magen hat. «Verdammt noch mal, du kleines Miststück.»

«Hör auf», sagt Brock, «hör auf.»

«Du hältst dich da raus», sagt sie und zeigt mit dem Finger auf ihn. Amys Gesicht ist rot und von dicken Tränen entstellt. Ihre Lippe zittert, während sie versucht, wieder zu Atem zu kommen. «Geh und guck dir deine verdammte Show an», sagt Annie, und er geht.

Der Pfad macht eine Kurve, während er ansteigt. Er ist vereist, und Annie stürzt mehrmals auf den harten Boden. Sie blickt über den Teich zurück zum Wasserturm, der sich über den Wald erhebt, zu den Feldern im Norden. Schneeflocken treiben herab, die sich scharf gegen den dunklen, verhangenen Himmel abzeichnen. In weiter Ferne leuchten Ranchgebäude, sind Scheunen zu erkennen. Die gepflegten Fairways des Country Clubs umringen das Steingebäude des Clubhauses mit seinen Ecktürmen, der abgelassene Teich ein blauer Punkt. Sie ist noch nie so weit hinten gewesen, obwohl sie seit der Middleschool von der Abkürzung weiß, und der Blick läßt alles noch weniger vertraut erscheinen. Sie entdeckt Melvinas schwarzgrünen Wollmantel im Gestrüpp unterhalb der Überlaufrinne. Die Hupe dröhnt aus großer Entfernung zwischen den Bäumen hindurch. Es ist unmöglich, daß Amy es hier hoch geschafft hat, denkt sie, aber sie steigt weiter hinauf, fällt hin und steht wieder auf, während das Rauschen und Brausen auf dem Highway näher kommt.

«Willst du HBO gucken?» fragt Alicia, nackt, und trinkt einen Schluck Wein aus dem winzigen, ausgespülten Glas. Sie haben die Betten zusammengeschoben, lassen die Heizung auf vollen Touren laufen und haben das Licht aus; die Sonne kriecht durch die Ritzen der Jalousien, und wenn draußen jemand vorbeigeht, tanzen Schatten über die hintere Wand.

«Tagsüber läuft da nichts», sagt Brock. Er fährt mit der Zunge über ihren Nabel und versucht, sie dazu zu bringen, daß sie etwas verschüttet. Sie schüttet den Schluck über ihn, und er schreit auf, hechtet dann lachend quer über sie und schnappt sich die Flasche vom Nachttisch.

«Vergeude ihn nicht so.»

«Wir haben noch eine.»

«Laß uns keine Schweinerei machen», sagt sie. «Irgend jemand muß die Zimmer wieder saubermachen.»

«Was hältst du von der Badewanne?» schlägt Brock vor.

Annie setzt im Schersprung über die Leitplanke. Der zerfetzte Reifen eines Lastwagens liegt auf dem geschotterten Seitenstreifen. Die beiden zweispurigen Fahrbahnen sind salzfleckig, der Schnee in der Bodensenke dazwischen liegt grau, aber unberührt da. Sie geht gegen den Verkehr zu einer Überführung – Burdon Hollow Road wahrscheinlich. Ein Sattelschlepper fährt auf der rechten Spur vorbei, und der Wind, der hinter ihm herweht, wirft sie einen Schritt zurück, Schotter prasselt ihr gegen die Schienbeine. Ein ausgebleichter Bierkasten, ein paar verbogene und plattgedrückte Rohre, die vor sich hinrosten. Auf der anderen Seite der Leitplanke fällt die Böschung jetzt steil ab, die Baumwipfel sind auf Augenhöhe. Annie schaut hinunter. Etwa fünf Meter unter ihr hängt ein totes Reh in einer Astgabel.

«Was hältst du davon, mich nach Overlook zu bringen?»

«Ich kann sie in dem Zustand doch nicht allein lassen», sagt Melvina. «Ich fahr dich rüber, wenn ihr junger Mann kommt.»

«Ihr junger Mann», äfft Regina sie nach.

«Mutter, verstehst du denn nicht, was hier vor sich geht?»

«Ja, ich verpasse meinen Donnerstag. Aber kümmer dich nicht um mich. Vielleicht kann mich einer von diesen Polizisten rüberfahren.»

«Ich glaube, die haben etwas zu tun, was ein bißchen wichtiger ist.»

«Entschuldigen Sie, Sir?»

«Mutter, bitte.»

«Ich frage den jungen Mann doch bloß.»

«Was kann ich für Sie tun, Ma'am?»

«Siehst du, er ist nicht zu beschäftigt, um einer alten Dame zu helfen.»

Wetmer bestellt ihn übers Telefon zu sich, und Rafe schaut von seinem Werkzeugkasten herüber, als könnte es das gewesen sein. Glenn läßt seine Handschuhe auf der Bank liegen und wischt sich die Hände hinten an den Oberschenkeln ab, während er zum Büro geht. Er beantwortet ein paar Blicke mit einem Schulterzucken. Es wird nicht um eine Lohnerhöhung gehen.

Wetmer blickt ihm ins Gesicht und bittet ihn, sich zu setzen. «Die Polizei hat bei mir angerufen», sagt er und erklärt, was sie gesagt hat. «Sie sollten jetzt besser nach Hause fahren. Sorgen Sie dafür, daß einer von Ihren Kumpels für Sie abschließt, ich stemple Ihre Stechkarte.»

Glenn sitzt da und schüttelt den Kopf. Das ist ein Scherz.

«Marchand, alles in Ordnung? Brauchen Sie einen Fahrer?»

«Nein.»

«Dann gehen Sie», sagt Wetmer, «fahren Sie nach Hause. Ihre Frau braucht Sie.»

May schnappt sich einen Tupperwarebehälter mit Gerstensuppe aus der Tiefkühltruhe im Keller, zwei Zwanziger, die sie in ihrer alten Teekanne aufbewahrt, und ihre Handtasche und ist zur

Tür hinaus und auf der Straße. Sie malt sich aus, wie Amy in ihrer taubenblauen Jacke mit der pelzbesetzten Kapuze durch einen Wald wandert – und das ist noch das Beste, was passiert sein kann. Sie versucht, nicht an einen Lieferwagen zu denken, der langsamer wird und hält, an ein Paar Hände. Oder Amy auf der Erde, mit Zweigen, die sich in ihrer Strumpfhose verfangen haben. «Verdammt noch mal», schreit sie eine rote Ampel an, «los jetzt!»

Annie wacht in ihren Kleidern auf ihrem Bett auf, man hat ihr die Stiefel ausgezogen. Graues Licht kämpft sich durch die Plastikfolie; das Zimmer sieht müde aus, die Kleider auf einem Haufen, die verstreut liegenden Spielsachen. Gesprächsfetzen dringen aus der Küche herein.

«Brock», ruft sie.

Es klopft, und dann schaut eine Polizistin herein. «Ihr Mann ist unterwegs. Kann ich Ihnen irgendwas holen?»

«Welcher Mann?» fragt sie. «Wo ist Amy?»

«Es sind Leute von uns draußen, und wir kriegen in ein paar Minuten den Rettungshubschrauber aus Kersey. Wir tun alles, was wir können. Wollen Sie rausgehen? Wenn ja, dann soll ich Sie begleiten. Mein Name ist Officer Scott.»

«Wo ist Brock?»

Roy Barnum betritt das Marigold, setzt sich auf einen Hocker und bestellt koffeinfreien Kaffee, Milch und Zucker. Er ist im Dienst und muß nicht bezahlen, das ist Grants Regel. Karleen zapft ihn aus der Kaffeemaschine, stellt ihn klirrend hin. Roy schiebt ein Flugblatt über die Theke, auf dem ein Polaroidabzug klebt, ein kleines Mädchen im Skianzug, runde Bäckchen, verschmitztes Lächeln. «Hängst du das an einem guten Platz für mich auf?» fragt Roy, aber Karleen hat den Namen gesehen und steht, eine Hand vor dem Mund, sprachlos da.

Die Straße ist von Streifenwagen gesäumt – ein paar von der Bundespolizei, wie Brock sieht –, und nachdem er kurz erwogen hat umzudrehen, parkt er unter dem Wasserturm und eilt über den Schnee. Vielleicht ein Einbrecher. Er stellt sich vor, daß er todunglücklich sein wird, falls Annie tot ist, sich mit der Zeit aber wieder fangen wird. Das Haus ist voller Polizisten. Glenn ist da und fragt, wo zum Teufel er gewesen ist.

«Auf der Arbeit», sagt Brock.

«Amy wird vermißt», sagt Annies Mutter, als wäre es seine Schuld. Er fragt sich, ob sie die Seife an ihm riechen können, den Wein durch sein Kaugummi. Amy wird vermißt. Bei ihm geht auch alles daneben.

«Sind Sie der Freund?» fragt ein Polizist.

«Wo ist Annie?» fragt Brock.

Der Schnee kommt seitlich runtergewirbelt und deckt die Fußspuren innerhalb von Minuten zu. Der Rettungshubschrauber kann nicht starten. Es ist nur noch eine Stunde lang hell, und das Licht ist schon schwach. Im Wald raschelt es von freiwilligen Helfern – die Teilnehmer des Donnerstagstreffs der Anonymen Alkoholiker sind da, der Methodistische Frauenbund. Melvina und Jerrell durchsuchen die ausgeschlachteten Lieferwagen und Traktoren am Nordrand des Maisfeldes; Annie, Brock und Glenn sind mit dem Sheriff unten am Teich. May und Regina unterhalten sich in Annies Wohnzimmer, der Wetterkanal läuft ohne Ton. Grant hat das Flugblatt mit Amy an die Eingangstür des Marigold geklebt, hat zugemacht und ist mit Karleen hergefahren – er mit seiner Schürze unter der Jacke, sie in Arbeitskleidung, mit nackten Beinen, Fersen und allem. Die Suche hat sich über die Interstate bis zum Gelände der Middleschool ausgeweitet; Lastwagen fahren an den flackernden Lichtern, den orangefarbenen Lichtkegeln aus den Taschenlampen der Polizisten vorbei. Die Reservistenvereinigung der Army hat mehrere Trupps versprochen, wenn es sich bis morgen hinziehen sollte.

Und doch wird es keiner aus diesen Suchmannschaften sein, der Amy findet, sondern ein vierzehnjähriger Pfadfinder namens Arthur Parkinson, der für sein Alter zu klein ist und auf dem im allgemeinen alle herumhacken, der weil sie bereits tot ist, nicht zum Helden werden wird, und Jahre später wird man ihn in der Stadt nicht einmal als den in Erinnerung haben, der sie gefunden hat, aber er selbst wird, genau wie Annie, Glenn, Brock, May, Melvina und Karleen, Amy sein ganzes Leben lang immer wieder aufs neue finden und nie vergessen.

MR. WU DENKT

Das ist, was ich denke, denkt Mr. Wu, weil er auf Englisch denkt, eine Übung, die sein Lehrer an der Abendschule ihnen am Ende jeder Unterrichtsstunde nahelegt. Das ist, was ich denke, denkt er, so als würde er sich auf einen Aufsatz vorbereiten, und schiebt Zigaretten in ihre Fächer, wobei seine Hände sicher zwischen den Kartons, Stangen und Päckchen tanzen. Er denkt es erneut, eine Redewendung, die sich nach Erkenntnis sehnt; aber wenn Mr. Wu wirklich denkt, dann denkt er auf Kantonesisch mit englischen Markennamen. Es gibt nicht genug Schriftzeichen für seine Waren. Bekannte Marken – Marlboro, Michelob – haben ihre eigenen erfundenen Schriftzeichen, aber selbst die schreibt er auf Rechnungen und Bestellscheinen mit richtigen Namen.

In letzter Zeit kontrolliert er, was er sagt, wenn er Kunden bedient, und versucht, Fehler zu entdecken. Die Stammkunden – ein paar Collegestudenten, Mr. Ridley, Mrs. Winningham mit ihrem Hund Bugs – ermutigen ihn und loben ihn für «Sofort» oder «Das ist heute nicht da» mit höflichem, kindlichem Staunen. Mr. Wu versteht ihre Anteilnahme, obwohl er eine wohlwollende Herablassung darin bemerkt. Keiner von ihnen sagt: «Lernen Sie die Sprache», aber andere hat er das schon sagen hören. Er begreift, wie wichtig es ist, dieses neue Kommunikationsmittel zu beherrschen, und die dafür notwendige Anstrengung muß er allein unternehmen. Wenn im Laden wenig los ist, liest er Zeitschriften, und zweimal in der Woche, mittwochs und freitags, besucht er an der Brighton High-School

«Englisch als Fremdsprache». Freunde haben ihn vor einem Jahr zu dem Kurs überredet, und obwohl einige an schwierigeren Kursen der hiesigen Universitäten teilgenommen und sie auch bestanden haben, setzen sie sich Donnerstag abends immer noch zusammen und lesen.

Mrs. Wu hält ihn für verrückt, ein erwachsener Mann, der die Fibel eines Drittkläßlers durchgeht, Wörter überdeutlich artikuliert, mit lauter Papierfetzen in den Taschen nach Hause kommt und seinen Söhnen die Fragen eines Schuljungen stellt. Sie sagt zu ihm: «Laß die Kinder sich darum kümmern. In diesem Jahr hörst du auf zu arbeiten, dann mußt du nie mehr englisch sprechen.» Aber er lernt an dem Schreibtisch in ihrem Zimmer weiter, manchmal bis spät in die Nacht.

Seine Söhne, Lee und Tommy, finden das gut. Wir sind Amerikaner, sagen sie beide, und im Hinblick auf ihr Leben stimmt Mr. Wu ihnen zu. Zwanzig Jahre in Boston, Lee drei Jahre bei Digital, Frau, Haus, neuer Wagen; Tommy an der University of Massachusetts / Harborside mit Soziologie als Hauptfach. Mr. Wu kommen Erinnerungen an ihre Kindheit: wie Lee mit zwölf zum ersten Mal im Schnee gespielt hat, wie Tommy mit dem Fahrrad um den Parkplatz gefahren ist. Im hinteren Wandschrank hat Mrs. Wu ihre alten Spielsachen sorgfältig aufbewahrt – Plastikspielzeug in den Grundfarben, fluoreszierende Tennisbälle, knallbunte Skateboards. Als er die Schranktür aufmacht, springt ihm die Vergangenheit mit karikaturhafter Deutlichkeit entgegen. Aber Mr. Wu weiß auch um die Probleme, die sie gehabt haben, um die «Schlitzaugen» und «Reisfresser». Wenn er über seiner Fibel kauert, sieht er sie manchmal als heldenhaft an, von Schwierigkeiten nur so umlagert. Obwohl Tommy erst vor einem Jahr aus der Wohnung ausgezogen ist, ist er schon zu einer Legende geworden, zu einer glorifizierten Erinnerung, deren Mrs. Wu überdrüssig ist.

Sonntags essen alle fünf gemeinsam zu Abend, entweder zu Hause oder in einem Restaurant. Die Gespräche werden halb englisch, halb kantonesisch geführt und machen Mrs. Wu nervös. Die anderen machen sich Sorgen um sie. Sie denken, daß sie sich nicht verständigen kann; sie vergessen, daß Mr. Wu gerade erst begonnen hat, englisch zu sprechen. Wenn er einen Ausdruck nicht versteht, schüttelt er den Kopf, und dann übersetzt ihn Anne, Lees Frau. Er bestellt Steak und Kartoffelbrei, bis er Brathähnchen gelernt hat; dann Schweinekoteletts, gebratene Garnelen, Erbsen. Zu Hause benennt er Mrs. Wus Geschirrteile. Der Abschnitt in seinem Notizheft unter der Überschrift «Essen» wird immer umfangreicher.

Sie reden von Lees Beförderung, Tommys Vorlesungen, Annes neuem Wagen. Da sie ihr ganzes Leben in der Stadt gewohnt haben, sind Mr. und Mrs. Wu davon gefesselt, wenn Anne Waltham beschreibt, und unterbrechen sie, wenn sie etwas nicht verstehen. «Und der Wagen», fragt Mr. Wu, «gefällt er dir?» Mr. Wu ist noch nie Auto gefahren; er fährt überallhin mit dem Fahrrad. Doch jetzt, da der Umzug nach Waltham feststeht, denkt er, er sollte es lernen. Er wendet sich an Lee.

«Frag sie», sagt er, «es ist ihr Wagen.»

Anne erklärt sich bereit und macht einen Tag mit ihm aus. Am Samstag wird sie ihn abholen und mit ihm auf der Route 1 fahren. Er kann auf dem Parkplatz hinter Digital üben.

Am Dienstag fragt ihn Mrs. Wu, ob sie mitkommen kann. Begeistert nimmt Mr. Wu sie mit zu dem Volkswagenhändler in Allston. Sie lesen Prospekte und verständigen sich in Zeichensprache mit dem Verkäufer, informieren sich über die Preise. Mit ihren derzeitigen Ersparnissen ist es unmöglich, ein Auto zu kaufen, aber wenn sie zu Lee und Anne ziehen ...

Danach gehen sie ins Shanghai Gardens in Brookline. Sie sprechen mit Mr. Lin, dem Inhaber, während sie auf ihr Essen warten. Mr. Lin ist in Mr. Wus Kurs und versucht so oft wie möglich englisch zu sprechen. An diesem Abend spricht er aus Respekt vor Mrs. Wu Dialekt. «Hört sich an, als wären Sie bereit, sich aus dem Geschäftsleben zurückzuziehen», zieht er Mr. Wu auf.

«Bald ist es soweit.»

«Und ich auch», setzt Mrs. Wu auf englisch hinzu.

Am Mittwoch im Unterricht sitzt Mr. Wu neben Mrs. Aliviera, einer kleinen Brünetten, die Schwierigkeiten mit dem unbetonten «e» hat. Während Mr. Wu eine Frage nach der anderen beantwortet – obwohl das Semester gerade erst begonnen hat, lernt er schon für die Zwischenprüfung –, lächelt sie ihn an, eine Hand um den Füller gekrampft, und eine dunkle Linie im offenen V-Ausschnitt ihrer Bluse bewegt sich wie die Nadel eines Meßgeräts. «Das ist das Bestimmungswort, Sir», antwortet er, aber sein Fuß dreht sich, wie er bemerkt, nach rechts. Zuerst fragt er sich, warum. Er hat sich auch schon zu anderen Frauen hingezogen gefühlt, aber noch nie in so bedenklichem Ausmaß. Meint sie es ernst? Hat sie es schon einmal bei ihm versucht? Unwillkürlich ergeben sich Tatsachen und Möglichkeiten. Ihr Mann hat sie verlassen; sie hat einen kleinen Jungen und wohnt zur Miete in der Glenville Street. Sie muß an ihm vorbeigeschaut haben. Die letzten zwanzig Minuten des Unterrichts betrachtet er ihre Füße.

Zu Hause verwöhnt ihn Mrs. Wu an diesem Abend. Es ist hart, denkt sie, den ganzen Tag über im Laden zu arbeiten und dann den ganzen Abend Unterricht zu haben. Sie zieht ihm die Kleider aus und holt eine Schale kalte Suppe. Er sitzt in Shorts auf dem alten Sofa im Wohnzimmer, die Füße auf den Couchtisch gestützt. Ein Ventilator in der Türöffnung bläst ihm heiße Luft über die Brust.

Sie sehen fern, bevor sie ins Bett gehen. Während Polizisten in Fenster mit zugezogenen Vorhängen feuern, schildert Mr. Wu seinen Tag. Er hat ein schlechtes Gewissen, weil er Mrs. Wu allein gelassen hat, so daß er, statt zu lernen, eine Dreiviertelstunde damit zubringt, über Schokoriegel, Mrs. Winningham und Bugs und Lieferungen zu reden – die unwichtigen Einzelheiten eines jeden Mittwochs. Mrs. Wu hat das alles schon gehört, aber seine Geschichten gefallen ihr immer noch. Bildet sie sich das nur ein, oder ist er heute abend wirklich gesprächiger?

Sie lächeln und lachen und finden Trost in ihrem alltäglichen Trott.

Aber als Mr. Wu an Mrs. Aliviera denkt, wünscht er sich, Mrs. Wu würde ins Bett gehen. Während sie spricht, betrachtet er ihre Augen, und die Worte gehen durch ihn hindurch. Er nickt und lächelt, erwidert ihren Blick, während er in Gedanken eine Liste erstellt. Nach einer Weile hebt sie ihre Hausschuhe auf und ermahnt ihn: «Bleib nicht zu lange auf. Du mußt auch schlafen.»

Er trägt seine Bücher zusammen und setzt sich an den Schreibtisch. Mrs. Wu seufzt unter der Bettdecke. Er knipst die Deckenbeleuchtung aus und schaltet die Schreibtischlampe an. Die riesigen Schatten seiner Hände zeichnen sich bedrohlich an den Wänden ab.

Zuerst die Wörter. Er schreibt eine Spalte von «-icht»-Wörtern ab: «Licht, Sicht, Gicht, Schicht, nicht», knickt dann die Seite um und schreibt sie auf der anderen Seite ab, immer wieder, bis er sie sich eingeprägt hat. Um Mrs. Wu nicht aufzuwecken, macht er die Badezimmertür zu, bevor er sie laut vor dem Spiegel ausspricht. Er erfindet aus dem Stegreif eine Gebärde zu jedem Wort, schaltet das Licht aus, schaltet es wieder an, zieht die Augenbrauen hoch, bewegt die Ellbogen rauf und runter. Erinnerungsvermögen, sagt sein Lehrer jedesmal im Unterricht, Erinnerungsvermögen bedeute Wissen. Mr. Wu sieht sich dabei zu, wie er lächelnd «icht» sagt.

Den ganzen Vormittag denkt er an den Nachhilfeunterricht an diesem Abend. Im Kühlraum unterteilt er, während er die Tiefkühlkost umsortiert, den Tag in vier Abschnitte: Arbeit, Abendessen, Hausaufgaben und Schlaf. Später hält er mitten in der Lektüre von *Life* am Tresen inne und macht auf einem Stück Papier einen Stundenplan für den Tag, wobei er die Kästchen mit rotem, grünem, blauem und gelbem Textmarker ausmalt. Neben jede Aufgabe zeichnet er einen Stern. Er stellt fest, daß das unnötig ist – er kann ohne Liste einkaufen, kann sich Verabredungen wochenlang merken –, entschlackt aber das Gedächtnis in der Hoffnung, Platz für Englisch zu schaffen. Auf Papier, in verkrampfter, kindlicher Schrift, kommt ihm sein Leben so einfach wie ein Kochrezept vor.

Gegen Mittag drängen sich langsam die Kunden herein, um Tonic Water, Kartoffelchips oder Sandwiches zu kaufen. Mr. Wu ruckelt die Wurstschneidemaschine vor und zurück. Er hat das Messer auf genau drei Millimeter eingestellt. Vier Scheiben ergeben hundert Gramm. Die Salatblätter, die Zwiebel- und Tomatenscheiben liegen in Plastikbehältern auf dem Tresen, so daß er jedes Sandwich, jegliche Zusammenstellung in weniger als einer Minute zubereiten kann. Die Schlange an der Kasse kommt in Bewegung, wird aber nie kleiner als drei Personen. Geübte Finger spielen auf der Registrierkasse; die andere Hand schiebt Dosen über den Tresen. Er gibt das Wechselgeld heraus, ohne hinzusehen. Er arbeitet jetzt schneller, greift Zigarettenpäckchen, klatscht Senf auf Brötchen, wickelt ein, verpackt in Tüten, läßt die Kasse klingeln. Die Foodstop Corporation belohnt seine Leistung. Jede Woche verdient Mr. Wu fünfzig Dollar mehr als jeder andere Foodstop-Verkäufer. In seiner Beurteilung steht gleichbleibend «Hoch motiviert», und er wird jedes Jahre ein- oder zweimal zum Angestellten des Monats ernannt. Als man ihn letztes Jahr gefragt hat, ob er bei dem Abendessen anläßlich der jährlichen Preisverleihung eine Ansprache halten würde, hat er abgelehnt. Er hat daran gedacht, dieses Jahr eine Rede zu halten (die neue Plakette für Februar hängt neben der Pepsi-Uhr), aber er bezweifelt, daß man ihn noch einmal fragen wird. Während er sich um die Nachzügler kümmert, wird er wieder langsamer, als würde die Zahl der Kunden sein Tempo bestimmen. Schließlich zahlt er die letzten fünf Cent für Pfand zurück, und das Mittagessen ist beendet.

Am Nachmittag macht Mr. Wu in Zeitschriften Kringel um Wörter, die er nicht kennt, dann liest er den *Globe* und die *New York Times*, um sich über die Welt auf dem laufenden zu halten.

Um zwei streicht er *Arbeit* von seiner Liste. Er zahlt für eine Cola und liest noch eine Zeitschrift.

Eine halbe Stunde vor Feierabend schiebt sich Mrs. Winningham in den Laden und zieht den fetten Bugs mit dem traurigen Gesicht an seiner Leine hinter sich her. «Hal-lo, Mr. Wu», sagt sie. «Und wie geht es Ih-nen heu-te?» Ihr Gesicht legt sich mit jedem übertrieben artikulierten Wort mehr in Falten.

«Mir geht's gut, Mrs. Winningham. Und Ihnen?» Das stammt aus der ersten Unterrichtsstunde, Seite eins in seinen Notizen.

«Mir geht es gut.» Sie zögert. «Danke.»

«Nichts zu danken.» Mr. Wu hat seinen ersten rückbezüglichen Gedanken auf englisch, ein Ratschlag eines Lehrers: Sie meint es gut. Begeistert, aber achtsam sagt er: «Ich bin froh, daß Sie gekommen sind.»

«Danke.»

«Nichts zu danken.» Hätte das nicht noch mal sagen sollen, denkt er auf Kantonesisch und geleitet sie dann, solange der Triumph noch frisch ist, nach hinten zu Bugs' täglichem Festschmaus.

Beim Abendessen streiten sich Mr. und Mrs. Wu.

«Du hast gesagt, noch in diesem Jahr», sagt Mrs. Wu über dem dampfenden Hähnchen. «Du hast gesagt, im Winter würden wir schon eingezogen sein.»

«Ich habe gesagt, daß ich daran denke, mich zur Ruhe zu setzen.»

Sie stochert mit ihrer Gabel am Essen herum.

«Was soll ich tun», fragt Mr. Wu, «kündigen?» Er legt seine Serviette auf den Tisch; sie entrollt sich unter seiner Hand. «Na?»

«Du sollst dich ausruhen. Wir haben genug Geld, um uns zur Ruhe zu setzen. Lee hat einen guten Job, und Tommy ist fast fertig mit dem Studium. Du mußt nicht arbeiten, bis du ins Grab fällst.»

«Wir reden später darüber», sagt Mr. Wu. «Du verdirbst mir das Abendessen.»

Abgewürgt. Vergessen. Mrs. Wu bohrt in der Hähnchenbrust herum. Mr. Wu schiebt sich die Serviette wieder auf den Schoß, und sie essen mit klirrendem Besteck.

Zuerst glaubt Mr. Wu, daß Mrs. Aliviera sich verspätet hat, aber als der Lehrer die Schüler in Zweiergruppen einteilt, wird ihm klar, daß sie nicht mehr kommt. Mr. Lin, der sich jetzt für den Kurs für Restaurantgeschäftsführer an der Northeastern University eingeschrieben hat, hilft Mr. Wu bei seinen Hausaufgaben. Sie gehen unregelmäßige Verben durch, und Mr. Wu macht sich Notizen, während Mr. Lin konjugiert. Im ganzen Raum, einem Saal mit hoher Decke voller Billardtische und Airhockeyspiele, kauern Zweiergruppen über Büchern. Aus dem ersten Stock dringt das Quietschen und Brüllen eines Basketballspiels. Lee und Tommy haben hier gespielt. In der großen Halle schimmern ihre Namen hinter dickem Glas auf Trophäen aus gegossener Bronze und Marmor. Während Mr. Lin die Verben hersagt, erinnert sich Mr. Wu daran, wie seine Söhne dünn, groß und muskulös dagestanden haben, während die Hymne gespielt wurde. Mr. Lin klopft auf sein Notizheft. «Trinken, trank, getrunken», sagt er.

«Trinken, trank, getrunken», sagt Mr. Wu.

Nach dem Unterricht bleibt der Lehrer noch da, um mit Mr. Wu zu sprechen. Ihm sind seine Fortschritte aufgefallen, und er schlägt ihm einen Abendschulkurs an der Boston University vor: «Aufsatzübungen für Anfänger». Was Mr. Wu davon halte? Mr. Wu reagiert mit einem Schulterzucken, da er nicht weiß, ob er schon soweit ist, einen so großen Schritt zu tun. Er hat fleißig gelernt, und seine Hausaufgaben sind tadellos gewesen, aber er sieht sich als Teil des Kurses und nicht als Klassenbesten. Der Lehrer sagt ihm, er solle sich Zeit lassen (aber der Unterricht beginne in zwei Wochen), und gibt ihm eine Broschüre.

Wenn Mr. Wu ein Jahr vorher mit derselben Frage konfrontiert gewesen wäre, hätte er darauf verzichtet und den Kurs zu Ende geführt; doch jetzt sagt er zu, noch bevor er nach Hause kommt, bevor er auch nur die Broschüre aufgeschlagen hat. Zu Hause geht er sofort ins Bett. Mrs. Wu fragt nicht, was los ist.

Beim Frühstück söhnen sich die Wus wieder aus und reden langsamer und leiser miteinander. Da Mrs. Wu sieht, daß Mr. Wu müde und erschöpft ist, obwohl er sich nicht anders verhält als an anderen Vormittagen, beschließt sie, ihm mehr Zeit zu geben. In seinem Schlafanzug, die Haare noch ganz wirr von der Nacht, sieht er wie ein Teenager aus, der für sein Gewicht zu groß ist. Er gießt sich noch eine zweite Tasse Kaffee ein, während sie den Tisch abräumt, und trinkt sie auf dem Weg zur Dusche.

Freitags ist immer viel los. Die Leute decken sich fürs Wochenende ein, und es fallen ihnen noch Sachen ein, während sie vom Supermarkt nach Hause fahren. Am frühen Nachmittag machen Studenten die Gefriertruhe leer und packen gestohlene Einkaufswagen voll. Sie plündern die Snackregale, kaufen das ganze Bier auf. Inmitten der Aufregung sieht sich Mr. Wu Autozeitschriften an. Die komplizierten Motoren beeindrucken ihn, aber es gibt keinerlei Fahranleitungen, nicht einmal andeutungsweise. Er schreibt eineinhalb Seiten mit neuen Wörtern voll und schwört sich, Anne zu fragen, was sie bedeuten. Mrs. Winningham und Bugs schauen vorbei; Mr. Ridley, der Hausmeister von Chiswick Towers um die Ecke, kommt auf einen Schluck Bier vorbei. Um fünf, als er die Tageseinnahmen zusammenzählt und den Schlüssel der Aushilfe übergibt, fühlt sich Mr. Wu reif fürs Bett.

Nach einem ruhigen Abendessen besucht Mr. Wu den Unterricht. Mrs. Aliviera ist wieder nicht da, aber Mr. Wu, der mehr von seiner eigenen Anwesenheit verwirrt ist – es gibt keinen Grund, warum er hier sein müßte, und doch macht er fieberhaft Notizen –, nimmt den leeren Stuhl ohne Gefühlsregung zur Kenntnis. Es sollte ihm zu schaffen machen, auf die verkrampften Treffen zum Kaffee verzichten zu müssen, die abgedunkelten Zimmer in der Glenville Street, aber für ihn hat die Affäre bereits stattgefunden, sich in eine zukünftige Erinnerung verwandelt. Jetzt, da der Lehrer mit kratzendem Geräusch etwas an die Tafel schreibt, kann Mr. Wu nur an die morgige Fahrstunde denken. Sein Füller gleitet übers Papier, zeichnet einfach auf.

Als der Unterricht vorbei ist, sprechen der Lehrer und Mr. Wu über den Fortgeschrittenenkurs. Viele von den Wörtern, die der Lehrer benutzt, kennt Mr. Wu nicht, aber da er die Flut von Glückwünschen nicht eindämmen kann, nickt Mr. Wu und lächelt, während er aufmerksam zuhört, um Tag, Uhrzeit und Ort mitzubekommen. Das Unterrichtshonorar, das Mr. Wu bis jetzt ignoriert hat, muß im voraus entrichtet werden. Der Lehrer gibt ihm eine weitere Broschüre über Zuschüsse. «Haben Sie noch irgendwelche Fragen?» will er wissen.

«Nein», sagt Mr. Wu.

Der Lehrer erhebt sich, Mr. Wu erhebt sich, und sie schütteln sich die Hände. «Ich gebe Ihnen für den Kurs eine *Eins*. Ich schicke Ihnen eine Karte.» Er zieht seinen Mantel an, schnappt sich seine Aktentasche und geht auf den Flur zu.

«Danke», ruft Mr. Wu ihm nach.

«Machen Sie's gut.»

Mr. Wu beobachtet, wie er geht, während sich die Zwischenprüfung in nichts auflöst, packt dann seine Notizhefte zusammen und geht den langen, hallenden Flur entlang. Der Hausmeister schließt die Eingangstür hinter ihm ab.

Während er langsam nach Hause geht, denkt er über Waltham nach, über den Ruhestand. Nach einem Regenschauer sind die Straßen naß, und er legt sich seine Jacke über den Arm. Sein Alter, Mrs. Wu, die Wohnung, Tommy, Lee, Anne – alles scheint zusammenzuhängen, nichts davon ist ausschlaggebend, so daß er sich, statt die Hoffnungen der Familie gegen seine eigenen Ängste abzuwägen, auf die eigentlichen Veränderungen konzentriert, die der Umzug mit sich bringen wird. Er lebt gern in der Stadt, das geschäftige Leben immer direkt vor der Tür. Er ist durchs Land gereist, wenn auch nicht so oft, wie er jetzt denkt, und sieht das wie die meisten Stadtmenschen als Urlaub, als eine Ruhe, die innerhalb einer Woche wieder durch das schreiende wirkliche Leben in den Straßen ersetzt wird. Und er ist durch die Vorstädte gefahren, aber nur so kurz, daß sein Gedächtnis nur Bruchstücke wiedergibt, Bäume, Einkaufszentren und Straßen, Landschaften ohne Menschen. Er geht weiter, und die Umrisse von herabhängenden Pflanzen und Vorhängen beruhigen ihn. Er geht und denkt seit zwanzig Minuten, aber erst jetzt, während er seinen Schlüssel in die Außentür des Gebäudes steckt und Mrs. Wu oben auf ihn wartet, beschließt er, eine Entscheidung zu treffen.

Mrs. Wu schnarcht, und ihr Atem und das Pfeifen sind so leise und gleichbleibend wie das Ticken eines Metronoms. Zu ihren Atemzügen schreibt Mr. Wus Füller eine Fuge. Vor ihm liegt ein Blatt Papier, die rechte Seite mit «Boston», die linke mit «Waltham» überschrieben. Fünf Zeilen lang gelingt ihm der Kontrapunkt, dann verfällt er in Einstimmigkeit. Er überfliegt die Liste und kritzelt etwas hin. Riesige Hände zeichnen sich bedrohlich an der Wand ab.

Sowohl Mr. als auch Mrs. Wu sind schon auf, als Anne klingelt. Mrs. Wu bereitet Toast mit Speck und Eiern zu, Mr. Wus Lieblingsfrühstück. Sie essen schnell, Anne nimmt nur Toast und erzählt ihnen, wie einfach es sei, den Wagen zu fahren, daß die Extras im Listenpreis enthalten seien und einige andere Sachen, die Mr. Wu sich sofort einprägt. Während Mrs. Wu nach ihrem blauen Kleid sucht – das sie immer zu besonderen Anlässen trägt –, waschen Mr. Wu und Anne das Geschirr ab.

Anne erläutert den Unterschied zwischen Schalt- und Automatikgetriebe und warum sie sich für letzteres entschieden hat. «Ich hab für Kaffee oder fürs Radio gern die Hände frei», sagt sie. Sie stehen auf dem Parkplatz von Digital Electronics, und das große verspiegelte Gebäude mit dem rechtwinklig angebauten Flügel spiegelt einen welligen roten Toyota auf dem Asphalt zurück. Anne schaltet auf D, und der Wagen rollt vorwärts, auf N, und er rollt bei brummendem Motor im Leerlauf. Sie fährt Achten auf den gekennzeichneten Parkplätzen, vorwärts, rückwärts, vorwärts. Auf dem Rücksitz lacht Mrs. Wu. Mr. Wu beobachtet Annes Hände am Lenkrad, ihre Füße auf den Pedalen. Nach einem Blick über die Anzeigen und Lichter («Ist es nicht gefährlich, nachts zu fahren?» fragt Mr. Wu) zieht Anne die Handbremse an, löst den Sicherheitsgurt und steigt aus. «Komm schon», sagt sie, «hab keine Angst.»

Es ist alles ausgemacht, denkt er und löst die Handbremse. Er freut sich, daß die Warterei vorbei ist. Sie werden Ende August umziehen, noch vor dem Winter. Tommy wird sich um den Laden kümmern. Bis dahin wird der Kurs vorbei sein.

Anne langt herüber und schaltet auf D, und der Wagen rollt langsam vorwärts. Mr. Wu starrt durch die Windschutzscheibe, die Arme steif und gerade, die Füße flach auf dem Boden. Am Himmel kreisen Möwen. Warum so weit landeinwärts?

«Und jetzt ein bißchen Gas geben», sagt Anne.

Er tritt aufs Pedal.

DIE KRANKHEIT DES DOKTORS

Dr. Markham liebte den Montagmorgen und den Beginn einer neuen Arbeitswoche. Ein Auge ins Kissen gedrückt, erinnerte er sich an die Sachen, die am Freitag liegengeblieben waren, und plante den bevorstehenden Tag. Unten zerließ Mrs. Railsbeck, seine Haushälterin, Margarine für sein beidseitig gebratenes Spiegelei, während das Radio lauter als nötig war, um ihn zu wecken. Selbst ihre Berieselungsmusik konnte ihn nicht entmutigen. Montag! Er sprang aus dem Bett, warf die Bettdecke hinter sich und schrammte den Rahmen der Badezimmertür. Er hatte es sich zur Gewohnheit gemacht, nicht lange auf dem Topf zu sitzen, obwohl ihn der Artikel über die gefährdeten afrikanischen Elefanten im *Geographic* interessierte. Montag, die Trägheit des Wochenendes hob sich wie feuchter Nebel, der Montag belebte ihn wie die kalte Dusche, die er nahm, füllte seinen Kopf mit Namen von Patienten, halb ausgefüllten, noch zu ergänzenden Formularen mit gelben Zetteln neben den fehlenden Informationen. Die Leute, die er heute sehen würde!

Ja, ja, ja, ja, ja, er würde sie sehen – blondes Mädchen, Make-up, unheilbar krank, ein Jammer. War das heute oder nächsten Montag? Egal, heute hatte er bestimmt einen vollen Terminkalender. Grippezeit. Und, und – was? Herrgott, was war mit seinem Gedächtnis los? Er tastete nach dem Waschlappen, der über der Brause hing, wischte sich übers Gesicht, zog den Vorhang beiseite und stieg aus der Dusche. Durch den Türspalt konnte er sehen, wie Mrs. Railsbeck sein Bett machte.

Sie sah ihm beim Essen zu, versuchte ihm eine zweite Scheibe

Toast aufzudrängen, noch ein Glas von dem weißen Traubensaft, den er überhaupt nicht mochte. Sie schien enttäuscht zu sein, und er machte es wieder gut, indem er versprach, in der Kaffeepause noch etwas zu sich zu nehmen. Das tat er nie; sie hatte es aufgegeben, ihn zu fragen, wann er nach Hause komme. Es war ein Ritual, und aus Höflichkeit kam er ihr entgegen. Er stellte sich vor, daß er, wenn Helen noch am Leben wäre, ihr zuliebe dasselbe täte. Er ließ sie das Geschirr spülen und ging nach oben, um die Krawatte umzubinden und das Taschentuch einzustecken, die sie beide für ihn zurechtgelegt hatte. Er war zwei Minuten früher dran als geplant, als er nach unten ging, um Hut, Mantel und Handschuhe zu holen, bevor er sich auf den Weg ins vierzig Meilen entfernte Utica machte.

Dr. Markham fuhr einen tannengrünen Chrysler Imperial mit einem weißen, zurückschlagbaren Verdeck. Der Tachometer, der schon zweimal abgelaufen war, weil der Doktor sich um Patienten in drei Städten kümmerte, zeigte jetzt gleichbleibend 70 153 Meilen an. Die Fahrerei war einer der wenigen Nachteile an dem Job. In seiner Privatpraxis hatte der Doktor etwas über dreihundert Meilen pro Woche zurückgelegt, war aber Tag für Tag immer wieder zur gleichen Zeit dieselbe Strecke gefahren und die Hälfte davon im Stoßverkehr auf der Schnellstraße entlanggeschlichen, woran er sich nicht gewöhnen konnte. Er befürchtete, daß das Fahren in der Stadt dem Imperial nicht bekam. Im Leerlauf drehte er höher, das konnte er an Ampeln hören. Jetzt, da Junie nicht mehr da und sein Haus an der Main Street mit Brettern vernagelt war, nahm der Doktor oft den VW Golf, den er Mrs. Railsbeck gekauft hatte, und ließ ihr den großen Wagen für den Stadtverkehr da, wohl wissend, daß sie ihn nicht benutzen würde. So machte er es bei schönem Wetter; wenn es regnete oder schneite oder danach aussah, fuhr Dr. Markham in großem Stil nach Utica und versuchte, sich keine Gedanken über die Abnutzungs- und Verschleißerscheinungen zu machen, über das viele Benzin, das der große V-8 schluckte.

An diesem Morgen fiel tückischer Schneeregen, und der Doktor sah sich im Golf bereits unter dem Kühlergrill eines Betonmischers. Der Montag schien die luxuriöse Ruhe des Chrysler zu erfordern, mit dem Gequassel der Nachrichtensprecher zum Surren der Heizung. Er zog einen Handschuh aus, legte die Schlüssel des Golf in die Nußholzschale, in der sie die Abschnitte für den Zeitungsjungen aufbewahrten, und begann, seine Taschen zu durchsuchen.

«Im grauen Mantel», rief Mrs. Railsbeck von der Spüle her, «rechte vordere Tasche, wo Sie sie immer haben», und kam energisch den Flur entlang, wobei sie sich die Hände an der Schürze abwischte. Er trat zur Seite, um sie an den Wandschrank zu lassen. «Hier», sagte sie, «und was halten Sie von einem Hut?»

Er faßte sich an den Kopf. Er war sich sicher, daß er einen aufgesetzt hatte.

Sie brachte die Krempe in Ordnung. «Sie sehen großartig aus», sagte sie und geleitete ihn zur Tür.

Über die Route 17 zur 27, auf der 27 zur Schnellstraße, dann aufgefahren. Er stellte die Heizung an und paßte sich dem Verkehrsfluß an, während der Doughty Creek sich zu seiner Rechten dahinschlängelte, eine weite Schleife machte und sich dann an eine Kurve schmiegte. Auf den Felsen mitten im Bach lag Schnee. Es war nichts zu sehen. Der Wald lag zu dieser Jahreszeit verlassen da, die Farmer ließen ihre Herden drinnen; die Kühe sahen fern – zumindest wollten einem die Fernsehleute das weismachen. Fernsehen, darauf würde es hinauslaufen. Die Schwarzweißwochenenden, an denen er mit ihr im Haus eingesperrt war, begannen ihn zu bedrücken. Er stellte sich vor, daß die Hölle ein Wohnzimmer um vier Uhr nachmittags im Winter war, während das Grau in ein noch tieferes Grau überging, eine Pendeluhr im Nebenzimmer, und sie würde unter einem bernsteinfarbenen Lampenschirm ständig einen Krimi lesen. Im Fernsehen würden Ronald Coleman, John Garfield, George Raft zu sehen sein. Das stand ihm bevor und zwar bald.

Am Freitag hatte Reynard ihn gefragt, ob er schon einmal daran gedacht habe, sich zur Ruhe zu setzen. Das kam völlig überraschend für den Doktor, und Reynard mußte ihn beruhigen. Niemand wolle ihn hinausdrängen, das sei alles freiwillig, die Entscheidung liege bei ihm. Man hatte Reynard gebeten, ihn zu fragen, normalerweise schickte man einen förmlichen Brief. Die allgemeine Budgetkürzung war in Kraft getreten, und Reynard hörte sich persönlich bei den Leuten um. Er wollte niemanden gehen sehen, der nicht darauf vorbereitet war.

«Wen hast du sonst noch darauf angesprochen?» fragte Dr. Markham.

«Versteh doch, ich muß als erstes zu dir kommen.»

«Warum?»

«Warum wohl», sagte Reynard, «weil du sechsundsiebzig Jahre alt bist, Bill, weshalb zum Teufel denkst denn du?»

Dr. Markham hatte Reynard nicht daran erinnern müssen, daß er nicht viel jünger war.

Ihm fiel nichts ein, was er falsch gemacht hätte. Und doch mußte es an etwas liegen, was er getan oder unterlassen hatte, vielleicht an der Art, wie er mit einem Patienten umgegangen war.

Das Mädchen, das ihn neulich angeschrien hatte, war nichts Außergewöhnliches. Das hatte er selbst auch getan, allein in seinem Büro zu Hause, als er über das fadenscheinige Testergebnis gewettert hatte – und das mit fünfundsechzig. Er machte sich Sorgen, daß sie zu früh aufgeben würde, und war erleichtert, daß sie in die Luft ging. In ihrer Akte stand, daß sie es schon einmal durchgemacht hatte, aber das hieß gar nichts. Es kam ihm so vor, als hätten die Leute heutzutage im Gegensatz zu früher, als er noch jung war, einfach nicht soviel Mumm. Es verging kaum eine Woche, in der es in der Klinik nicht mindestens einen Fall von nervöser Erschöpfung gab. Bei ihrem ersten Zusammentreffen schien das Mädchen zu diesem Typ zu gehören: dünn wie eine Bohnenstange, Haare gefärbt, eine dicke Schicht Make-up.

(Litauische Nationalisten hätten im Kampf um Vilnius, der noch im Gange sei, schwere Verluste erlitten, wurde die TASS im Radio zitiert.) War sie das? Sein Gedächtnis hatte ihm in letzter Zeit manchmal einen Streich gespielt. Das war der Grund, warum er bei dem Mädchen um mehr Tests gebeten hatte: Er war sich nicht sicher, ob die erste Testreihe wirklich von ihr stammte. Es konnte irgendein Durcheinander beim Patientenverzeichnis gegeben haben, entweder das, oder die Ausdrucke waren verwechselt worden, weil bei einer zweiten Testreihe für ihre Patientenakte nichts zu sehen war. Das konnte für jemanden aus der Klinik ausgereicht haben, um Beschwerde einzulegen.

Er gab Reynard die Schuld. Sie waren Easties gewesen, als das in Tindall Corners noch etwas bedeutet hatte. Als Kinder hatten sie einander durch das Loch in Mrs. Haaberstaadts Hecke verfolgt und sich mit Steinen oder Holzäpfeln beworfen. Während der ganzen Schulzeit war Reynard ein Jahr unter ihm gewesen, ein Kumpel, aber auch ein Heißsporn, und unzählige Male war Bill Markham ihm auf dem Schulhof mit drohendem Gesicht und verschränkten Armen zu Hilfe gekommen und hatte den West End Rowdy, der es auf Rey abgesehen hatte, aufgefordert, es bloß zu versuchen. An der Colgate University hatten sich ihre Wege getrennt, hatten sie sich unterschiedlichen Cliquen angeschlossen, die von Rey stürmisch, Ingenieure, die es auf die Luftstreitkräfte des Heeres abgezielt hatten, seine die wohlerzogeneren Medizinstudenten, aber selbst als sie schon gestandene Assistenzärzte waren, boxte ihm Rey noch auf den Arm, wenn sie sich im Flur begegneten. Rey wurde in den Südpazifik geschickt, Dr. Markham nach Fort Sill, und danach sahen sie sich nur selten. Vierzig Jahre war das her, doch als der Doktor vor fünf Jahren anrief, hatte Rey all das nicht vergessen.

Das hatte er auch jetzt nicht, er war nur fair gegenüber den jungen Leuten. Der Doktor setzte sich, beide Hände auf dem Lenkrad, auf der Sitzbank anders hin. Wie war er so alt geworden?

Die Straße schlängelte sich einen Berg hinauf. In der Senke zu seiner Rechten glänzten die leuchtenden Muster eines Autofriedhofs. Der Imperial konnte einen neuen Tachometer gebrauchen. Das war gesetzwidrig, aber der kaputte störte ihn. Er würde nächsten Samstag bei der Werkstatt vorbeifahren und ihn dort einbauen lassen. Vor ihm fuhr ein Kohlenlaster halb auf den Seitenstreifen, um ihn vorbeizulassen, aber der Doktor konnte nicht sehen, ob etwas entgegenkam. Ein Lieferwagen hinter ihm hupte. Warum war ihm der Schrottplatz vorher noch nicht aufgefallen? Er fuhr diese Strecke jeden Tag. Wenn er nach Hause fuhr, konnte er ihn in der Senke möglicherweise nicht sehen, aber morgens war er kaum zu übersehen. Der Lieferwagen hupte; Doktor Markham winkte. Es war eine doppelte gelbe Linie, es ging bergauf, und die Straße war voller Kurven.

Aber der Schrottplatz war wirklich etwas, das ihm ins Auge springen mußte, besonders im Winter, dieser Farbenrausch. Wie würde der Imperial in Rot oder in Zitronengelb aussehen? Der Lieferwagen hupte erneut und preschte auf die linke Spur, wobei der Fahrer, ein Mann mit dunklem Schnurrbart, sich beim Überholen umdrehte und ihm einen abschätzigen Blick zuwarf, dann schoß er um den Kohlenlaster herum und ließ den Schotter zur Seite spritzen.

«Spinner», murmelte der Doktor.

Nachdem er die Steigung überwunden und gewartet hatte, bis der Kohlenlaster in ein umzäuntes Depot abgebogen war, stellte er fest, daß er den Autofriedhof noch nie gesehen hatte, weil er sich nicht auf der Route 17 befand, sondern auf irgendeiner anderen Straße. Er hatte eine Abzweigung verpaßt, war vielleicht falsch abgebogen, als er hinter dem Lastwagen hergefahren war. Wie weit er auf der neuen Straße gefahren war, konnte er nicht sagen, aber die Umgebung war ihm völlig fremd. «Shawcross» stand auf dem Schild der Speditionsfirma, das Wort unheilverkündend, als würde es geflüstert. Ihn überkam das Gefühl, als hätte er das alles schon einmal erlebt. Im

Radio würde gleich «unter der neuen Koalitionsregierung» gesagt werden, genau wie damals «die neue Koalitionsregierung» gesagt worden war, und das Verkehrsschild, das ihm garantierte, daß er sich auf der Route 17 befand, glitt mit dem Wald dahinter vorbei, wie es das seit Jahren, Monaten, Tagen getan hatte. Es war erst 7:20 Uhr, er konnte noch nicht weit über die Abzweigung hinaus sein. Er würde an einer anderen Straße herauskommen, aber er konnte sich beim besten Willen nicht vorstellen, welche Straße das sein würde. Vor der Abzweigung war er auf der 17 gewesen, und er wollte auf der 17 sein, das war alles, was er wußte. Er hatte das Gefühl, daß er sich noch mehr verfahren würde, wenn er weiter geradeaus fuhr. Er würde bei der nächsten Gelegenheit anhalten und auf der Karte nachsehen.

Die Geschwindigkeitsbegrenzung betrug jetzt 40 Meilen, und in einiger Entfernung nahmen eine Gruppe von Gebäuden und eine Tankstelle Gestalt an, dort würde er anhalten. Auf einem Schild stand, daß es die Kreuzung der 17 und der 27 war. Er hielt kurz vor der Tankstelle an und sah, nachdem er auf Park geschaltet hatte, die Karten durch. Er hatte eine von Pennsylvania, eine von New York und eine von New Jersey. Er wußte nicht, in welchem Staat er sich befand.

«Seltsam», sagte er. Er stieg aus und kontrollierte sein Nummernschild, stieg wieder ein und fand die 17 auf der Karte von New York, und als er den gelben Fleck von Utica sah, dämmerte ihm langsam, wer er war und wo er hinwollte, und er begriff, was geschehen war.

Er fand einen roten Filzstift, markierte seine Route auf der Karte und schrieb zur Sicherheit seinen Namen. Er legte die Karte aufs Armaturenbrett, dachte im letzten Moment daran, sich anzuschnallen, und bog auf die 27, Richtung Utica, immer noch rechtzeitig.

Dämmerzustand. Er hatte alle möglichen Formen gesehen. Mediziner, die nach Fort Sill zurückversetzt wurden, um aus dem Militärdienst entlassen zu werden, und schließlich ins Bett gesteckt wurden, wo sie wochenlang lagen, ohne ein Wort von sich zu geben und dann plötzlich um eine Zigarette zu bitten. Eine Frau, die man aufgegriffen hatte, weil sie in der Umgebung von Hecla herumstrich, dachte, sie sei tot und bereits in eine andere Welt übergetreten; ihr Freund braute sich sein eigenes Weizenbier, und in einer Ladung Maische mußte sich Mutterkorn befunden haben – LSD. Schlaganfall, wo eine dünne Wand platzt, Gehirntumor, Epilepsie, es gab jede Menge Erklärungsmöglichkeiten. Sein kleiner Vorfall schien nichts Ernstes zu sein. Aber er konnte nicht leugnen, daß er stattgefunden hatte.

Am Freitag hatte Reynard ihn gefragt, ob er schon einmal daran gedacht habe, sich zur Ruhe zu setzen. Sie waren zusammen aufgewachsen, und dann behandelte der Mann ihn auf so eine Art. Wie oft hatte er ihm die Haut gerettet, als sie in jenem Sommer Schmuggler gewesen waren, als sie die unbeleuchteten holprigen Landstraßen zwischen Farmen entlanggeholpert waren und die Flaschen geklirrt hatten, als würden sie jeden Moment kaputtgehen, weil die Kanadier sie mit der Holzwolle übers Ohr gehauen hatten. Aber der Doktor mußte zugeben, daß es irgendwann an der Zeit war. Fernsehen, Kriminalromane. Er schaltete die Nachrichten aus.

Er war pünktlich, was bedeutete, daß er als erster dasein würde. Er fühlte sich jetzt gut, und die Zusammenhänge funkelten ihm von den Klinikfenstern, dem Uhrenturm gegenüber, den gestutzten Büschen, die zur Eingangstür führten, entgegen. Der Sicherheitsbeamte trug ein Namensschild, aber Dr. Markham kannte Keith Coles. In Uniform, mit einem Zahnstocher im Mundwinkel, sah Keith wie ein schäbiger Sheriff in einem Film aus. Er hatte monatelang für die Prüfungen zur Aufnahme in den Staatsdienst gebüffelt. Seine Hartnäckigkeit erinnerte den Doktor an Susannas Exmann Darcy, der nicht gewußt hatte, wann er mit seiner Musik aufhören mußte. Er hatte die Miete dafür verwendet, ein Demoband aufzunehmen, ohne sie zu fragen. Der Mann war über dreißig und hatte in seinem ganzen Leben noch keinen richtigen Job gehabt. Aber mit jedem Brief, den Sue schickte, wurde klarer, daß sie die Scheidung bereute.

«Na, wie steht's Doc?» fragte Keith.

«Montag.»

«Ja, das kenn ich.»

Am Donnerstag morgen hatte Keith davon gesprochen, oben am Echo Lake eisfischen zu gehen. Der Doktor fragte probehalber nach.

«Wollen Sie mich auf den Arm nehmen? Wenn man zu dieser Jahreszeit da hochfährt, liegt man schnell im Wasser.»

«Schon irgend jemand da?»

«Jaa, richtig», sagte Keith, «Sie sind der einzige Verrückte.»

Da er allein hinten war, las Dr. Markham das Namensschild auf dem Schreibtisch der jungen Frau, die die REFA-Studie erstellte, und schrieb sie in seinem Büro auf einen Travenol-Block. In dem Terminkalender auf seinem Schreibtisch stand, daß er voll ausgelastet war, sich am Morgen mit Dr. Kennedy die Patientenbetreuung teilte und am Nachmittag Schreibarbeit zu erledigen hatte, einiges noch vom letzten Jahr. Es war viel zu tun. Egal, was die Universität sagte, er wurde gebraucht; Reynard würde schon sehen.

Dr. Markham übernahm den ersten Patienten, ein Mädchen, das über Schwindel und Übelkeit klagte, und als es so aussah, als würde Dr. Kennedy zu spät kommen, empfing er auch den zweiten, kein Gefühl in den Fingerspitzen, und den dritten, Brechreiz, Krämpfe, und um 9:30 Uhr hatte Dr. Kennedy sich telefonisch krank gemeldet, und das Wartezimmer füllte sich mit Studenten, die das ganze Wochenende darauf gewartet hatten zu kommen. Die Grippe ging um und ein Brustkatarrh, der von einem plötzlichen Temperaturwechsel ausgelöst worden war. Der Doktor nahm sie der Reihe nach dran, unterbrach sie bei ihren Erklärungen und sorgte dafür, daß die Hälfte der Plätze frei blieb. Selbst bei der mechanischen Diagnose von Erkältung oder Grippe verlor er an Boden. Er ließ die Pause ausfallen, kaufte sich später zwischen Grippekranken am Automaten eine Tasse fürchterlichen Kaffee und ein armseliges Gebäckstück.

Genau in diesem Moment kam Reynard Vaught aus seinem Büro, um zu sehen, wie alles lief. Er erwischte Dr. Markham im Flur beim Kauen. «Ich hab gehört, du schmeißt den Laden ganz allein», sagte er. «Wenn du Hilfe brauchst, kann ich dir jemanden zuteilen.»

Um 13:00 Uhr, als Dr. Markham die Praxis an Dr. Reynard und Dr. Downes übergab, warteten noch fünf Leute. «Falls ihr Hilfe braucht», sagte er, «ich bin in meinem Büro.»

Er hatte sich gerade erst an den Haufen von Formularen und Notizen gemacht, die sich angesammelt hatten, als er, Stunden später, in einem Nest aus Papieren erwachte, weil ihm ein Brillenbügel auf die Schläfe drückte. Bevor er ging, trank er noch eine Tasse Kaffee, und in dieser Nacht ging er früh ins Bett und schlief mitten in dem Artikel im *Geographic* ein. Am nächsten Morgen fand er die Zeitschrift zugeschlagen auf seinem Nachttisch, blätterte bis zu der Seite, bei der er aufgehört hatte, und knickte die obere Ecke um.

Die Hälfte des Personals war wegen der Grippe nicht da, darunter auch Reynard. Dr. Markham rief ihn zu Hause an, um zu hören, wie es ihm ging. Reynard sagte, er habe sich gut gefühlt, dann aber urplötzlich nichts mehr bei sich behalten können. Der Doktor verordnete Reynard Ruhe und klare Flüssigkeit, sagte ihm, er solle sich keine Sorgen machen, er werde die Stellung schon halten.

«Wer hat die Leitung übernommen?» fragte Reynard.

«Jemand mit Erfahrung», sagte der Doktor.

Am Mittwochnachmittag schlief er erneut ein, weil er vergessen hatte, sich die Karteikarte in seiner Tasche anzusehen, auf der stand: «Essen Sie etwas zu Mittag.» Irgendwie war das noch schlimmer, als wenn das Hirn völlig aussetzte, dieser heimtückische Verschleiß. So wie das Durcheinander von Papieren vor ihm wuchs ihm auch das tägliche Leben über den Kopf. Er brauchte ein Vademecum, wie die Karte, die auf dem Armaturenbrett des Imperial lag, wie die kleinen gelben Zettel, die Mrs. Railsbeck an den Kühlschrank klebte – «Backpapier» oder «Muskat».

Genau. Sie hatte ihre Zettel von ihm bekommen. Er plünderte das Vorratsschränkchen, und am Ende des Tages war seine Kladde von Mitteilungen umrahmt, die in dem Durcheinander niemand außer ihm sehen konnte. Auf einer stand: «Donnerst. 11:00 Uhr. Unheilbares Mädchen.»

Am nächsten Morgen war Reynard wieder da. Es war ein offizielles Schreiben eingetroffen. Die Universität baute das Personal in ihren Einrichtungen allgemein um drei Prozent ab. Man bot den älteren Angestellten eine Rentenzulage an und versuchte, Stellen einzusparen, indem man keine neuen Mitarbeiter für sie einstellte, so daß die Entlassungszahlen in der Zeitung besser aussahen. Das Kuratorium bat Reynard um einen Namen.

«Einen Wochenlohn für jedes Jahr», sagte Reynard zu ihm. «Zum Kuckuck, das reizt sogar mich.»

«Ich bin neu, Rey.»

«Und du behältst deine zusätzlichen Leistungen.»

«Ich wüßte nicht, was ich mit mir anfangen soll.»

«Westmoreland braucht immer Leute.» Reynard faltete den Brief zusammen. «Du machst es mir nicht leicht, Bill.»

«Stimmt.»

«Überleg's dir bitte, mir zuliebe. Das ist das beste Angebot, das du kriegst.»

«Na, mal abwarten.»

«Warum tust du mir das an? Du weißt, daß ich dich nicht auf die Straße setze. Warum kannst du nicht annehmen, was sie dir anbieten?»

«Rey, nur zu, schmeiß mich raus, ich werde deshalb nicht schlecht von dir denken.»

«Ich will dich nicht rausschmeißen, Bill. Ich will überhaupt niemanden rausschmeißen. Aber versteh doch, mir bleibt nichts anderes übrig. Irgend jemand soll gehen, und aufgrund der Kriterien trifft es dich. Ich sag dir wirklich die Wahrheit. Du bist fünf Jahre hier gewesen, und du hast gute Arbeit geleistet, aber ich kann dir keine Stelle mehr freihalten.» Er schlug sich mit dem Brief aufs Knie. «Bill.»

«Ist das alles», fragte der Doktor, «kann ich jetzt wieder an die Arbeit gehen?»

«Dir bleibt der Rest des Semesters, um zur Vernunft zu kommen.»

Die Tür war kaum zu, da steckte die junge Frau, die die REFA-Studie erstellte – ihm fiel nie ihr Name ein –, den Kopf herein und sagte ihm, daß eine gewisse Janice Toth wartete.

Es lief nicht gut. Sie war gelassener als vorher, oder vielleicht war er auch nur aufgewühlter. Er schritt, wie es ihm vorkam, brabbelnd an der Bürowand entlang, außer Rand und Band, während sie auf dem Stuhl saß, auf dem Reynard gesessen hatte und ihn mit der Geduld einer Schlange beobachtete. Die Uhr von Munson Hall weigerte sich, die halbe Stunde zu schlagen. Während er ihr von den vertauschten Tests erzählte, vermied er es, irgend etwas von seinen Problemen in jüngster Zeit zu erwähnen, und jedesmal, wenn er sich ihr zuwandte und dabei den Schreibtisch als Barriere, als Stütze benutzte, sah er sich mit der Aufforderung «Essen Sie etwas zu Mittag» konfrontiert, und das Bedürfnis, alles zu bekennen, ließ ihn eine weitere Runde im Zimmer machen. Einmal stieß er dabei ein Bündel Papiere auf den Fußboden, lachte und versuchte, es vor Schreck mit einem weitläufigen Vortrag über das Risiko einer Schwellung zu bemänteln. Schließlich läuteten die Glocken. Unglaublich hungrig brachte er sie zu Scott hinaus und ließ die beiden allein, damit sie einen Termin fürs Labor vereinbarten.

Selbst ein mit Käse überbackenes Thunfischsandwich konnte ihn nicht wachhalten. Er würde seine Schreibarbeit nie nachholen. Vielleicht konnte Reynard ihn nicht feuern, bevor sie erledigt war. Es war nicht Reys Schuld, niemand war schuld. Seine

Glanzzeit war vorbei, es hatte keinen Sinn, sich deswegen querzulegen. Er konnte sich nicht vorstellen, daß es Rey leichter fallen würde zu gehen. Er hatte ihn immer von seinem Gegner herunterzerren müssen oder umgekehrt, wenn er sich vor dem Tanzzelt im Schmutz geprügelt hatte. Rey war damals ein wilder Bursche gewesen. Es war der Krieg oder vielleicht auch einfach seine kurze Jugend gewesen, die ihm das ausgetrieben hatte. Er hatte geheiratet, sich in der Stadt niedergelassen. Der Doktor hatte ihn ein paarmal besucht, sich aber nie wohl gefühlt. Dann Helen, ein neues Leben, Susanna.

Wäre das nichts, dem alten Reynard Vaught voll eins in die Fresse zu hauen? In Erinnerung an alte Zeiten. Klatsch – ha-ha – direkt aufs Maul.

Als er an jenem Abend nach Hause fuhr, fiel der rechte Scheinwerfer des Imperial aus, so daß nur noch ein Licht übrigblieb, das auf den Straßengraben gerichtet war. Er begrüßte Mrs. Railsbeck, indem er einen gelben Zettel verlangte, auf den er «Schrottplatz 17» schrieb und den er an den Kühlschrank klebte.

«Ich nehme morgen den Golf», sagte er ihr beim Abendessen.

«Ich muß aber einkaufen.»

«Der Wagen beißt nicht», sagte er.

Während sie das Geschirr spülte, ging der Doktor in sein Büro und packte seine Aktentasche aus. Das unheilbar kranke Mädchen betrachtete er, trotz all seiner Angst vor ihr und seines Mitleids für sie, als seine einzige richtige Patientin. Er hatte sie nach der ersten Untersuchung um die Akte ihres Hausarztes gebeten, aber sie mußte es vergessen haben, denn in ihrer Aktenmappe waren nur zwei Zettel aus dem Labor, beide positiv. Die Computertomographien mit den negativen Ergebnissen lagen im Klinikarchiv, Beweis seines nachlassenden Verstands.

Das Mädchen würde sterben, da hatte er keinen Zweifel. Wieviel Leid und Hoffnung sie wegen seines Fehlers durchmachen mußte, konnte er sich nicht vorstellen. Helen war so schnell gestorben. Es war unverantwortlich, es war Pfuscherei – und doch konnte er sich nicht sicher sein, ob es sein Fehler oder überhaupt ein Fehler war. Weil er ihr die Daumen drückte, ein noch schlimmerer Fehler, einer, mit dem er in den letzten fünf Jahren, an die er sich nicht erinnern wollte, so oft Probleme gehabt hatte. Er durfte sich eigentlich nicht so eine Hoffnung machen, aber bei jeder neuen stellte sie sich wieder ein. Die Familien luden ihn ein, er schickte eine Karte. Wen würde Reynard finden für eine Arbeit, die niemand bewältigen konnte?

Er las den Artikel in *Geographic* im Bett zu Ende, hielt inne vor den Haufen blutbefleckter Stoßzähne, den staatlichen Jagdaufsehern mit den halbautomatischen Waffen, die sie vor der Brust hielten. Alles war im Aussterben begriffen, die Eingeborenen, die Savanne, die Elefanten; er war wie alle Artikel aus dem *Geographic*, die er je gelesen hatte. Während Dr. Markham im Dunkeln dalag, die stählerne Verzierung der Deckenlampe auf ihn gerichtet, beschloß er, sein Abonnement zu kündigen, wußte aber, daß er es vergessen würde, da er nichts dahatte, womit oder worauf er schreiben konnte, und er schwang sich verärgert aus dem Bett, um nach einem Stift und Papier zu suchen.

Er wollte Mrs. Railsbeck nicht wecken. Mit ausgestreckten Händen tastete er sich oben durch den Flur, die Unebenheit des Läufers unter einem Hausschuh. Er fand die Ecke oben an der Treppe und stieg, während er die Vinylharzstufen zählte, mit knarrenden Schritten ins Wohnzimmer hinunter. Mrs. Railsbeck hatte staubgesaugt, und der Doktor erinnerte sich, daß sie, obwohl es in dem Augenblick nicht von Bedeutung gewesen war, vergessen hatte, den Polsterschemel wieder an seinen Sessel zu schieben. Er stand ihm nicht im Weg, aber zum Beweis schlich er mit kleinen Schritten darauf zu, bis er mit dem Schienbein dagegenstieß. Der Doktor setzte sich. Das Haus war schwarz, dunkel wie die sternenlose Nacht jenseits der Veranda. In der Garage stand sein Imperial mit einem durchgebrannten Scheinwerfer neben dem Golf, und überall in den von Kreuzschatten überzogenen Straßen von Tindall Corners und draußen auf dem Lande, wo es dunkler war und wo vom See her vielleicht Schnee im Anzug war, schliefen jene, um die er sich gekümmert hatte, jung und alt, einige nicht mehr am Leben, auf dem St. Leo- oder dem Grace Church-Friedhof, im Kreis der Familie, in anderen Städten allein, gingen ihrer Arbeit nach, schliefen miteinander oder träumten, in Utica oder Syracuse, Buffalo oder New York City. Lebensabschnitte, ganze Lebensgeschichten. Der Doktor setzte sich einen Moment auf den Polsterschemel, wobei sein Bademantel aufging und er an den Beinen fror, und fragte sich, ob er Arzt werden, heiraten und seine Frau verlieren mußte, ob seine Tochter glücklich oder, wie ihr Vater, verwirrt, aber guten Willens war. Er fragte sich, ob Mrs. Railbeck mehr von ihm erwartet hatte und ob Reynard Vaught wußte, daß er ihm vergab, und nach einer Weile fiel ihm ein, daß er am nächsten Tag zur Arbeit mußte, und er stieg mit leichten Schritten und sicher wie ein Mann auf einem Hochseil im Dunkeln die Treppe hinauf und ging ins Bett.

Er wachte im Licht herabfallenden Schnees auf. Es war unmöglich, daß er vor Einbruch der Dunkelheit zurückkam; schließlich fuhr er den Golf. Während er frühstückte, pflückte Mrs. Railsbeck eine Handvoll gelber Zettel vom Kühlschrank und sagte: «Ich hab gewußt, daß jemand das tun würde.»

Die Räumfahrzeuge waren schon unterwegs gewesen, aber Dr. Markham fuhr trotzdem langsam mit dem Golf. Für seine unförmige Karosserie lief er erstaunlich schnell. Während er sich in den Hügeln oberhalb des Schrottplatzes in die Kurven legte, dachte er an seinen Imperial, daran, daß sie nur noch ein Auto brauchten, wenn er sich zur Ruhe setzte. Der Golf war ein prächtiger Wagen, nur ziemlich klein. Er paßte irgendwie nicht zu ihnen, im Gegensatz zum Imperial. Aber den neueren Wagen zu verkaufen, um den alten wiederherzurichten, ergab keinen Sinn.

Das war alles Spekulation. Er würde nicht aufhören zu arbeiten.

Nach einem halben Sandwich schlief er ein. Der gottverdammte Papierkram. Warum war die Heizung immer so hoch gestellt? Die Fenster waren nicht so konstruiert, daß sie sich öffnen ließen. Während er sich mühsam durch Dezember und dann Januar arbeitete, bekam er langsam einen Brummschädel. Er fing an zu schwitzen, lange, kalte Fäden, die ihm an den Rippen hinabliefen. Er dachte immer noch, er hätte die Grippe, einen Schnupfen oder eine Kopfgrippe, nichts Ernstes. Er wußte, wer er war, wo er war. Er hatte zu Mittag gegessen. Doch keiner der Namen, die er abschrieb, war ihm geläufig.

In seinem Büro überstand er den Tag, im Schutze seiner Schreibarbeit. Es erwischte ihn nicht ganz plötzlich, so wie beim letzten Mal. Ihm fiel sogar Scotts Name ein, als er sich von ihm verabschiedete.

Es war dunkel, und der Parkplatz lag schimmernd und verschwommen unter den hohen Lampen. Er konnte sich nicht erinnern, wo er seinen Wagen geparkt hatte. Er sah in seiner Jackentasche nach. «Büro abschließen» stand auf einer Karteikarte, auf einer anderen «Samst Licht Meilen». Er ging eine Reihe entlang und dann die nächste, auf der Suche nach dem freundlichen, wuchtigen Imperial. Andere Angestellte fuhren weg. Hatte ihn vielleicht jemand gestohlen? Oder abgeschleppt, ums College herum schleppten sie ständig Autos ab. Es war ein Wagen, den man schwer übersehen konnte, selbst abends auf einem großen Parkplatz. An den Kassenhäuschen an der Ausfahrt hatte sich eine Schlange gebildet, und vor den Rücklichtern fiel roter Schnee durch die Auspuffgase. In panischer Angst ging er wieder nach drinnen in sein Büro und wartete.

Eine Stunde später war der Parkplatz so gut wie leer, die wenigen Autos darauf waren schneebedeckt, aber keins war so groß wie der Imperial. Der Doktor stand vor dem Eingang der Klinik und schaute seine Schlüssel an. Der Autoschlüssel gehörte zu einem Volkswagen.

«Interessant», sagte der Doktor.

Von denen, die noch da waren, stand der Volkswagen dem Eingang am nächsten. Der Doktor stieg ein und warf, nachdem er die Aktentasche nach hinten gelegt hatte, den Motor an, schnallte sich an und fuhr langsam über den Parkplatz. Am Kassenhäuschen bezahlte er den Fremden, der ihn kannte, und die gestreifte Schranke hob sich. Die Ausfahrt führte auf eine Seitenstraße. Der Schnee hatte die letzten Fahrspuren schon halb zugedeckt. Er kam an eine rote Ampel. Er konnte rechts, links oder geradeaus fahren. Die Ampel sprang um. Die Ampel sprang um. Die Ampel sprang um.

DIE ARMEE DER SUPERHELDEN

Larsen hörte bis lange nach der Scheidung nicht auf, an Gott zu glauben, und bis dahin sammelte er gewissenhaft Comic-Hefte. Sein Sohn Dylan hatte ihn darauf gebracht, bevor er und Carrie sich getrennt hatten. Samstags waren sie über die Highland Park Bridge nach Etna rausgefahren und hatten ein paar Stunden an der Pulp Mill verbracht, einer Ladenfront mit staubigen Fenstern, vollgestopft mit Haufen von vergilbenden Kostbarkeiten ohne Einband.

Anfangs hatte Larsen das Interesse seines Sohnes nur geduldet und mit dem Besitzer geplaudert, während Dylan und sein Freund Roger sich durch riesige Haufen von Heften gewühlt hatten. Damals war das noch ein billiges Vergnügen gewesen und nach einer Woche voller Kämpfe mit Carrie war es eine Abwechslung, eine Ruhepause, auf die er sich verlassen konnte und der er dankbar entgegensah. Er und Ned, der Besitzer, sahen sich in einem winzigen tragbaren Fernseher hinten auf dem Tresen einen Teil des Spiels der Pitts an, teilten sich ab und zu in Flintstone-Marmeladengläsern eine große Dose Bier. In dem Laden war es immer eiskalt, und er verströmte den schimmligen Garagengeruch von Katzen. An der hinteren Wand stand ein zu dick ausgepolsterter Lehnsessel, auf einer Seite davon ein wackliges Heizgerät. Larsen saß da, ließ Neds Geschwätz über den «Silbernen Surfer» und das «Gespensterhaus» über sich ergehen und dachte daran, wie Carrie – ohne eine Miene zu verziehen, so als wäre er der Geisteskranke – gesagt hatte, daß sie die Gemeinde bitten werde, für ihn zu beten.

«Nur zu», hatte er gesagt, obwohl er gewußt hatte, daß es nichts bringen würde. Wenn Larsen jetzt betete – denn es war eine Angewohnheit, von der er nicht lassen konnte –, dann hörte er nach der Hälfte angewidert auf, als würde er versuchen, eine Nummer zu wählen, von der er ganz genau wußte, daß der Anschluß gesperrt war. In der Gemeinde zählte man nur die Jahre, seit man sich geändert hatte. Sein neues Leben hatte fünfzehn Jahre gedauert. Jetzt war er wieder ein Jahr alt, ganz am Anfang. Er dachte jeden Tag darüber nach, ob er wieder zu ihnen zurückgehen sollte, aber wie die Erinnerung an seine Mutter schienen jene Welt und jenes Leben in den Himmel zu entschwinden, während er erdgebunden dabei zusah. Es war seltsam, dachte er, daß er etwas vermißte, an das er sich nicht erinnern wollte.

Ned bewahrte die frisch eingetroffenen Hefte ohne Preisschild auf einer Truhe neben dem Lehnsessel auf, und aus Langeweile oder Verzweiflung blätterte Larsen ab und zu darin herum. Er erinnerte sich an einige von den älteren Titeln – «Abenteuer», «Der Blitz», «Geschichten aus der Gruft» – und hielt sie für besser als die neuen. Sie sollten als Geldanlage dienen. Warum nicht, dachte er.

«‹Superman›», sagte Dylan und prüfte den Einband durch die Plastikschutzhülle. «Gute Wahl, Dad; sehr zweckmäßig.»

Er ging in die Bibliothek, um sich Preisverzeichnisse anzusehen, fachsimpelte jeden Samstag mit Ned.

«Wieviel?» fragte Carrie immer schon, bevor sie auch nur die Gelegenheit hatten auszupacken.

Anfangs sagte Larsen es ihr ganz offen. Nach ein paar Monaten fing er an, ausweichende Antworten zu geben, um sie dann glatt anzulügen. Während des letzten Jahres sagte er immer: «Mach dir darüber keine Gedanken.» Inzwischen kam Dylan nicht mehr mit, gab ihm nur seine Tüte und ging Softball oder Straßenhockey spielen, bis es ungefährlich war, durch die Hintertür hereinzuschlüpfen.

Jetzt war der Samstag offiziell Larsens Tag mit Dylan. Die Pulp Mill war eine Bierdosensammelstelle, Roger war mit seiner Großmutter nach Florida gezogen, und Larsens Ehe gehörte einer unschönen Vergangenheit an. Er war aus der Gemeinde ausgetreten, während Carrie sich noch tiefer hineingestürzt hatte, und fing durch das Alleinsein an, die schwindelerregende Leere eines Lebens ohne Familie zu spüren. Nur der Tod seiner Mutter, lange vergessen, an sicherem Ort vergraben während jener gläubigen Jahre, leistete ihm Gesellschaft.

Vor einem Monat, als er nach einem Telefongespräch mit Dylan völlig verzweifelt gewesen war, hatte Larsen versucht, sich umzubringen. Es war sein Geburtstag gewesen. Er hatte im Supermarkt eine Torte vom Vortag gekauft und sie mit einer Kerze in Form einer Eins gekrönt. Dann hatte er sie oben und an der Seite mit Xanax dekoriert, indem er die Pillen in den Zuckerguß gedrückt hatte. Er hatte einen Liter Milch aufgemacht, sich hingesetzt und das ganze Ding aufgegessen.

Das war dumm gewesen, ein Fehler, den er sofort einsah, und er hatte das leere Fläschchen durch die kleine Küche geschnippt. Er war durch die Wohnung zum Telefon getorkelt.

«Ich hab das nicht gewollt», hatte er der Telefonistin erzählt. «Ich weiß nicht mehr, was ich tue.»

«Nächste Querstraße?» hatte sie gefragt.

Die Polizei hatte Carrie informiert. Sie war hilfsbereit gewesen, auch wenn sie kein Mitleid gezeigt hatte. Seit dem Selbstmordversuch hatte er Dylan nicht mehr gesehen.

Diesen Samstag suchte Larsen nach «Die Armee der Superhelden», Bd. 247, mit der ersten Folge von den X-Men. Diese Ausgabe würde seine Sammlung vervollständigen, und er war bereit, bis zu zwanzig Dollar dafür auszugeben. Die Preise fielen; er hoffte sie billig bei der Wochenendausstellung im Sheraton draußen in Monroeville zu finden. Auf der Hinfahrt dachte er, daß er jeden Betrag zahlen würde, den der Händler verlangte, wenn er das Glück hätte, ein Exemplar davon zu finden. Er war zu früh dran und hielt am Rite-Aid, um die Zeit bei einem Kaffee zu vertrödeln.

Carrie ließ ihn herein. Sie war geschminkt und trug einen Rock und eine Bluse, was ihn bereuen ließ, daß er Jeans anhatte. Sie strafte ihn mit Schweigen. Es war dumm, dachte er.

«Wie geht's?» fragte er. «Du siehst gut aus.»

«Ich hole ihn», sagte sie und ging nach oben. Er stand in der Diele, den Reißverschluß seines Mantels bis zum Hals zugezogen. Die neuen Antidepressiva ließen ihn frösteln. Das Haus, die Wände, nichts hatte sich verändert. Ihn befiel hier immer ein leichter Schwindel, als wäre er schon seit Jahren weg. Er bezahlte immer noch die Hypothek, obwohl Carrie jetzt ganztags an der University of Pittsburgh arbeitete.

Sie hatte nicht gut ausgesehen, er hatte es nur so dahingesagt. Wenn ihm das Haus in seiner Vertrautheit schon fremd vorkam, dann wirkte seine Frau erst recht wie eine Fremde, unbekannt und unbegreiflich – als wäre sie besessen. Es war nicht, wie Larsen anfangs gedacht hatte, so gewesen, daß er und Carrie sich auseinandergelebt hatten, sondern er hatte plötzlich erkannt, daß er mit einer Verrückten zusammenlebte. Nicht daß er nicht zeitweise vom Glauben – genau wie jetzt vom fehlenden Glauben – gepackt worden war. Seine Mutter war vor ihrem Selbstmord eine fromme Lutheranerin gewesen, die sich während der ganzen sechziger Jahre an ihren Glauben geklammert hatte wie an eine Waffe. Als gläubiger Mensch gab er Gott keine Schuld an ihrem Tod, bat ihn vielmehr um Vergebung, betetet darum, nicht genauso zu enden. Das lag in der Familie. Die Gemeinde war alles, was er gehabt hatte, bevor er Carrie kennengelernt hatte. Jesus-Spinner hatte ihre Familie sie genannt, aber während die Jahre und die Jobs gekommen und gegangen waren, war Larsens Beziehung zu Gott angenehmer geworden, wie bei einem Lieblingssessel. Bei den ersten Anzeichen für das Problem war es, als ob ihm seine Phantasie einen Streich spielte. Wie lange hatte Carrie ihm schon in Gleichnissen geantwortet? Verglich sie jemals ihre unterstrichenen Bibeln, oder legte sie bloß die eine beiseite und fing mit der nächsten an? Er begann, ihr nachzuspionieren, ihre Sachen zu durchsuchen, und je mehr er fand, um so seltsamer kam sie ihm vor. Und doch wußte er, daß er einmal genauso gewesen war. Er konnte es sich bloß nicht mehr vorstellen. Carrie hatte gesagt, daß es nur natürlich sei zu wanken, daß aus Zweifel Glaube erwachse; aus Verzweiflung Hoffnung. Aber Larsen hatte keine Zweifel gehabt, und Verzweiflung war noch ziemlich weit weggewesen. Er hatte das Gefühl gehabt, gerade aufgewacht zu sein. Sie hatte gedacht, daß er verrückt wurde. Sie hatten sich oft in der Küche gestritten, der Sieger hatte die Stellung gehalten, und der Verlierer war nach oben gepoltert oder, was selten vorkam, in einem wirklichen Wutanfall durch die Hintertür nach draußen verschwunden. Manchmal, angesichts der ihm bevorstehenden Nacht, hatte Larsen, während der Himmel über dem Homestead-Werk dämonisch leuchtete, die wakkelige Tür ihres neuen Nova zugeknallt und war mit quietschenden Reifen die Straße hinuntergefahren, so daß die Nachbarn es hören konnten (was er, sich seiner eigenen Kühnheit schämend, sofort bereute), hatte schließlich an einer nahegelegenen Straße geparkt, mit dem Strohhalm einen Fruchtsirup ausgetrunken und sich allein in einer unmöblierten Wohnung vorgestellt. Bis es eines Tages soweit war. Dennoch, die erste Nacht inmitten seiner Kartons und der kahlen Wände hatte ihn überrascht.

Dylan kam abfahrbereit nach unten. Er trug eine Steeler-Jacke mit rissigen Lederärmeln und hatte die Hände in den Taschen. Er war klein für seine vierzehn Jahre und war in letzter Zeit schwermütig geworden. Im Oktober, sagte Carrie, habe sie in seinem Haar Rauch gerochen. Als Larsen ihn danach fragte, leugnete Dylan es, wenn auch nur halbherzig, als wäre es ihm egal, was er glaubte – oder, noch schlimmer, als wäre Larsen nicht wirklich daran interessiert. Larsen hoffte, daß das eine typische Reaktion war, befürchtete aber, daß es persönlich gemeint war.

Dylan flüchtete auf die Veranda.

«Bitte sei um vier zurück», sagte Carrie.

«Gehst du irgendwo essen?» fragte Larsen.

«Nein.»

«Bis dahin habe ich ihn zurückgebracht.»

Sie machte die Tür hinter ihm zu. Dylan wartete neben dem Nova. Es sah aus, als würde es schneien, vielleicht aber auch nicht.

Larsen ließ das Radio laufen, so daß sie sich nicht unterhalten mußten. Das Spiel der Pitts war leise zu hören. Dylan lümmelte sich gegen die Tür, und von seinen Haaren beschlug die Scheibe.

«Also, was ist los?» fragte Larsen an einer Ampel.

«Alles mögliche. Mom.»

«Ja?»

«Sie geht heute abend mit diesem Typen aus.»

«Tatsächlich. Und du?»

«Ich geh zu Jimmy rüber. Seine Mom will irgendein Nintendo ausleihen. Ziemlich simpel.»

«Was ist das für ein Typ?»

«Irgend jemand von der Pittsburgh University, ich weiß nicht. Sie fahren in ein hübsches Lokal auf dem Mount Washington, eins dieser Lokale mit Ausblick.»

«Muß reich sein», sagte Larsen.

«Ich glaube, er ist so was wie ein Professor. Mom ist in der Bibelgruppe mit ihm. Sie redet ständig davon, daß er dies und das sagt, und ob das nicht interessant ist und so'n Zeug. Er ist gar nicht so schlimm, glaub ich. Ich weiß nicht.» Sie fuhren gerade durch Squirrel Hill, an den koscheren Fleischmärkten und den rußigen alten Zeitungsständen vorbei. «Was ist denn geplant, das Sheraton?»

«Das hängt von dir ab», sagte Larsen.

«Was könnten wir sonst machen?»

«Ich weiß nicht, laß mal deine Phantasie spielen.»

«Nein», sagte sein Sohn, «laß uns einfach zum Sheraton fahren.»

Larsen bog auf den Parkway East, auf die 22 mit dem Verkehr zum Einkaufszentrum. Das war die Strecke, auf der er morgens zur Arbeit fuhr, um der Rush-hour zu entgehen. Er installierte Anschlußdosen für Allegheny Cable. Das war langweilig, aber gut bezahlt. Er wanderte in den Wohnungen anderer Leute herum, unbeachtet, unsichtbar. Die Firma stellte ihm ein Handy, so daß er, wenn die Dose angeschlossen war, anrufen und dafür sorgen konnte, daß sie alles in Betrieb setzten. Jeden Freitag wollte er kündigen; er war erstaunt, daß er es immer noch nicht getan hatte.

«Dad?» sagte Dylan. «Mom hat mir gesagt, ich soll dir nichts von dem Typen erzählen.»

«Ich könnte eifersüchtig werden.»

«Ja.»

«Das ist schon in Ordnung. Ich denke, es ist gut. Deine Mutter braucht so was. Was meinst du?»

«Klar», sagte Dylan. «Ich meine, du bist jetzt okay.»

«Bin ich», sagte Larsen und schaute rüber, um ihm zu zeigen, daß es stimmte. Der Junge schien nicht überzeugt zu sein. «Was hat deine Mutter dir erzählt?»

«Nichts. Daß du krank warst.»

«Stimmt.»

«So was wie’n Dachschaden.»

«Darüber läßt sich streiten», sagte Larsen, aber nur er lachte.

«Sie sagt dauernd so Sachen. Ich vergesse bloß alles.»

«In diesem Fall hat sie die Wahrheit gesagt. Oder ich weiß nicht, was hat sie gesagt?»

«Sie hat gesagt, daß du ’n Haufen Pillen geschluckt hast.»

«Stimmt», sagte Larsen. Ein identischer weißer Nova fuhr in Gegenrichtung vorbei. «Ich bin wegen vielem sehr durcheinander gewesen.»

«Es hatte nichts damit zu tun, daß ich deinen Geburtstag vergessen habe?»

«Hat dir das deine Mutter erzählt?»

«Nein. Das ist mir bloß danach eingefallen, und ich hab gedacht – ich weiß auch nicht.»

«Es waren viele Dinge. Eigentlich sollte ich es erklären können, was?» Der Junge sah ihn unsicher an. «Du willst eigentlich nicht zu dieser Comic-Heftsache gehen.»

«Eigentlich nicht.»

«Wie wär's dann mit Mittagessen? Du kannst dir aussuchen, wo wir hinfahren.»

«Okay», sagte Dylan und schien sich zu freuen. «Wie wär's mit Beefsteak Charlie, da kann man unbegrenzt Rippchen essen.»

«Gut», sagte Larsen. «Ich mag Rippchen.»

Das Restaurant gehörte zu einer Kette. Es war auf billige Art im Stil der Jahrhundertwende eingerichtet, die Tapete eine sepiafarbene Collage aus Hochbahnen und Anzeigen für patentrechtlich geschützte Arzneimittel, Schlagzeilen in Zehnpunktgröße über unleserlicher Schrift. Der Wirt trug ein rot-weiß gestreiftes Hemd unter einer Weste und einen falschen Schnauzbart.

«Nichtraucher», sagte Larsen.

Die Speisekarte paßte zu den Wänden. Larsen bestellte die Rippchen und ein Bier; Dylan sah ihn erwartungsvoll an.

«Nächstes Jahr», sagte Larsen.

Sie tranken ihr Eiswasser und sprachen über die Steelers und Dylans Schule. Larsen staunte immer darüber, wie sehr ihm aus dem Gesicht seines Sohnes seine eigene Mutter entgegenblickte, und ein paar Sekunden lang war er so in den Anblick verliebt, daß er nicht hörte, was Dylan gerade sagte. Sie hatte ihren Wagen benutzt, den Gartenschlauch mit Gewebeband am Auspuffrohr befestigt und ihn ins Fenster geklemmt. Der Parkwächter hatte den Wagen im obersten Stock der Hochhausgarage entdeckt, der Morgendämmerung zugekehrt, mit leerem Tank. Eine grauhaarige Frau in handgestricktem Pullover, die aufrecht saß, weil sie angeschnallt war. Warum glaubte er, daß er sie hätte retten können?

Die Dixielanduntermalung und das Klirren des Bestecks stellten sich wieder ein. Dylan sagte irgend etwas über ein Mädchen. Larsen wollte über den Tisch greifen, ihn in den Arm nehmen und ihm sagen, daß er der einzige Grund gewesen sei, warum er sich nicht in die Kochnische gelegt habe und gestorben sei, daß er in dem Augenblick, als die Pillen wie ein Messer in seinem Bauch gewesen seien, innegehalten und an einen Moment genau wie jetzt gedacht habe, den er nie wieder erleben würde. Es war eine Lüge, und der Umstand, daß das Bier gebracht wurde, bewahrte ihn davor.

Die Rippchen waren fettig, die Soße fade, und der Krautsalat kam auf einem gefältelten Pappteller.

«Da war dieser Typ in der Schule», sagte Dylan und biß ein Stück Rippchen ab. «Mr. Whaley, unser Hygienelehrer. Er hat sich in ein Mädchen aus unserer Klasse namens Megan Saunders verliebt, und die Polizei hat ihn verhaftet, als er von der Panther Hollow Bridge springen wollte.»

«Ich hab davon gelesen.»

«Er war ein Trottel, also war's mir egal.» Er hielt mitten im Kauen inne, als hätte er sich auf die Zunge gebissen.

«Verstehe», sagte Larsen.

«Das hab ich nicht böse gemeint.»

«Ist schon in Ordnung. Noch ein Rippchen?»

«Klar», sagte sein Sohn.

Larsen trank ein zweites Bier und hätte noch eins getrunken, wenn Dylan nicht dabeigewesen wäre. Sie saßen ächzend und vollgefressen über den Knochen.

«Ist das besser als das Sheraton?» fragte Larsen.

«Schätze schon. Ich steh nicht mehr so auf Comics.»

«Das hab ich gemerkt.»

«Ich hab überlegt, ob ich meine Sammlung verkaufen soll.»

Larsen griff nach seinem Becher, aber er war leer. Ihr Kellner war verschwunden, rauchte vermutlich hinten eine. «Ich würde noch warten. Im Augenblick sind die Preise niedrig.» Dylan wandte sich halb ab und hörte nicht zu, und Larsen kam sich plötzlich blöd vor, weil er seine Hoffnungen auf etwas so Belangloses setzte. «Falls du Hilfe brauchst, kann ich den Wert mal schätzen. Vielleicht bin ich sogar selber dran interessiert.»

«Kannst du nächste Woche vorbeikommen?»

«Such dir einen Abend aus», sagte Larsen. «Solange du es mit deiner Mutter abklärst.»

«Was meinst du, wieviel ich dafür kriegen kann?»

Nicht soviel, wie sie wert ist, dachte Larsen, erwiderte aber: «Ich weiß nicht, eine Menge.»

Auf dem Heimweg merkte Larsen, daß es geschneit hatte, seit sie den Parkplatz verlassen hatten. Er konnte sich nicht daran erinnern, den Scheibenwischer eingeschaltet zu haben. Die Pitts verloren hoch; Dylan spielte an dem Knopf herum.

Carrie war überrascht, sie so bald wieder zu Hause zu sehen. Dylan nahm ihn mit nach oben in sein Zimmer, damit er einen kurzen Blick auf die Sammlung werfen konnte. Das Zimmer hatte sich verändert, die Farbe, die Lampenhalterung. In einer Ecke stand ein grauer Metallschreibtisch, den er noch nie gesehen hatte, und darüber hing statt Human Torch ein Poster mit einem weißen Lamborghini. Dylan zog seltene Ausgaben hervor, deren Preis er in einem Katalog nachgeschlagen hatte – «Die Phantastischen Vier», Bd. 1, «Doktor Seltsam», Bd. 1, «Der Teufelskerl», Bd. 1 –, bei deren Kauf Larsen ihm geholfen hatte. Samstag für Samstag.

«Wir müssen eine Liste zusammenstellen», sagte er.

«Hab ich schon», sagte Dylan und zog sie aus dem Schreibtisch hervor. Die Preise waren aktuell, und die Endsumme belief sich auf mehr, als Larsen besaß. Anscheinend war alles, was sein Sohn wollte, seine Erlaubnis.

«Ich vergleiche sie mit dem, was tatsächlich bezahlt wird», sagte er, als wäre er voller Zweifel, faltete die Liste zusammen und steckte sie in die Tasche. Stockend verabschiedeten sie sich.

Unten fragte Carrie, während er sich die Handschuhe anzog, ob Dylan ihn danach gefragt habe, was passiert sei. Sie erwähne das nur, weil er sie gefragt habe und sie sich habe mit ihm hinsetzen müssen.

«Ich hab ihm reinen Wein eingeschenkt», sagte Larsen, ohne zu wissen, was das bedeutete. «Schönes Abendessen.»

«Danke», sagte sie.

Er fuhr zum Sheraton hinaus, und nachdem er gesucht hatte, bis ihm die Augen weh taten, fand er ein guterhaltenes (nicht sehr gut, aber doch ganz ordentlich, der Einband in einem Stück) Exemplar von «Die Armee der Superhelden», Bd. 247. Er bezahlte der Frau fünfzehn Dollar, und mit den fünf, die er gespart hatte, kaufte er sich bei Wendy's etwas zum Abendessen. Er erkannte das Mädchen am Fenster des Autoschalters wieder; auf dem Heimweg schwor er sich, daß er am nächsten Tag etwas Richtiges zu essen einkaufen würde.

Er aß schweigend seinen säuerlichen Hamburger, wusch sich dann die Hände und trocknete sie ab, bevor er den Comic in seine Plastikhülle schob und sie zuklebte. Er schob ihn ins Bücherregal und trat einen Schritt zurück, um die komplette Serie zu bewundern. Draußen quietschten Wagenreifen, und das Geräusch ließ ihn auffahren, aber es gab keinen Zusammenstoß. Plastikhüllen. War das etwas, dem er sein Leben widmen sollte?

Er erinnerte sich daran, wie er auf dem Fußboden aufgewacht war und nicht gewußt hatte, daß das, woran er würgte, ein Schlauch in seinem Hals war, daß die Hand auf seinem Gesicht eine Sauerstoffmaske hielt. Eine weiße Gestalt hatte über ihm geleuchtet, und er hatte nur gewußt, daß er müde war, daß er, obwohl er nicht an ihn glaubte, bereit war, diesem Engel zu folgen.

Er zog die Liste seines Sohnes hervor, faltete sie auf dem Tisch auseinander und fing an, sie mit einem roten Kugelschreiber durchzugehen und zu sehen, was er sich wirklich leisten konnte.

STEAK

Sheila schenkte den beiden Zehnern auf dem Tisch vor ihr keine Beachtung. Sie wollte kein Steak, und es ärgerte sie, daß John darauf beharrte, für seine Eltern etwas zum Abendessen zu kaufen. Für John war das Essen symbolisch; für sie war es nur eine weitere Besorgung an einem Tag voller Hausarbeit.

Shcila wandte den Geldscheinen den Rücken zu und sah ihrer Schwiegermutter, Mrs. Wystrzemski, dabei zu, wie sie das Frühstücksgeschirr abtrocknete. Auf der anderen Seite des Tisches tratschte Mrs. Zapala, eine Nachbarin, der Sheila erst einmal begegnet war, über den neuen Pfarrer.

Mrs. Wystrzemski fiel auf, daß Sheila es vermied, das Geld anzurühren. Das Mädchen ist stolz, dachte sie; in einem so jugendlichen Alter war das noch akzeptabel.

Sheila rührte noch einen Löffel voll Zucker in ihren Kaffee. John war auf Arbeitssuche, Becky machte oben ein Nickerchen, und der Morgen richtete sich in einer grauen Stille ein. Sie wollte aus dem Laden zurück sein, bevor Becky aufwachte, aber zusammen mit Mrs. Wystrzemski war das unmöglich. Sheila hatte ihr schon zweimal angeboten, die verdorbene Seezunge zurückzubringen, und beide Male hatte Johns Mutter zu verstehen gegeben, daß nur jemand mit größerer Erfahrung mit dem Lebensmittelhändler fertig werden könne.

«Pfarrer Krooss ist altmodisch», sagte Johns Mutter und machte den Schrank unter dem Spülbecken auf. Ihr Haar fiel auf eine Seite, schmutzig grau vor ihrem schwarzen Kittel. «Altmodisch ist gut. Sie sagen, der Neue ist ein richtiger Organisator. Er hat Vorstellungen, wofür eine Kirche da ist. Ich sage, was, eine Kirche? Eine Kirche ist eine Kirche.»

Mrs. Zapala nickte, und in ihrer Bifokalbrille blitzte Licht auf. «Stimmt. Mein Stefan sagt, man geht in die Kirche, um zu beten, und nicht, um nachzudenken.» Sie sah zu Sheila hinüber, als suchte sie ihre Unterstützung.

«Ich bin mir sicher, daß der Neue seine Sache gut machen wird», sagte Sheila.

Mrs. Wystrzemski wollte sich an diesem Morgen nicht schon wieder mit Sheila streiten, aber mit Mrs. Zapala im Zimmer fühlte sie sich dazu verpflichtet. «Mir gefallen diese ganzen neuen Ideen nicht, die verärgern alle Leute. Es ist besser, glücklich zu sein. Schau dir die jungen Leute an, wo gehen die jungen Leute hin, in die Kirche? Nein. Sind sie glücklich? Nein.» Sie schwenkte eine Bratpfanne und hatte den Mund gespitzt, als hätte sie vor zu spucken, aber das Mädchen schaute nicht hin.

Mrs. Zapala überging die Streitfrage und fegte sie mit dem Handrücken weg. «Denen ist alles egal. Sie denken bloß an schicke Sachen. Autos, Kleider und so was. Nicht daß sie dafür arbeiten würden. Sehen Sie die jungen Leute arbeiten?»

«Was weiß ich?» fragte Johns Mutter. «Sie gehen weg, sie bleiben nicht mehr.»

Sheila klaubte ein Zuckerkörnchen auf, indem sie den Finger auf den Tisch drückte, und schnipste es unauffällig weg. Die beiden Zehner warteten auf sie. Es war das erste Geld, das John verdient hatte, seit sie wieder nach Pittsburgh gezogen waren. Gestern war er rußgeschwärzt nach Hause gekommen, die guten Büroschuhe verschrammt, und hatte ihr, nachdem er ein frisches Hemd angezogen hatte, die beiden Geldscheine überreicht. Er hatte nicht gesagt, was er getan hatte, hatte ihr lediglich das Geld gegeben und gesagt: «Davon besorgst du morgen für alle Steak. Das ist bei uns Tradition, jeden Mittwoch. Ich sag Ma, daß es eine Überraschung ist, also sag nichts, wenn Steve oder Pops in der Nähe sind.»

Sheila hatte nicht widersprochen. Gebackene Kartoffeln, Brokkoli mit Sauce Béarnaise, Burgunder. Nein, sie würden Bier trinken, und eine Käsesoße würde auch reichen. Im Haus ihrer Eltern würde man auf raffiniert zubereiteten Kartoffeln bestehen, aber bei den Wystrzemskis wurde von ihr erwartet, daß sie sich wie eine Tochter verhielt, wie eine geistig zurückgebliebene Küchenhilfe. Das war albern, aber sie würde es tun. John hatte seine Bewerbungen vor zwei Wochen abgeschickt, und die Firmen würden bald antworten. Wenn er ein schlechtes Gewissen hatte und ihnen das Abendessen bezahlen wollte, gut, dann würde sie es tun; aber nur einmal. In ein paar Monaten würden sie in Kalifornien, Seattle oder Florida sein, und dann würden ihnen zwanzig Dollar wieder wie nichts vorkommen.

Bevor sie ins Bett gegangen war, hatte sie das Geld auf die Fensterbank gelegt, damit sie es nicht vergaß. Früher an diesem Morgen, während sie sich mit den Seiten von Beckys Kinderbett abgemüht hatte, hatte sie es unter dem von Schnee umrahmten Blick auf die Mühle und den Fluß bemerkt und sich erinnert. Jetzt lagen die beiden Zehner vor ihr und ließen ihr, genau wie eine einzelne Socke, keine Ruhe.

Johns Mutter ereiferte sich weiter: «Die Leute sind heutzutage verrückt. Einen Tag dies, einen Tag das. Ich habe aufgehört, mir jeden Tag die Zeitung anzusehen. Ich will das alles gar nicht wissen.»

Sheila trank ihre Tasse aus. «Die Welt ist genauso, wie sie immer war», sagte sie. «Der einzige Unterschied zu früher sind die Medien. Jetzt weiß man, was auf der Welt vor sich geht. Früher hat man von den Überschwemmungen in der Türkei nichts gehört, nur von denen in Johnstown. Wenn in Afrika Krieg war, hat man es nicht in den Nachrichten gesehen, so daß man gedacht hat, in Afrika wäre alles in Ordnung. Aber das hieß nicht, daß dort kein Krieg war, man hat bloß nichts davon gewußt.»

«Danke, aber ich will das alles gar nicht wissen», sagte Johns Mutter und polierte einen Becher.

«Wie sie sagt», stimmte Mrs. Zapala zu, «niemand will sich darüber Gedanken machen. Warum auch?»

Sheila ging zum Ausguß und spülte ihre Tasse aus. Draußen, hinter dem mit Rauhreif überzogenen Fenster, fiel der Schnee träge herab und bedeckte einen freien Fleck in der Auffahrt des Nachbarn. Durch das Geräusch des Wassers hindurch konnte sie hören, wie Mrs. Zapala vom Computerkurs ihres Sohnes an der Abendschule erzählte, und davon, daß ihm das einen Job verschaffen würde. Sie nahm Johns Mutter, die die Geschichte mit vollkommener Aufmerksamkeit verfolgte, das Geschirrtuch ab. Nach einem langen Wortschwall fragte Mrs. Zapala: «Hab ich recht, oder hab ich recht?»

«Wir sollten uns aufmachen», sagte Sheila und gab Johns Mutter das Geschirrtuch zurück. «Sie haben von acht bis fünfzehn Zentimetern Schnee heute nachmittag gesprochen.»

«Das hat mir mein Knie gestern nacht schon angekündigt», sagte Johns Mutter und hielt sich den Oberschenkel.

«Immer ein Vorzeichen», sagte Mrs. Zapala. Sie erhob sich von ihrem Stuhl, als wenn sie Schmerzen hätte, und legte die Ecken ihres Fransentuchs übereinander. «Niemand sagt es einem, man weiß es einfach. So ist das Leben.»

Sheila steckte das Geld in die Tasche ihres lilafarbenen Sweatshirts. «Fertig», sagte sie ungeduldig. Sie nahm ihren beigen Mantel von der Garderobe neben der Tür und brachte darunter eine lackierte Tafel mit dem Wahlspruch «Ein Schritt nach dem anderen» zum Vorschein. Im ganzen Haus waren ähnliche Tafeln an das Kiefernpaneel genagelt, und jedesmal, wenn Sheila eine sah, zuckte sie zusammen und warf den Kopf zurück, als wäre sie geschlagen worden.

Mrs. Wystrzemski hatte das Mädchen schon einmal zucken sehen und dachte, es käme von den Nerven. Die ältere Frau schrieb es dem Umstand zu, daß sie sich zu viele Gedanken machte. Sie steckte sich das Haar in den Kragen, verknotete ihr lindgrünes Kopftuch unterm Kinn und zog ihren schwarzen

Trenchcoat an. «In Ordnung», sagte sie und stopfte die in Folie verpackte Seezunge in ihre Handtasche.

«Geben Sie Becky nicht die Flasche, wenn sie aufwacht», wies Sheila Mrs. Zapala an und hielt die Tür auf. Ein paar Schneeflokken fielen auf das Linoleum. «Sie soll nichts bekommen, bevor es Mittag ist.»

Autos kamen bergauf ins Schlingern und rutschten hinten weg. Von der höchsten Stelle der McClure Street konnte Sheila den schwarzen Rumpf des Homestead-Werks sehen und auf der anderen Seite des trägen braunen Mon eine neuere Fabrik, blau gestrichen mit dem U. S. Steel-Fabrikzeichen auf dem Dach. Sie wollte gerade darauf hinweisen, daß aus den Schornsteinen kein Rauch aufstieg und was das wirtschaftlich für Pittsburgh bedeutete, aber Johns Mutter ging, aus Angst hinzufallen, vornübergebeugt, zaudernd, selbstvergessen. Sheila blieb an der Ecke 21st Avenue stehen und wartete auf sie. Weiter unten an der Straße drängte sich eine Gruppe von Männern um eine qualmende Mülltonne. Vor Reihenhäusern aus Backstein knarrten Schilder mit der Aufschrift «Zu verkaufen» im Wind.

Auf Long Island hatten John und sie ihr Haus verloren. Eines Nachmittags war er betrunken nach Hause gekommen und hatte ihr eröffnet, daß man ihn bei Grumman entlassen hatte. Er hatte mit hängenden Schultern auf einem Stuhl gesessen und geweint, während Sheila ihn im Arm gehalten hatte.

Sie arbeitete damals nicht, aber sobald sie eine Kindertagesstätte für Becky gefunden hatte, fing sie wieder in ihrem Job als Sozialarbeiterin bei der Fürsorge an. John nahm zwei Jobs an, um die Hypothek bezahlen zu können, aber das reichte nicht aus, und jedesmal, wenn Sheila vorschlug, daß ihre Eltern ihnen helfen könnten, sagte er: «Wir schaffen das auch allein» und weigerte sich, weiter darüber zu reden.

In einer sternenlosen Dezembernacht nahm ihnen jemand von einer Wiederbeschaffungsfirma ihren Wagen weg. John hatte die Spätschicht an einer Tankstelle mit Selbstbedienung übernommen, und Sheila holte ihn jede Nacht um elf ab. Sie war allein zu Hause und saß im Wohnzimmer und versuchte, Becky mit Erbsenpüree zu füttern, als sie hörte, wie der Kies in der Auffahrt knirschte. Sie dachte, es sei jemand, der den Wagen wendete. Den Rest des Abends las sie, packte dann um halb elf Becky in ihren Mantel, suchte Schlüssel und Führerschein und knipste das Licht der vorderen Veranda an. Der Wagen war verschwunden. «Na prima», sagte sie.

Selbst als der Polizist die Zwangsvollstreckungspapiere zustellte, dachte Sheila noch, daß sie es auf Long Island schaffen könnten. Sie erzählte ihren Eltern, daß es nur vorübergehend sei, daß sie die schweren Zeiten mit ein bißchen Hilfe durchstehen würden. Den Familien, mit denen sie es auf der Arbeit zu tun hatte, ging es viel schlechter. Aber John wollte kein Geld von ihren Eltern annehmen, und so waren sie wieder nach Homestead gezogen, wo sie so lange bleiben wollten, bis John eine neue Stelle als Ingenieur gefunden hatte.

Während sie die Schilder mit der Aufschrift «Zu verkaufen» anschaute, fragte sich Sheila, ob Pfarrer Krooss irgend etwas für die Arbeitslosen tat. Sie stellte sich einen runzligen Mann mit Hörgerät und schuppigen Haaren vor, der die Hände faltete und die Finger bog, wenn er sprach. Er hielt die Messen bestimmt in lateinischer Sprache und verlangte, daß man anständig angezogen war.

Mit ausgestreckten Armen und der an ihrem Riemen baumelnden Handtasche tapste Johns Mutter auf Sheila zu wie ein Kind, das gerade lernte, Rollschuh zu laufen. Obwohl es fünfzehn Grad minus und windig war, trug sie nichts an den Beinen. In den fünf Jahren, seit Sheila sie kannte, hatte sie nicht einmal Hosen getragen. Sheila hatte John darauf angesprochen, und der hatte gesagt: «Sie trägt nur Kleider. In Europa tragen die Frauen keine Hosen.» Sie erinnerte ihn daran, daß das hier Amerika sei. «In einem Kleid kann sie sich schneller hinknien», hatte John erwidert. Sheila rief sich das ins Gedächtnis, lächelte und stellte sich seine Mutter auf Knien im Schnee vor, wie sie gerade um eine neue, hirnlose Schwiegertochter betete.

Mrs. Wystrzemski griff hastig mit beiden Händen nach dem Stoppschild, wobei ihre Handtasche sich um die Stange drehte, bis der Riemen zu Ende war, und sich dann wieder loswickelte. Das Mädchen drehte sich um und begann, ohne sie die Straße zu überqueren. «Geh bitte langsamer, Sheila.»

Das Mädchen blieb stehen, kam zurück und faßte sie am Arm. Sie gingen zusammen auf den Bordstein zu.

«Langsam, langsam», bat Mrs. Wystrzemski. An der Ecke bemerkte sie die Männer rings um die Mülltonne. Einer von ihnen trug eine Lederjacke, ein anderer hatte lange blonde Haare und einen Schnurrbart. Sie hängte die Handtasche über die andere Schulter. «Nimm dich vor denen in acht», flüsterte sie.

«An diesen Männern ist nichts auszusetzen. Sie haben keine Arbeit, und die Leute denken gleich, daß sie Ärger machen.» Das Mädchen ließ ihre Hand los.

«Dann sollen sie sich einen Job suchen», sagte Mrs. Wystrzemski und packte das Mädchen am Handgelenk. Als sie Halt gewonnen hatte, blickte sie auf und sah den Blonden ins Feuer spucken, und als er sich zurücklehnte, sah sie eine Bierdose.

«Es gibt hier keine Jobs», erklärte Sheila und deutete mit der freien Hand auf die Fabriken weit unten. «John kann schon keinen Job finden. Wie sollen es diese Männer dann erst schaffen? Hilft ihnen denn irgend jemand?»

«Papa hat einen Job. Die jungen Leute wollen nicht mehr hart arbeiten.» Ein salzzerfressener Chevy fuhr vorbei, und sie überquerten die Straße. «Sie sollten sich auf die Suche nach einem Job machen», sagte Johns Mutter und klammerte sich an Sheilas Arm, während sie sich dem Bordstein auf der gegenüberliegenden Straßenseite näherten. «Und sich waschen und die Haare schneiden und nicht die ganze Zeit auf dem Gehsteig Alkohol trinken.»

«Und brave Jungs sein und in die Kirche gehen», setzte Sheila hinzu.

«Vielleicht wär's nicht so weit gekommen, wenn sie vorher hingegangen wären.»

Sheila lachte. «Vielleicht hätten sie Pfarrer werden sollen! Pfarrer verlieren ihre Jobs nie!» Johns Mutter sagte nichts, aber einen halben Block von den Männern entfernt spürte Sheila, wie sie sie zur Straße zog. Sheila stemmte sich dagegen und zog sie in die Mitte des Gehsteigs zurück. «Hör auf, sie wie Kriminelle zu behandeln. Stell dir vor, wie ihnen zumute sein muß.»

Mrs. Wystrzemski schwieg. Das Mädchen ging jetzt langsamer, und als sie sich den Männern näherten, steuerte sie auf sie zu. Die Handtasche glitt Mrs. Wystrzemski von der Schulter, hing ihr überm Arm und schaukelte zwischen ihnen, aber das Mädchen schien es nicht zu bemerken. Der Mann in der Lederjacke drehte den Kopf. Seine dunklen Haare waren angeklatscht, eine fettige Locke baumelte über seinen Augen. Mrs. Wystrzemski griff quer über ihren Körper und hängte sich ihre Handtasche wieder über die Schulter. In dem Kreis aus Männern stob Schnee aus dem Feuer empor. Flammen züngelten aus münzgroßen Löchern in der Tonne hervor und hinterließen schwarze Rußspuren auf dem verrosteten Metall. Das Mädchen blieb stehen und fragte: «Wie geht's?»

Der Mann mit dem fettigen Haar ließ seine Dose Iron City in die Tonne fallen, ein Funkenregen schnellte hinter ihm empor und verlosch in der Luft. Sein Blick glitt über die Figur des Mädchens. «He, weißt du», nuschelte er, «läuft alles prima.» Eine Zigarette brannte in seiner Hand.

Das Mädchen trat auf ihn zu, und Mrs. Wystrzemski ließ die Hand von ihrem Arm sinken. «Mein Mann sucht Arbeit», sagte das Mädchen. «Wissen Sie, ob die U. S. Steel Leute einstellt?»

Der Mann stieß eine Rauchfahne aus. «Vergessen Sie's, die sind den Bach runter.» Er blickte Mrs. Wystrzemski an. Sein Gesicht kam ihr vertraut vor; doch es war keiner von Johns Freunden. Sie konnte seine Augen nicht mit denen irgendeines Kindes aus der Nachbarschaft in Verbindung bringen, doch als er sprach, erkannte sie ihn, und er schien das mit einem gehässigen Grinsen zur Kenntnis zu nehmen. Nach jedem Satz lächelte er mit in die Wangen hochgezogenen Mundwinkeln, als würde er jeden Moment anfangen zu lachen und das Mädchen als dummes Ding bezeichnen. Mrs. Wystrzemski stellte sich entschlossen hin und packte den Arm des Mädchens. Der Mann redete weiter: «Es gibt noch American Bridge, aber da muß man Berufserfahrung mitbringen.»

Das Mädchen schenkte dem Umstand, daß Mrs. Wystrzemski sie gepackt hatte, keine Beachtung. «Also sind Sie schon lange auf Arbeitssuche.»

«Da haben Sie verdammt recht», sagte der Mann und setzte dann in Richtung Mrs. Wystrzemski hinzu: «Entschuldigen Sie, Ma'am.» Das Haarbüschel berührte die freie Stelle zwischen seinen Augenbrauen.

«Wir sind spät dran», unterbrach Mrs. Wystrzemski. «Wir müssen weiter.» Sie grub ihre Absätze in den Schnee und zog das Mädchen fort.

Sheila fing sich und versuchte stehenzubleiben, aber Johns Mutter zerrte sie weiter bergab. Sie drehte den Kopf und sah, wie der Mann Johns Mutter den Mittelfinger zeigte. «Was ist denn mit dir los?» fragte sie.

«Üble Männer.» Die alte Frau stürmte im Schnee vorwärts und hielt mit einer Hand den Knoten ihres Kopftuchs fest.

«Sie haben keine Jobs, also sind sie automatisch üble Leute, stimmt's? Wahrscheinlich hat er sich in der ganzen Gegend umgesehen, genau wie John. Aber du willst das nicht verstehen. Du weißt nicht, was es bedeutet, wenn die Leute auf einen herabsehen, bloß weil sie Geld haben und du nicht.»

«Üble Männer, du sprichst mit üblen Männern. Schmutzige Säufer mit langen Haaren.»

«Wovon redest du überhaupt? Du trinkst selber Bier und hast

lange Haare.» Sheila ging wieder voran. Jetzt, wo sie von den Männern weit genug weg waren, um in Sicherheit zu sein, schien die alte Frau keine Kraft mehr zu haben. Sie lehnte sich an Sheila, als ob sie völlig erschöpft wäre, die Handtasche zwischen ihre Hüften gequetscht. Sheila tastete in ihrer Tasche nach den zwanzig Dollar, dann fiel ihr ein, daß sie sich in ihrem Sweatshirt befanden. Sie hielt Johns Mutter am Arm und führte sie die McClure Street hinunter.

Das Giant Eagle befand sich an der Ecke 8th Avenue und McClure, seine Schaufenster waren mit Sperrholzplatten abgedeckt. In ungleichmäßiger blauer Sprayfarbe wurde mitgeteilt: «Parkplätze hinterm Haus». Die Geschäftsleitung hatte sowohl in der Einfahrt als auch auf dem Gehsteig Salz streuen lassen, und als Sheila auf den nackten Beton trat, glitten ihre Füße auf den nicht geschmolzenen Eiskristallen aus. Im selben Augenblick rutschte auch Johns Mutter aus, und sie blieben nur deshalb auf den Beinen, weil sie in entgegengesetzte Richtungen fielen. Irgend jemand lachte mit hoher Stimme laut auf.

Das Lachen war von einem Kind gekommen, das neben der automatischen Eingangstür stand und die Kunden anbettelte, wenn sie das Geschäft betraten. Johns Mutter streifte Sheilas Hand von ihrem Arm und ging auf das Kind los. Sheila lief hinter ihr her.

Es war ein kleiner, dünner Junge. Am Rücken und an der Brust hatte man ihm mit Gurten vier Metallstäbe befestigt, die einen weißen Plastikhelm trugen, der seinen Kopf umschloß. Sein Hals, eine Reihe von Sehnen, die eine hervorstehende Luftröhre umgaben, schwoll an, wenn er atmete. Johns Mutter blieb unvermittelt vor ihm stehen und hielt ihre Handtasche mit beiden Händen an die Brust. Da Sheila ihre Angst spürte, trat sie zwischen sie und das Kind und tätschelte ihm die Schulter. Das Kind gluckste und rappelte mit dem Kleingeld in seiner Büchse. «Wenn wir rauskommen», sagte Sheila. «In Ordnung?» fragte sie Johns Mutter, aber Mrs. Wystrzemski war, ohne sie anzusehen, an ihnen vorbeigegangen und durch die automatische Eingangstür verschwunden. Sheila tätschelte die Büchse des Jungen, zwinkerte ihm zu und folgte ihr nach drinnen.

Im Laden schien Johns Mutter das Kind vergessen zu haben. Sie stand neben einer Pyramide aus Mineralwasserdosen und schwatzte auf polnisch mit einer Frau, die ein ebenso fürchterliches grünes Kopftuch, einen schwarzen Trenchcoat, den sie bis zum Hals zugeknöpft hatte, und Stiefel trug. Die alte Frau würde es nie lernen, solange Johns Vater seinen Job behielt. Sheila hatte die gleiche Blindheit bei ihren Kollegen bei der Fürsorge erlebt. Sie erzählten den Leuten, alles würde gut werden, wenn sie selbst daran glaubten und hart arbeiteten. Johns Mutter stellte dieselben Kriterien auf, nur in negativer Form. Das Unglück der Leute ging auf ihren mangelnden Glauben und ihre Faulheit zurück, Erfolg war unerklärbar.

Es waren nur zwei Kassen offen, und der erste Gang, Obst und Gemüse, war menschenleer. Über den Regalen hingen die Plastikabdeckungen der Neonlampen wie Falltüren herunter. Sheila suchte sich einen Korb aus, knöpfte sich den Mantel auf und nahm die zwanzig Dollar aus der Tasche ihres Sweatshirts. Ihr fiel auf, daß es keine Artischocken und keinen Rosenkohl gab. Die wenigen Gurken waren voll wäßriger Flecken. Sheila schaute den Gang entlang, in der Hoffnung, Johns Mutter herüberrufen und sie auf den Zustand des Ladens aufmerksam machen zu können, aber die beiden alten Frauen waren verschwunden.

Sie sah sie wieder, als sie das Fleischregal durchsah. Sie standen mitten im Gang mit den Broten und setzten mit fuchtelnden Händen ihre Unterhaltung fort. In den Regalen neben ihnen klafften Lücken: Dort mußte die Geschäftsleitung bestimmte Artikel gestrichen haben, um Geld zu sparen. Sheila beobachtete sie einen Augenblick lang und wandte sich dann wieder dem Fleisch zu.

Frühe Kunden hatten die ganzen Hamburger gekauft, aber es

gab noch jede Menge Steaks. Auf Long Island war Sheila zu einem Metzger gegangen, und die Stücke, die sie jetzt betrachtete, wirkten fetthaltiger, mit weißen Fasern, die sich durch das rote Fleisch zogen. Sie bohrte den Daumen ins Zellophan, um nach Knochen zu tasten, und legte dann eine Packung nach der anderen zurück.

Während sie die fünf besten heraussuchte, von der Kühltruhe zurücktrat und sich vorstellte, wieviel besser ihr Abendessen sein würde als die faden Schmorgerichte und Braten, die Johns Mutter ihnen vorsetzte, kam das behinderte Kind um die Ecke. Der Junge bewegte sich ruckartig, eine Schulter nach hinten gekrümmt, als hielte ihn dort jemand fest. Der Helm, der an seinem verdrehten Rumpf befestigt war, zwängte sein Gesicht nach rechts, so daß sie nur eins seiner vorstehenden Augen sehen konnte. Als er näher kam, rappelte er mit seiner Büchse.

Johns Mutter und ihr Ebenbild quasselten immer noch im Gang mit dem Brot. «Komm», flüsterte Sheila dem Kind zu, das jetzt vor ihr mit den Münzen klimperte. Sie klopfte leicht auf die Büchse und deutete auf die beiden alten Frauen. Sie achtete auf seine Gurtkonstruktion und schob ihn sanft von sich weg den Gang hinauf.

Er schleppte sich schwankend zwischen den halbleeren Regalen auf die Frauen zu. Johns Mutter schien ihn nicht zu bemerken, aber die andere Frau drehte den Kopf und fixierte das Kind. Sheila duckte sich hinter einen Turm aus Zuckerwaffeln. Mit erstarrtem Gesichtsausdruck sah die andere Frau den Jungen an, und bald hörte Johns Mutter auf zu reden und drehte sich um, um zu sehen, worauf sie den Blick gerichtet hatte. Das Kind hob die Büchse über seinen Helm und hielt sie erst der anderen Frau und dann Johns Mutter hin. Mit gesenktem Kopf, um dem Blick des Kindes auszuweichen, durchwühlte sie ihre Handtasche, als würde sie ausgeraubt, und dabei fielen Papiertaschentücher und Stifte auf den Boden. Sie streckte die Hand der

Büchse entgegen und warf eine Münze hinein, faßte dann die andere Frau am Arm und führte sie weg.

Als Sheila an dem Gang mit der Milch vorbeiging und in den Kassenbereich kam, war Johns Mutter nirgends zu sehen. Das Kind fuchtelte mit der Büchse konfus vor der Pappfigur eines Fernsehkochs herum. Sheila stellte sich in die kürzere Schlange, hinter einen weißhaarigen Mann in einer Windjacke der Veteranenvereinigung mit der amerikanischen Flagge an den Ärmeln. Sie stellte den Korb ans Ende des Bandes und wartete darauf, daß der alte Mann sein Hundefutter nach vorn schob.

Die Kassiererin, eine dickwangige Frau mit schiefen Zähnen und einer schlecht sitzenden roten Perücke, tippte Sheilas Einkäufe ein. Sheila hatte die zwanzig Dollar hervorgeholt und wartete auf die Endsumme. Die Frau drückte mit dem Handballen auf die Summentaste, ließ die Kassenlade aufspringen und sagte: «Zwanzig drei'n'dreißig.»

Sheila gab ihr die zwei Zehner und fing an, das Gemüse in ihre Tüte zu packen.

«'tschuldigung», sagte die Kaugummi kauende Kassiererin. «Krieg noch dreiunddreißig Cent.»

Sheila durchsuchte ihre Taschen. «Ich bring's morgen vorbei.»

«Kann ich nicht machen», sagte die Frau, die zwei Zehner flach auf der Hand. «Ist in letzter Zeit zu oft vorgekommen. Wenn es nach mir ginge, Schätzchen, würde ich sagen, klar, aber der Filialleiter sagt, alles in bar.»

«Ich hab nicht soviel.»

«Dann bringen Sie einfach was zurück.» Sie riß den Kassenzettel ab und begann, die Einkäufe des nächsten Kunden über den elektronischen Scanner gleiten zu lassen.

Sheila packte eins von den Steaks – ihr Steak, ein Steak, das sie nicht einmal haben wollte – und fuchtelte damit vor der Kassiererin herum. «Dreiunddreißig verdammte Cent!» schrie sie und drängte sich durch die Schlange. Die anderen Kunden traten zur

Seite. Während sie wütend zum Gang mit dem Brot marschierte, hörte sie eine kühle weibliche Stimme sagen: «Der Mann muß arbeitslos sein.»

Sie blieb stehen, drehte sich um und wandte sich der Schlange zu. «Sehen Sie, was das hier ist?» schrie sie. «Steak. Verstanden? Steak.»

Sie warf das Steak in die Truhe, grapschte es dann wütend wieder heraus, stopfte es in den Hosenbund ihrer Jeans und zog ihr Sweatshirt drüber. Es lag kalt an ihrem Bauch. Jemand lachte, und ihr Blick fiel schnell auf die Spiegel über dem Fleisch. Das behinderte Kind stand hinter ihr, rappelte mit seiner Büchse und schnitt gedankenlos Grimassen. Sie lachte sein Spiegelbild an. Sie strich sich vorn die Kleider glatt, bedeutete dem Kind, ihr zu folgen, und ging den Gang mit dem Brot entlang.

Bevor sie in den Kassenbereich bog, verzog sie das Gesicht und übte ein Knurren. Das Zellophan zwickte an der Haut. Als Sheila mit unbeweglichem Gesicht um die Ecke bog, entdeckte die Kassiererin sie und winkte. Die Schlange teilte sich, und Sheila rauschte mitten hindurch zur Registrierkasse. «Zufrieden?» fragte sie.

Die Kassiererin gab ihr den Kassenzettel, zählte ihr die Scheine einen nach dem anderen auf die Hand und legte das Kleingeld obendrauf. «Tut mir leid», sagte sie, «ich hab die Vorschriften hier nicht gemacht.»

«Ich weiß, Sie befolgen sie bloß blind.» Sie ließ den Kassenzettel und das Geld in die Tüte fallen. «Vielen Dank», rief Sheila, so daß alle in der Schlange es hören konnten. «Schönen Tag noch!» Sie hielt die Tüte dicht an den Bauch und ging zur Tür.

Das behinderte Kind ging vor ihr an einer nicht besetzten Kasse vorbei. Sie blieb stehen und kramte die Tüte nach ein bißchen Kleingeld durch, wobei sie sie auf dem angehobenen Knie balancierte. Das Steak rutschte nach oben und bohrte sich ihr in den Bauch, aber sie war weit genug von der Kassiererin weg, um sich in Sicherheit zu fühlen. Sie fand einen Vierteldollar und ein

Fünfcentstück, hob die Tüte hoch und schlang beide Arme darum.

Die Hand des Kindes schwankte von einer Seite zur anderen, und da Sheila die Arme um die Tüte gelegt hatte, traf sie den Schlitz oben in der Büchse nicht. Eine Ecke der Kunststoffverpackung schaute unter ihrem Sweatshirt hervor. «Laß uns gehen», sagte sie und ging von ihm weg. «Komm, ich geb's dir draußen.»

Die automatische Tür glitt auf, als sie auf die Matte trat. Draußen vor dem Laden saß Johns Mutter auf einer Bank und unterhielt sich immer noch mit der anderen Frau. Sheila drückte die Tüte an den Bauch. Hinter ihr nuschelte das Kind laut vor sich hin, lallte unverständliches Zeug. Die zweite Tür glitt auf, und Sheila trat hinaus in die Kälte.

Als sie von der Matte trat, stieß das Kind von hinten gegen sie und schubste sie nach vorn. Ihre Schuhe glitten auf dem Salz aus, und sie fiel hin. Sie warf die Arme zur Seite, um das Gleichgewicht zu halten, und die Tüte flog weg. Im Fallen drehte sie sich und streckte die Hand nach dem Kind aus, wobei sie die Büchse traf und sie ihm aus der Hand schlug, und als sie mit dem Kopf auf den Gehsteig prallte, prasselten ringsum Münzen auf den Boden.

Das Gemüse lag im Salz und war nicht mehr zu gebrauchen. Ihre Hände brannten, und sie spürte, wie der Schnee auf ihrer Haut schmolz. Sie griff mit der Hand zum Bauch, um das Steak zu verbergen, während sich eine Vierteldollarmünze von der abgeschürften Haut an ihrer Handfläche löste, aber da stand Johns Mutter schon über ihr und schaute auf sie herab, als würde sie über den Rand einer Klippe blicken. Vor ihren Füßen lag das Steak in zerrissener Verpackung.

Nachdem sie Sheila und dem Kind aufgeholfen hatte, sammelte Johns Mutter die Lebensmittel auf und steckte sie wieder in die Tüte. Das Steak lag ganz oben. Sheila setzte sich benommen auf die Bank und hielt sich den Kopf. Die andere Frau tätschelte ihr den Arm und beruhigte sie mit ihrem Gerede.

Mrs. Wystrzemski kniete sich hin und schaufelte die Münzen und das Salz zu einem Haufen und füllte alles in die zerquetschte Büchse. Das Kind stand reglos neben ihr, als wäre es in Gedanken vertieft. Sie fand den Deckel, setzte ihn auf die Büchse und gab sie dem Jungen. Sie vergewisserte sich, daß seine Vorrichtung gerade saß, und fragte dann das Mädchen: «Ist alles in Ordnung mit dir?»

Sie nickte. Ihre Hände bluteten. In ihrem Haar waren Blutspuren.

«Ich trage das», sagte Mrs. Wystrzemski und nahm die Tüte. Der Junge schleppte sich wieder zu seinem Platz neben der Eingangstür.

Arm in Arm traten sie von der Stelle, wo gestreut war, auf den Schnee. Sheila taten die Hände weh, und sie wollte nicht, daß Blut auf den Mantel von Johns Mutter tropfte. Sie bogen in die McClure Street und stiegen langsam den Berg hinauf, ohne etwas zu sagen. Die Männer an der Mülltonne waren verschwunden, das Feuer war ausgegangen. Autos gerieten ins Schlingern und bremsten mit rutschenden Vorderreifen. Die Schilder mit der Aufschrift «Zu verkaufen» schaukelten im Wind.

Oben auf dem Berg bogen sie nach rechts in die 22nd Avenue. Als sie sich der Treppe von Johns Haus näherten, sagte Sheila: «Du hast es gesehen.»

Johns Mutter gab keine Antwort.

«Du hast es gesehen.»

«Was sehe ich?» fragte Johns Mutter. «Es ist nichts.»

Sheila blieb stehen. «Tu nicht so», sagte sie wütend. «Sag, was du sagen willst.»

Mrs. Wystrzemski drehte sich zu ihr um. Über die Tüte hinweg konnte sie nur ihr Gesicht sehen. Das Mädchen atmete schwer, und unter seinem linken Auge war ein verschmierter Blutfleck, so als wäre sie in eine Prügelei verwickelt gewesen. «Sheila, du bist ein guter Mensch, das weißt du doch. Alles wird gut.»

«Nein, es wird nicht alles gut», schrie das Mädchen. «Alles ist beschissen. Warum kannst du das nicht zugeben?» Der Mund stand ihr offen, ihr Atem kam in schnell aufeinanderfolgenden Wolken. Mrs. Wystrzemski schaute in die Tüte. Die Verpackung des Fleisches war undicht. «Es ist nicht meine Schuld», sagte das Mädchen. «Auch nicht die von John. Niemand ist schuld daran.» Sie wartete auf Bestätigung, und als Mrs. Wystrzemski nichts sagte, lief das Mädchen die Treppe hoch auf die Veranda.

Als sie allein war, wiederholte Mrs. Wystrzemski leise: «Alles wird gut.»

Mrs. Zapala sah im Wohnzimmer fern und aß von einer Schachtel Pralinen. Sie sagte zu Sheila: «Das Baby hat die ganze Zeit geschlafen.»

«Danke», murmelte Sheila durch die Hand, mit der sie das Gesicht bedeckte, und lief, immer noch im Mantel, nach oben. Mrs. Wystrzemski kam mit einer Tüte Lebensmittel ins Zimmer, blickte Mrs. Zapala an und ging wieder.

Mrs. Wystrzemski zog drei Dollarscheine aus der nassen Tüte. Sie legte das Geld auf den Küchentisch und riß die Verpackung von dem Steak. Sie ließ das kalte Wasser laufen.

Hinter ihr fragte Mrs. Zapala: «Und, kann sie gut einkaufen?»

«Sie hat eine schwere Zeit», erwiderte Mrs. Wystrzemski.

«Wie alle anderen.»

«Nein, das stimmt nicht», sagte Mrs. Wystrzemski und spülte das Salz vom Fleisch. Wasser mit einer Spur von Blut lief ihr über die Hände. «Das stimmt nicht.»

DAS DREIRAD

Das Haus war Crandell nie aufgefallen, bevor es brannte. Es stand in Central Islip in einem heruntergekommenen Viertel – Jugendliche, die neben salzzerfressenen Autos herumhingen, scheußliche Schneehaufen. Crandell war auf dem Heimweg, nachdem er O'Neill hatte nachsitzen lassen. Der vorwitzige Kerl hatte ihn gefragt, ob sich eine Holzschraube ungefähr so wie eine richtige anfühle. Crandell hatte Millie aus dem Lehrerzimmer angerufen, um ihr zu sagen, daß er später kommen würde.

Er war es nicht gewohnt, daß bei der Heimfahrt so starker Verkehr herrschte, und das ärgerte ihn. Er hätte sich nicht über O'Neill aufregen sollen. Er war gar nicht so schlimm, bloß ein Witzbold, der anfing, auf die schiefe Bahn zu geraten. Crandell wußte, daß es am besten war, es durchgehen zu lassen. Er mußte auf seinen Blutdruck achten. Alles kein Grund, den Brokkoli und die Putensalami verkommen zu lassen. Er stand ganz vorn an der Ampel – fest entschlossen, die nächste bei Grün zu erwischen –, als er bemerkte, daß in einem Fenster im oberen Stockwerk ein wehender Vorhang in Flammen stand. Er wollte seine Tür aufmachen, und der Motor des Century blieb abrupt stehen; hinter ihm hupte jemand. Er lief über die Kreuzung und zeigte auf das Fenster. Er dachte, jemand würde ihm folgen.

Es war ein Zweifamilienhaus, es gab zwei Klingeln. Eine Frau in einem angesengten Morgenmantel rannte stolpernd aus der Tür und schrie: «Mein Baby! Mein Baby!»

«Wo?» fragte er und packte sie an den Handgelenken, als ob sie lügen könnte.

Im Erdgeschoß war nicht einmal Rauch, aber über ihm prasselte laut das Feuer. Eine Wolke schwebte im ersten Stock, undurchsichtig und träge wie Nebel, mit dem scharfen Geruch von Plastik. Oben auf der Treppe fühlten sich seine Lungen an, als wären sie voller Kreide. Er ließ sich auf alle viere nieder und hielt sich die Krawatte vor Nase und Mund. Flammen züngelten die Wände hoch.

Das Baby war kein Baby, sondern ein Mädchen von vier Jahren. Es war im ersten Schlafzimmer, in das er hineinschaute, unterm Bett. Es kroch hervor, und er preßte es an sich und tastete sich zur Treppe. Brennende Lattenstücke prasselten durch den Rauch herab. Er wollte sich aufrichten, um es nach unten zu tragen, aber das Feuer schien sich bereits ausgebreitet zu haben, und als er einen großen Schritt nach vorn machte, verfehlte er die Stufe und stürzte – aus dem Rauch und auf das Mädchen. Es kreischte; er war verletzt. Er lag benommen am Fuß der Treppe. In dem vernebelten Zimmer auf der anderen Seite der Diele brannten Vorhänge. Ein Klavier, eine Lampe gingen lautlos in Flammen auf. Er hob das Mädchen auf und stürmte zur Haustür hinaus.

Die Frau nahm es ihm ab, streichelte es, beruhigte es. Sie bedankte sich ein ums andere Mal bei ihm und tröstete die ganze Zeit das Kind, das ununterbrochen weinte. Die Leute waren auf dem Gehsteig stehengeblieben; eine junge Frau kam in den Garten und riet ihnen, sich vom Haus zu entfernen. Die Mutter bückte sich, um ein Dreirad zu retten, konnte es aber mit dem Kind nicht bewerkstelligen. Crandell hob es auf und sah sich im Garten nach anderen Sachen um, die man noch retten konnte. Eine Kette ohne den dazugehörigen Hund lag da, aber das war schon alles.

Plötzlich waren überall Sirenen. Das Kind wimmerte; es war das Handgelenk, das bereits anschwoll. Er hatte die Haustür offen gelassen, und glühende Stoffetzen wehten nach draußen, schwebten über die Veranda und fielen in den Schmutz. Ein

Fenster zerbarst, und Scherben fielen auf das Blechdach der Veranda. «Guck dir das an», jubelte ein Junge hinter ihm.

Die Leute vom Rettungsdienst nahmen sich zuerst des Mädchens an. Beide waren Frauen, bügelfaltenschick und selbstsicher in ihren Uniformen. Er nahm eine Dosis Sauerstoff, die ihn schwindeln ließ. Die Mutter – Mrs. DeLuca – erzählte ihnen, wie er ihre kleine Tochter gerettet hatte.

«Oh, wir haben hier einen Helden», sagte die eine Frau vom Rettungsdienst zu der anderen.

«Sonst noch jemand?» fragte die andere und bot den Umstehenden die Gummimaske an. Crandell wollte noch mehr, dachte aber, daß es vielleicht nicht gut für ihn wäre; sein Herz schlug sowieso schon unregelmäßig. Er saß mit dem Kopf zwischen den Knien auf der hinteren Stoßstange und spuckte schwarzen Speichel, bis die Frauen vom Rettungsdienst sagten, daß es ihnen leid tue, aber sie müßten zu ihrem nächsten Einsatz. Sie schlugen die Hecktüren mit einem dumpfen Knall zu, stiegen ein und rasten davon.

Die Feuerwehrleute waren im Haus. Ein anderes Feuerwehrauto spritzte das Nachbarhaus ab; Wasser floß die Rinnsteine entlang. Die Polizei hatte orangefarbene Böcke aufgestellt. Sein Wagen stand, von Schläuchen eingeschlossen, inmitten der Feuerwehrautos. Irgend jemand hatte einen Strafzettel drangeklemmt. Das Dreirad stand am Bordstein; er hob es auf.

«He», rief jemand. Es war die Frau, die ihnen gesagt hatte, sie sollten zurücktreten. Sie hatte eine Nachrichtencrew dabei. «Das ist er. Er ist ins Haus gegangen und hat sie herausgeholt, als es brannte.»

«Stimmt das, Sir?» fragte der Reporter. Er war ordentlich frisiert und hatte Eyeliner aufgetragen. An seinem Mantel war auf Brusthöhe der NBC-Pfau aufgenäht.

«Ich muß los», sagte Crandell.

Der Reporter ließ ihn seinen Namen buchstabieren und sagte ihm, welche Fragen er ihm stellen würde, wenn sie vor der Kamera ständen. «Sie brauchen sich nicht vorzubereiten», sagte er, «lassen Sie es einfach rauskommen.»

«Kann ich das hinstellen?» fragte Crandell und deutete auf das Dreirad.

«Kriegst du's hin?» fragte der Reporter den Kameramann.

«Ich mach eine Fernaufnahme und hol ihn dann ran.»

«Klar», sagte der Reporter, «stellen Sie es hin, wenn Sie wollen.»

«Prima», sagte der Kameramann. Es warteten schon haufenweise andere Crews auf ihn, die Aufnahmen vom Dach, von den Feuerwehrautos und der Menschenmenge machten.

Das Haus war eine triefende Ruine, als Crandell alles beantwortet hatte, die Verkleidung wellig und voller Blasen. Die De-Lucas würden nicht mehr hierher zurückkommen. Er zog das Dreirad an der Lenkstange hinter sich her. Von den Scheinwerfern hatte er Kopfschmerzen bekommen; der Nachmittag kam ihm trübe vor. Ein Pumplöschfahrzeug stand halb auf dem Gehsteig, und seine Besatzung war im Vorgarten und räumte auf. Die Rush-hour hatte richtig begonnen, und die Leute fuhren langsamer, um zu sehen, was vor sich ging. Ein Reporter hatte seinen Wagen an die Seite gefahren und versprochen, sich um den Strafzettel zu kümmern, und er mußte das Auto erst suchen. Er legte das Dreirad auf den Rücksitz.

Er würde verspätet nach Hause kommen. Millie hatte bestimmt ihre Tabletts schon hingestellt und Peter Jennings laufen. Sein Abendessen würde im Backofen stehen und hart werden – und er hatte jetzt einen Bärenhunger, er hatte Lust, mit ihr ein Steak essen zu gehen. Der Wagen stank nach Rauch. Er roch an seiner Manschette, an seiner Krawatte. Die ganze Sache war ihm noch nicht ins Bewußtsein gedrungen; das würde wohl eine Weile dauern.

«Ich kann's kaum glauben», sagte Millie. «Du warst in allen drei Nachrichtensendungen.» Sie gab ihm einen besonders dicken Kuß und nahm seine Sachen, der Gestank des Mantels ließ sie zusammenzucken. Das Telefon klingelte. «Den hier muß ich reinigen lassen», sagte sie. Es klingelte erneut. «Die Leute haben ohne Unterbrechung angerufen, du machst dir keine Vorstellung.»

«Soll ich rangehen?»

«Mich wollen Sie nicht sprechen.»

«Es könnte George sein.»

«Ich hab erst Dienstag mit Eleanor gesprochen.»

Es war die Post. Er sagte ihnen, sie sollten am nächsten Tag noch einmal anrufen.

«Ich wollte Hähnchen machen», sagte sie, «aber ich hab mir gedacht, daß du vielleicht feiern willst.»

«Ich muß mich erst umziehen», sagte er und ging nach oben.

«Oder bist du zu müde?»

«Nur zu McCluskey's.»

«Ich hab schon angerufen», sagte sie.

Er aß ein Steak New York, außen schwarz und innen rosa, mit haufenweise Knoblauchsalz und Butter drauf, eine dampfende Kartoffel mit einem Klecks saurer Sahne und frischem Schnittlauch und trank zwei Strohs. Paare kamen zu ihrer Nische, um ihm die Hand zu schütteln, während er mit vollem Mund dasaß. Der Koch kam aus der Küche.

«Jetzt weißt du, wie Jackie Kennedy sich fühlt», sagte Millie.

Die Bedienung sagte ihnen, heute gehe alles aufs Haus.

«Daran könnte ich mich gewöhnen», sagte Crandell und ließ ihr einen Zehner da.

«Del», schimpfte Millie.

«Nix Del», sagte er.

Sie blieben auf, um sich die Nachrichten anzusehen. Millie machte Popcorn. Sein Gesicht sah fett aus, und niemand hatte ihm etwas von dem Ruß über seiner Lippe gesagt. Sein Haar wirkte dünn. Er sah fürchterlich aus; wie ein Toter.

«Sie ist rausgekommen und hat gesagt, daß ihre Tochter noch drin ist, also bin ich reingegangen und hab sie geholt.»

«Haben Sie in diesem Moment daran gedacht, daß sie sich vielleicht in Lebensgefahr begeben?» fragte der Reporter.

«Ich bin einfach reingegangen. Ich hab gewußt, daß sie da drin ist, und deshalb bin ich reingegangen. Ich hab in diesem Moment nicht groß nachgedacht.»

Das klang mittelmäßig, und zuerst schämte er sich, dann war er wütend auf den Reporter, weil der ihn in Verlegenheit gebracht hatte.

«Schau dich an», sagte Millie. «Du siehst aus wie ein Held, mit der ganzen Schmiere überall im Gesicht. Ich wünschte, wir hätten ein Videogerät, um es George und den Kindern zu zeigen, das würde ihnen gefallen.»

«Ich hör mich an wie ein Idiot.»

«Du hörst dich gut an. Du hörst dich an wie jeder andere.»

In Chile stürzte ein Flugzeug ab, und er stand auf und drehte sich um.

Auf dem Bildschirm stürzte das Dach der DeLucas teilweise ein. «Es kam zu keinen ernsthaften Verletzungen», sagte die Ansagerin, und dann wurde zum Wetter übergeblendet.

«Das war's, Leute», sagte er.

«Ich muß morgen raus und ein paar *Newsdays* kaufen», sagte Millie. Sie fegte ein paar vereinzelte Popcornkrümel von den Polstern und gab ihm seinen Gutenachtkuß. «Schließt du noch ab?»

Am Morgen ließ Crandell im Wagen das Radio aus. Er mochte es, zu fahren und dabei nachzudenken. Über das Pokerspiel am Sonntag bei Reece's oder jetzt, da es Dezember war, über die nächste Fernsehübertragung von den Rangers. In seinen Tagträumen passierte nie etwas. In ihnen war es immer ruhig, gab es gedämpftes Licht, Wärme und manchmal ein Sandwich. Und dann würde er sich wieder in den Wagen fallen lassen, wie in den alten Werbespots von Hertz, und erkennen, daß Bohemia einfach an ihm vorbeigerauscht war. Da, wo der Sunrise Highway vierspurig und der Verkehr schneller wurde, lenkte er den Wagen auf die Zufahrtsstraße und hielt, wie jeden Morgen, bei Martone's Deli.

An diesem Tag kaufte er sich eine Zeitung zum Kaffee. Martone fragte ihn, wie es ihm gehe.

«Hast du nicht die Zeitung gelesen?» fragte Martones Schwiegertochter. Sie bereitete eine italienische Vorspeise zu und hatte durchsichtige Latexhandschuhe an.

Martone drehte eine *Newsday* auf der Theke um. «Ich seh nichts.»

«Es steht etwas weiter hinten», sagte sie. Sie konnte die Seiten nicht anfassen, und er konnte es nicht finden. «Ich weiß nicht, aber es ist über ihn – Mr. Crandell.» Sie erzählte die Geschichte.

«Gratuliere», sagte Martone.

Crandell zuckte mit den Achseln, als wäre es nicht seine Schuld. «Darf nicht zu spät kommen», sagte er.

Auf dem Parkplatz sah er beim Einsteigen das Dreirad auf dem Rücksitz liegen. Im Wagen roch es säuerlich, wie nach nasser Asche.

Er fuhr langsamer, um bei Rot an der Ampel am Haus anzukommen, aber morgens war sie lange auf Grün geschaltet. Irgend jemand hatte die Fenster mit Sperrholz zugenagelt und Schilder aufgestellt, die er nicht lesen konnte. Er fragte sich, wo die DeLucas waren, was für eine Versicherung sie hatten. Vermutlich eine Mieterversicherung.

Er dachte sich schon, daß Ward aus der Metallwerkstatt herübergeschlendert käme und ihn mit der ganzen Sache aufziehen würde, und er behielt recht. Er hatte kaum angefangen, die Zeitung zu lesen, da hörte er eine nachgemachte Piepsstimme «Hilfe, Hilfe» rufen und ging zur Tür. Eine Hand mit einem brennenden Feuerzeug tanzte im Türrahmen.

«Ich rette dich», sagte eine rauhe Stimme, und eine zweite Hand riß das Feuerzeug weg.

«Mein Held», rief die Hand mit der Piepsstimme, und dann schlangen sich die beiden Hände umeinander.

Ward trat vor. «Del, neunundfünfzig? Stimmt das, beim nächsten Mal die große 6 mit der 0?»

«Glaub nicht alles, was du liest», sagte Crandell, obwohl es stimmte.

«Und was sind das für Vergehen, derentwegen diese Frau De-Luca angeklagt ist?»

«So weit hab ich noch nicht gelesen.»

«Da hast du dir ja einen Spezi ausgesucht, Del. In der Zeitung steht, daß sie seit ihrem sechzehnten Lebensjahr immer wieder im Gefängnis war. Sie ist eine von diesen Leuten, die das System sich schnappt und nicht mehr losläßt. Sie hat das Kind gerade erst zurückgekriegt.»

«Läßt du mich das bitte selber lesen?»

«Und ich hab allen gesagt, daß der Ruhm dich nicht verändern würde.» Er tätschelte Crandell den Rücken.

«Hau ab», sagte Crandell.

In zwei Wochen würde das Semester vorbei sein; die Jungs taten so, als wäre es schon soweit. Das Haus, das sie bauten, war so gut wie fertig. Das kleine zweistöckige Haus wirkte innen riesig. Es erstreckte sich über die lange Rückwand der Werkstatt, eine Fassade mit zwei Fenstern, einer Tür und einem schrägen Dach. Das Pergament am Hempstead Turnpike stiftete alles. Wenn es fertig war, würde Crandell an einem Wochenende kommen und es abreißen, retten, was zu retten war, und dem Pergament eine Liste von Sachen schicken, die er fürs nächste Semester benötigte. In der ersten Stunde arbeiteten sie an der Verschindelung, in der zweiten am Dach, und währenddessen dachte er an die DeLucas.

In der dritten Stunde hatte er frei und rief die Feuerwehr an. Dort sagte man ihm, er solle bei der Polizei anrufen, wo man ihn an die Fürsorge verwies. Dort gab man ihm die Adresse des abgebrannten Hauses.

«Wenn es erst gestern passiert ist, dann haben wir sie noch nicht», sagte ihm der Mann.

«Wer hat sie dann?»

«Wir sind die einzigen, die sie kriegen.»

«Wann?» fragte Crandell.

«Wenn die zuständige Sozialarbeiterin die Akte einreicht. Im Augenblick befinden sie sich wahrscheinlich in einer Notunterkunft.»

«Wo?»

«Die Sozialarbeiterin hat die ganzen Informationen, aber sie ist im Augenblick wahrscheinlich bei ihnen da draußen.»

«Wann ist sie wieder da?»

«Das kann ich Ihnen wirklich nicht sagen», erwiderte der Mann.

«Danke», sagte Crandell.

Zur sechsten Stunde kam O'Neill zwanzig Minuten zu spät, und seine Jeansjacke stank nach Dope. Die restlichen Jungs waren oben auf dem Dach und hämmerten herum.

«Ich trag dich als fehlend ein», sagte Crandell. «Und du sitzt nach.»

«Machen Sie sich mal nicht ins Hemd, Delbert.»

«Was ist los mit dir?» Das Hämmern hatte aufgehört, die Klasse beobachtete sie. «Geh ins Büro», sagte Crandell.

O'Neill zuckte mit den Achseln und hielt die Hände hoch, um zu zeigen, daß er unschuldig war, drehte sich um und ging zur Tür hinaus. Das Hämmern begann wieder.

Beim Nachsitzen benahm sich O'Neill genauso. Es war nicht nur Schau, es war ihm wirklich egal. Das liegt am Dope, dachte sich Crandell. Er hatte ihn draußen am Schornstein gesehen, wie er sich um sieben Uhr morgens bekiffte oder wie er während des Unterrichts an seinen Fenstern vorbeiging. Er war kein schlechter Kerl – kein bösartiger Bursche, wie einige andere. Ihm gefiel es an der Drehbank. Crandell sagte ihm, nach hundert Schindeln könne er gehen, und stand da, um mitzuzählen. Der Junge hängte sie schief auf, aber er kannte die einzelnen Schritte, und seine Schläge saßen. Er zog sich die Jacke aus.

«Sie sind jetzt also der große Held», sagte der Junge.

«So ist es.»

«Sie haben dem Mädchen das Leben gerettet?»

«Ja.»

«Das ist stark, Mann.»

«Wenn ich es nicht gewesen wäre, wär's jemand anders gewesen.»

«Nein», sagte der Junge und hielt inne. Seine Augen waren gerötet. «Nein, Sie waren es. Es ist so, als hätte es da auf Sie gewartet – als müßten Sie den ganzen anderen Mist nur durchmachen, um diese eine Sache zu erledigen, verstehen Sie, was ich meine?»

«Klar.»

«Glauben Sie mir kein Wort.»

«Mach ich auch nicht», sagte Crandell.

Als er sich auf dem Heimweg im Vorbeifahren das Haus ansah, fiel sein Blick kurz auf das Dreirad hinter ihm. Auf dem Sunrise Highway überholte er mit fünfundsiebzig Meilen einen Polizisten. Sie aßen gegrillte Seezunge, und er war nicht in den Nachrichten.

«Sie sind verschwunden», erzählte er Millie.

«Wer ist verschwunden?»

«Die Leute von dem Feuer.»

«Es gibt Leute, die dafür bezahlt werden, sich um solche Fälle zu kümmern.»

«Die wissen nicht, wo sie sind.»

«Ich bin mir sicher, daß die Verantwortlichen ihr Bestes tun.»

George dachte am Telefon genauso. Er war mehr an dem Feuer interessiert, daran, wie sein Vater sich in dem brennenden Haus gefühlt hatte.

«Ich erinnere mich daran, daß ich überrascht war, als ich die Treppe runtergefallen bin. Ich hatte nicht die Zeit, um das Inventar aufzunehmen.»

«Du warst da», sagte George.

«Tut mir leid.»

Sie gaben ihm Craig, aber der sagte kein Wort, so daß sie ihm Sherry gaben. «Wann bist du in das Feuer gegeht?» brachte sie heraus.

«Gegangen.»

«Als du in das Feuer gegangen bist, hast du da Angst gehabt?»

«Ja», sagte Crandell.

«Craig kriegt manchmal Angst vor Mighty Mouse, und dann muß ich den Fernseher ausschalten.»

«Aha. Ist Daddy da?»

Eleanor kam an den Apparat und sprach von ihren Plänen für Weihnachten, dann kam George noch einmal. Crandell schaute auf die Uhr, der Anruf wurde langsam teuer. Er kam darauf zu sprechen und sagte, er würde sich für nächsten Dienstag etwas über das Feuer ins Gedächtnis rufen.

Das Steak vom vorhergehenden Abend war ihm nicht bekommen. Er las noch auf dem Klo und ging spät ins Bett. Er mußte aufpassen, daß das nicht zur Gewohnheit wurde. Auf die Art kamen Leute auf dem Weg zur Arbeit um, schliefen ein und fuhren auf das Fahrzeug vor ihnen auf, schossen über den Mittelstreifen.

Am nächsten Morgen paßte er auf, daß er die richtigen Ausfahrten erwischte. Schneeflocken schmolzen auf der Windschutzscheibe. Ein Lastwagen mit Rungen stand in dem schlammigen Garten des Hauses, an der Ladeklappe mehrere Männer in Arbeitsstiefeln und Schutzhelmen, die zusammen Kaffee tranken und rauchten. Das Dreirad lag immer noch hinter ihm. Er würde noch einmal bei der Fürsorge anrufen, vielleicht wußten sie inzwischen etwas.

Ein paar Blocks von der Schule entfernt sah er O'Neill die Steigung hinaufstapfen. Der Junge hatte seine Jeansjacke an, die Hände in den Hosentaschen. Crandell hielt neben ihm und drückte auf den Knopf für das Beifahrerfenster.

«Soll ich dich mitnehmen?» rief er.

«Ist schon in Ordnung.»

«Komm, du wirst ja klatschnaß.»

«Nein, wirklich Mr. Crandell, fahren Sie nur. Ich muß mich mit ein paar von meinen Jungs treffen.»

«Wir sehen uns im Unterricht. Aber diesmal pünktlich.»

Es stand nichts in der Zeitung. Ward kam während der Besprechung der Schulangelegenheiten herein und schüttelte den Kopf. «Die Helden von gestern», sagte er, «wo sind sie geblieben?»

In der ersten Stunde wurde das Haus fertig. In der zweiten ließ er sie an ihren eigenen Projekten arbeiten und trieb für alle, die an die Fräsmaschine wollten, Kiefernholz auf. Niemand schien allzu begeistert. Er würde sich für die letzte Woche Unterricht etwas ausdenken müssen. Er hatte den verrückten Gedanken, daß all die Arbeit, die O'Neill machte, den Stundenplan durcheinanderbrachte. Crandell saß, die Füße auf der Ablage, an seinem Schreibtisch, das Haus ihm gegenüber, fertig, zu Ende gebaut, und dachte, daß es vielleicht gut wäre, die Jungs am Abriß zu beteiligen. Vielleicht dafür zu sorgen, daß O'Neill ein prickelndes Erlebnis hatte, ihn die erste Schindel abreißen zu lassen.

Diesmal war der Typ von der Fürsorge höflich. Er gab Crandell eine Adresse in Bellport, praktisch vor seiner eigenen Haustür. Millie kannte ein paar Leute drüben in St. Jude's, die vielleicht etwas für sie tun konnten. Das war besser als Islip, besonders für das Kind. Letztes Jahr war ein Junge aus seiner vierten Klasse wegen einer Sonnenbrille erschossen worden – ein Junge wie O'Neill, gerade stürmisch genug, um mit den falschen Leuten am falschen Ort zu sein. Es war wesentlich besser als Islip, und diese Neuigkeit bewirkte, daß er ein Lied pfiff.

Es klingelte zur letzten Stunde, und von O'Neill keine Spur. Crandell blieb noch hoffnungsvoll im Flur stehen, löste dann mit dem Zeh die Sperre und machte die Tür zu.

«Er ist da», sagte Mervin Tate, «ich hab ihn beim Mittagessen gesehen.»

«Danke für die Nachricht», sagte Crandell.

Er ließ sie an ihren eigenen Sachen arbeiten.

Als die Hälfte der Stunde vorbei war, fingen ein paar Jungs hinter ihm an zu lachen. O'Neill ging draußen vorbei und winkte. Crandell eilte den Flur entlang, bog um die Ecke und stürmte durch die schwere Außentür, aber der Junge war schon weg. Er stand in dem kärglichen Schnee und schnappte nach Luft. Seine Klasse drückte sich an die Fenster.

Der Lastwagen war mit Bauholz vollgepackt. Daneben stand ein riesiger blauer Müllcontainer. Die Arbeiter hatten einen Schlauch an ein Fenster im ersten Stock montiert; Schutt rutschte in den Müllcontainer und wirbelte Staubwolken auf. Hinter ihm hupte jemand; die Ampel war umgesprungen.

Er kannte die Adresse; es war eine ruhige Straße unten in der Nähe des Wassers. Im Sommer fuhren er und Millie bei Sonnenuntergang dort durch und beobachteten die Möwen und die Fischer, während die Fähre nach Fire Island voll erschöpfter Tagesausflügler zurückkam. Die Bungalows waren einmal Sommerhäuser gewesen, waren jetzt aber gegeneinander abgezäunt, und große Chevys fielen in sandigen Einfahrten auseinander. In den Straßengräben wuchs Schilf, Dinghis verrotteten im Schlick. An diesem Tag wirkte durch den Schnee, den vom Meer kommenden Wind und die gute Sicht alles trostlos. Crandell suchte die Briefkästen nach Hausnummern ab.

Er war noch einen Block weit weg, als er das Motel entdeckte. Es war ein Flachbau, acht oder neun Wohneinheiten, hinter einer verwilderten Kiefernhecke versteckt. Er hatte gedacht, es hätte dichtgemacht. An dem Schild fehlte die Neonbeleuchtung, und so zeigte nur ein großer, gebogener Pfeil auf die Einfahrt. Er mußte nicht auf die Adresse schauen.

Er hielt direkt neben dem Büro. Als er ausstieg, sah er einen Mann hinter dem Vorhang von Nummer eins hervorschielen und dann wieder dahinter verschwinden.

Das Büro war abgeschlossen und dunkel. Er ging zu Nummer eins und klopfte an die Tür.

Der Mann, der hervorgeschaut hatte, kam an die Tür; er ließ die Kette vor. «Jaa?» sagte er.

«Ich suche eine gewisse Irene DeLuca und ihre Tochter.»

«Das da für das Mädchen?» fragte der Mann und deutete auf das Dreirad. Sein Zähne waren schief, und er redete zu laut.

«Sie kennen sie.»

«Nicht näher als nötig. Nummer neun.»

Das Mädchen öffnete die Tür. Sie trug einen Gips ums Handgelenk. Das Zimmer hinter ihr war dunkel, und in einer Ecke liefen in einem Fernseher lautlos Zeichentrickfilme. Sie erkannte ihn nicht wieder, sah aber das Dreirad und nahm es ihm ab. Es war zu schwer für sie und fiel mit einem dumpfen Geräusch zu Boden. In dem Zimmer war es drückend heiß und stank nach Zigaretten; auf der Frisierkommode standen Bierdosen, rot im Licht des Zeichentrickfilms.

«Ist deine Mutter da?» fragte Crandell.

«Sie ist mit Mannys Freund weggegangen.» Sie holte einen Mantel – brandneu, aber billig, in einem häßlichen Orange –, schob das Dreirad zur Tür hinaus und machte sie hinter ihnen zu. Sie fuhr ein paar Schritte und blickte dann zu Crandell auf. «Hast du eine Flasche mitgebracht?»

«Nein.»

«Jemand soll eine Flasche vorbeibringen.»

«Jemand», sagte Crandell.

«Jemand, den Manny kennt.»

Sie holperte über den Bordstein und fing an, im Kreis zu fahren, wobei die Plastikräder knirschend über den Splitt rollten. In irgendeinem anderen Zimmer lief der Fernseher. Sein Wagen war der einzige auf dem Parkplatz.

«Erzählst du deiner Mutter bitte, daß Mr. Crandell von dem Feuer vorbeigeschaut hat?»

Das Mädchen fuhr den Kreis zu Ende und hielt neben ihm an. «Du bist aber kein Feuerwehrmann», sagte sie. «Du hast gar keinen Schutzhelm.»

«Sag ihr Mr. Crandell», sagte er.

«Crandell, Wandle, Dandle», rief sie und fuhr wieder los. Er eilte über den Parkplatz, um ihr den Weg abzuschneiden, blieb aber auf halber Strecke, mitten im Kreis, stehen. Es schneite wieder, auf der Straße war kein Verkehr, und auf dem Parkplatz war es, abgesehen von dem Dreirad, ruhig. Er sah das heruntergekommene Schild an, den rostigen blauen Pepsiautomaten mit der dünnen Tür, das Moos zwischen den Schindeln. Als er davonfuhr, fuhr sie immer noch im Kreis.

Auch am nächsten Tag ließ O'Neill sich nicht blicken. Crandell ging voll Hoffnung ständig in den Flur hinaus.

«Haben Sie es noch nicht gehört, Mr. C.?» fragte Mervin Tate.

«Was gehört?»

«Er sitzt im Jugendknast. Er ist letzte Nacht drüben in Wyandanch geschnappt worden.»

Crandell holte die Brecheisen und Vorschlaghämmer hervor. Er versuchte, ihnen keine Verhaltensmaßregeln zu geben, ermahnte sie nur, sich nicht zu verletzen. Sie knöpften sich die Manschettenknöpfe zu und zogen sich ihre Handschuhe an. Das einzige, an das sie nicht herandurften, waren die Tür- und Fensterrahmen. Er schickte sie schichtweise rein, ließ sie sich alle paar Minuten abwechseln. Zunächst waren sie unsicher, aber nach dem ersten Angriff hackten und schlugen sie drauflos, überrascht, daß sie das durften. Am Ende der Stunde war alles kleingelegt. Sie gingen schwitzend, aber glücklich davon.

Es klingelte und würde in zehn Minuten erneut zum Aufräumen des Gebäudes klingeln. Ward kam mit seiner Lunchbox und seiner *Newsday* und sagte, sie würden sich bei dem Spiel am Sonntag sehen. «Bißchen früh?» fragte er in bezug auf das Haus.

«Ein bißchen», sagte Crandell.

Er ging ins Lehrerzimmer und rief Millie an, kaufte sich einen Kaffee und kam durch den leeren Flur zurück, wobei er mit den Schuhen über den Marmor schlurfte. Er entfernte die Krawattennadel, zog die Krawatte ab und ließ sie auf seinen Schreibtisch fallen, rollte dann die Ärmel runter, zog ein paar Handschuhe an und fing an, die Trümmer zu durchstöbern, um zu sehen, was aufgehoben werden konnte und was nicht.

ECONOLINE

W illie T. sah den Kleinbus auf dem Heimweg von der
Großbäckerei. Er lehnte dick und rund auf dem Ge-
brauchtwagenparkplatz bei Waynoka Ford, eine eingerostete
Bremse auf einen Hohlblock gesetzt. «Wo ist der her?» fragte er
Gar und ging langsamer. Gar zuckte mit den Achseln und ging
weiter. Willie T. ging schneller, holte ihn ein. «Haste den schon
mal gesehen?» Gar schüttelte den Kopf. «Schöner Bus für die Gegend hier», sagte Willie T. «Echt schöner Bus.»

Gar blieb stehen und sah ihm ins Gesicht. «Warum machst du
dir Gedanken über einen Bus?» fragte er und deutete mit seiner
Lunchbox darauf. «Hast du nicht schon genug Sorgen, ohne daß
du dir Gedanken über einen blöden Bus machst?»

Willie T. sah ihn an, schaute weg und sah dann den Bus an.
«Ich hab doch bloß gesagt, daß es für die Gegend hier ein schöner Bus ist.»

«Als ob du ihn kaufen willst oder so.»

«Wenn ich will.»

«Darüber brauchst du dir keine Gedanken zu machen», sagte
Gar. «Der Bus da kostet locker fünf-, sechstausend. Mach ruhig,
nur zu.» Er ging wieder weiter.

Sie gingen am Zaun der Raffinerie entlang, die Schornsteine
schwarz in der Abenddämmerung, und dann über die Brücke.
Unten, im Schlamm versunken, glänzte weiß ein Kühlschrank
ohne Tür. Gar sagte: «Manchmal bist du wie die Indianer. Wissen, daß sie verlieren, und gehen trotzdem ins Kino. Immer am
Wünschen.» Ein mit Stahlrohren beladener Sattelschlepper

rumpelte vorbei und brachte die Brücke zum Schwanken. Willie T. beobachtete ihn, bis er um die Kurve bog. «Was willst du überhaupt mit so was?» fragte Gar.

«Ich fahr Leute rum. Zum Beispiel Schulkinder. Oder Essen auf Rädern. Jaa, und ich transportiere auch Sachen. Lebensmittel und Trödel. Mit einem Bus kann man alles mögliche machen.»

«Erzähl keinen Mist, Leute rumfahren. Dafür sind doch schon Leute vom Bezirk angestellt. Und außerdem brauchst du da mehr als einen. Die Schulen haben den ganzen Hof voller Busse, mit Sonderfarben und allem.»

«Ich würde ihn in Ordnung bringen, damit er gut aussieht, denkste ich bin blöd? Er wäre genauso gut wie diese guten Busse. Noch besser, weil ich mich auch drum kümmern würde.»

«Quatsch, du stirbst genau wie der Rest von uns als Angestellter von Nabisco. Während du dich über irgendeinen Blödsinn aufregst.»

Sie gingen an der beleuchteten Arco-Tankstelle vorbei und über die Gleise in die Stadt, gingen an Big Ed's Tavern und der Bowlingbahn vorbei und kamen zu der Straße, in der Gar wohnte. «Okay, Willie T. Wir sehen uns morgen. Und glaub bloß nicht, daß sich die Kekse über Nacht in nichts auflösen. Die warten morgen früh auf dich.»

«Jaa, und auf dich warten sie auch. Okay, Gar, bis morgen.»

Vor dem Abendessen erzählte Willie T. Christine von dem Kleinbus. Nachdem er die Stiefel ausgezogen hatte, lehnte er sich in seinem Polstersessel zurück und redete durch die offene Küchentür. Töpfe klapperten und rappelten in der Wohnung. «Das ist ja gut», rief sie vom Herd, als wenn sie ihn verstanden hätte. «Klingt gut, Schatz.» Aber er wußte, daß sie ihn nicht verstanden hatte, und ließ es dabei bewenden. Zwecklos, Dinge anzusprechen, bevor es nötig war.

Er sprach es bei dem Huhn mit Reis noch einmal an, machte eine rasche Bemerkung. «Ist es das, was du mir vorhin zugerufen hast?» fragte sie und schaufelte sich noch eine Gabelvoll auf.

«Es ist nichts», sagte Willie T. «Was hast du heute so gemacht?»

Nachts dachte er, während Christine in dem anderen Bett schnarchte, darüber nach, was er mit dem Kleinbus alles anstellen könnte. Ihm blieben noch ein paar Jahre, zwei, vielleicht auch drei, in der Bäckerei, aber danach, wer wußte das schon? Seine Rente und Sozialversicherung würden nicht reichen. Allein die Miete würde ihre Ersparnisse auffressen, und sie waren nicht so arm, daß sie Sozialhilfe bekommen würden. Wenn er in Rente ging, mußte er irgendeinen Job annehmen, das wußte er bereits, und den ganzen Tag herumzufahren schien ihm eine gute Teilzeitbeschäftigung zu sein. Er würde Gar und die Jungs vermissen, aber wenn er Fahrgäste hätte, könnte er sich mit ihnen unterhalten. Vielleicht wären es Kinder, das wäre toll. Oder irgendwelche Lieferungen, das wäre auch okay, solange er nicht be- und entladen mußte. Er lag im Dunkeln, hörte Christine zu und stellte sich vor, wie er, eine Taxifahrermütze tief in die Stirn gezogen, hinterm Steuer saß. Die Scheiben waren sauber, und die Sonne schien, ihre Strahlen als glänzende Streifen auf dem polierten Metall. In der Windschutzscheibe erhoben sich die Spiegelbilder überhängender Bäume wie Schwärme von Wildvögeln.

Wenn sie an dem Kleinbus vorbeikamen, zweimal am Tag, auf dem Weg zu und von Nabisco, sagte Willie T. kein Wort. In der ersten Woche machte Gar ein paar Bemerkungen, aber bald gab er es auf und blieb still, vergaß die ganze Sache. Jedesmal sah Willie T. etwas Neues an dem Bus. In einem gesprungenen Rücklicht sammelte sich braunes Wasser, der linke hintere Kotflügel bog sich über der rostenden Bremse nach innen. Auf einem Aufkleber auf der vorderen Stoßstange stand: «Vertrau auf Gott», auf dem Nummernschild: «Oklahoma ist okay.»

Bei der Arbeit bediente Willie T. die Salzmaschine wie immer, aber er dachte ständig an den Bus, an seinen letzten Arbeitstag und das, was danach kam. Während die Roste mit dampfenden

Crackers an ihm vorbeirollten, ließ er über einen Hebel Salz aus dem Trichter rieseln, und der Rotor unter seinem Sitz dröhnte wie ein Rennwagen.

Als Willie T. in der Kaffeepause anrief, sagte ihm ein Verkäufer, der Bus koste zweitausend Dollar. Willie T. dachte, daß der Preis wegen der eingedellten Heckseite so niedrig war. Kein Problem: Beatty, ein alter Freund, der eine Werkstatt besaß, konnte den Kotflügel ausbeulen und die Spur begradigen. Er würde einen neuen Reifen und eine neue Felge kaufen müssen, das machte nur zwei- oder dreihundert. Doch sie hatten nicht soviel auf der Bank, und selbst wenn, Christine würde ihn nie alles ausgeben lassen.

Mit einem Darlehen würde es gehen, aber bevor er an ein Darlehen dachte, mußte er gucken, was für Jobs zu haben waren. Er brachte den Sonntagnachmittag am Eßtisch zu und blätterte die Kleinanzeigen durch. Christine, die sich im Fernsehen einen alten Film ansah, warf ihm von Zeit zu Zeit einen Blick zu. Er tat so, als würde er die Sportseiten lesen und brummte: «Die Rangers wollen diesen fetten Gedman verpflichten. Hier steht, Herschel will nächstes Jahr zwei Millionen haben.» Sie wedelte mit der Hand, um ihm zu bedeuten, daß er still sein solle.

Trotz seiner ganzen Suche fand er nur eine Arbeitsmöglichkeit. «Personenbeförderung» stand da. «Wir suchen jemanden, der eine kleine Gruppe von Patienten zur Behandlung fährt.» Er riß die Anzeige säuberlich heraus und steckte sie in seine Brieftasche.

Am Montag rief er an. «Sunrise Seniorenheim», meldete sich eine Frau, «ich verbinde Sie mit der Personalabteilung, bitte bleiben Sie dran.» Ein Summen, und dann war ein Mann am Apparat. «Ja?»

Vierhundert im Monat, sagte der Mann. Wegen des Lärms aus der Halle war er schwer zu verstehen. Zwei Fahrten am Tag, fünf Tage in der Woche, sechs Patienten pro Fahrt. Willie T. wollte fragen, was für Patienten, fand dann aber, daß es keine Rolle spielte. Wenn sie verrückt oder gefährlich wären, hätte man nicht in der Zeitung inseriert. Die Glocke, die das Ende der Pause anzeigte, läutete, und der Vorarbeiter kam in den Raum mit den Automaten stolziert. «Was für ein Fahrzeug haben Sie?» fragte der Mann.

Willie T. log.

«Gehe ich recht in der Annahme, daß Sie den erforderlichen Führerschein und eine ausreichende Versicherung haben?»

Willie T. log erneut. Der Vorarbeiter fing schon an, Kaffeetassen wegzuwerfen. Die Raucher drückten ihre Zigaretten aus und gingen auseinander. «Ich muß jetzt gehen», sagte Willie T., «aber das hört sich wirklich gut an. Vielen Dank.» Er setzte seinen Schutzhelm auf und ging zur Salzmaschine zurück, wo er den Rest des Morgens verträumte, während er über einen duftenden Highway aus Salzcrackers glitt.

Auf dem Heimweg fluchte Willie T. laut, während er unter dem blauweißen Waynoka Ford-Schild stand. Gar war früher gegangen, weil er einen Termin beim Zahnarzt hatte, so daß niemand da war, der Willie T. zurückhielt. Er stand auf dem Parkplatz und betrachtete verzweifelt den Bus. Das Darlehen, der Job, das war alles zu kompliziert. Das Risiko war zu groß. Sie waren auch früher schon arm gewesen, aber da waren sie noch jung, und die Arbeit war ihnen leichter gefallen. Zulassung, Versicherung, Steuer. Seit er den Bus zum ersten Mal gesehen hatte, war er seinem Erwerb kein Stück nähergekommen; all das war nur das Hirngespinst eines alten Narren.

Er ging zur Fahrerseite, machte die Tür auf und stieg ein. Das von der Abnutzung glatte, übergroße Lenkrad lag ihm gut in den Händen. Im Wagen roch es nach Zigarettenkippen und Schmierfett; auf dem Armaturenbrett lag steifbeinig ein Geschwader von toten Fliegen. Willie T. ergriff das Lenkrad, setzte sich anders hin und trat mehrmals die Pedale. Er drehte sich um und testete die Sitze der ersten Bank. Die Polsterung federte, als er sich drauffallen ließ. Er ließ die Schiebetür aufgleiten, stieg aus, machte sie zu, ließ sie wieder aufgleiten und machte sie erneut zu. Er kniete sich hin, nahm einen Penny aus der Tasche und überprüfte das Reifenprofil, legte sich dann auf den Rücken und untersuchte das Fahrgestell auf Rost. Alles sah gut aus.

Ein Mann in Anzug und Krawatte kam aus der Tür des Ausstellungsraums. Willie T. winkte, und der Mann kam durch das Gewirr von geparkten Wagen auf ihn zu. Es war ein untersetzter Weißer, dem sein Anzug zu klein war. Rote Socken blitzten auf, während er näher kam. Sie trafen aufeinander und schüttelten sich die Hand.

«Floyd Bannister», sagte der Mann, «schön, Sie kennenzulernen. Ich hab gesehen, daß Sie sich den Ford hier angeschaut haben. Das ist ein schöner Wagen.» Er gestikulierte mit den Händen, während er sprach. «Interessiert?»

«Vielleicht», sagte Willie T.. «Der Mann letzte Woche hat gesagt, er kostet zweitausend.»

«Das stimmt.»

«Selbst mit dem kaputten Heck?»

Der Mann sah sich den Schaden an und kratzte sich am Kinn. «Wir könnten ihn für Sie reparieren, aber das würde den Preis beträchtlich in die Höhe treiben.» Seine Hand hielt inne, und ein Finger deutete zum Himmel.

«Ich weiß nicht. Das sieht nach viel Arbeit aus.»

«Warum gehen wir nicht rein, Mr. Tillman? Lassen Sie uns schauen, wie es auf dem Papier aussieht.»

Als Willie T. ging, war es dunkel. Er tastete sich über den Parkplatz und ließ sich dabei vom hellen Schimmer der Motorhauben und Fensterscheiben leiten. Jenseits des Parkplatzes schossen Flammen aus den Überdruckventilen der Raffinerie. «Donnerstag», rief Floyd Bannister, «vergessen Sie's nicht.»

Nachdem Willie T. ausgeredet hatte, wischte Christine sich mit ihrer Serviette den Mund ab, legte sie zurück auf den Schoß und stützte zu beiden Seiten ihres Tellers die Arme auf den

Tisch. Mit unbewegtem Gesicht schaute sie ihn an, als hätte sie sich schon entschieden, ihr Blick suchte seinen.

«Und?» fragte er.

«Ich hab gewußt, daß du irgendwas ausheckst, ich hab's gewußt.» Sie schaute zur Decke, blähte die Wangen und stieß dann die Luft aus. «Du wirst kündigen und den ganzen Tag in diesem Bus rumfahren. Und das Geld, das sie zahlen, hält uns am Leben. Zusammen mit Rente und Sozialversicherung.»

«Vierhundert Dollar, mindestens ...»

«Moment.» Sie hielt eine Hand hoch. «Du wirst dann nicht die meiste Zeit daheim rumsitzen und mir im Weg sein?» Er nickte. «Dann okay. Es ist verrückt, aber okay, mach nur. Wenigstens denkst du endlich darüber nach, in Rente zu gehen, und darüber, wie's dann weitergeht.» Er flitzte um den Tisch und umarmte sie in ihrem Sessel. «Solange du nicht die ganze Zeit daheim bist», sagte sie und hielt seine Arme vor ihrer Brust. «Ich will nicht, daß hier ein Gespenst rumsitzt.»

In jener Nacht wachte er plötzlich im Dunkeln auf, als hätte er einen Alptraum gehabt. Ein Lichtbündel zog sich grau über die Zimmerdecke. Und wenn es danebenging? Christines Atemzüge erfüllten das Zimmer. Er legte den Kopf auf die Matratze und hielt sich das Kissen nah ans Ohr. In der Stille hörte er seinen eigenen Atem und, immer lauter, wie Schritte, das Pochen seines Herzens.

Am nächsten Tag auf der Arbeit rief er im Sunrise Seniorenheim an, um zu sehen, ob der Job immer noch zu haben war. Der Mann, mit dem er schon einmal gesprochen hatte, sagte ja und fragte ihn, wann er anfangen könne. Willie T. sagte ihm, das wisse er noch nicht. Bald. Es herrschte Schweigen in der Leitung, dann sagte der Mann: «Um ehrlich zu sein, das Echo war nicht besonders groß. Wenn Sie in ein paar Wochen anfangen können, dann können wir uns wohl so lange mit dem durchschlagen, was wir haben.» Willie T. unterrichtete ihn über den Stand der Dinge. Als er aufgelegt hatte, klatschte er einmal in die Hände und sagte: «Jaa!» Die Raucher drehten einen Augenblick lang die Köpfe und rauchten dann weiter.

Als sie nach Hause gingen, sagte Willie T. zu Gar: «Ich kaufe diesen Bus.» Gar wollte etwas sagen, aber Willie T. redete weiter: «Ich kaufe diesen Bus und fahre damit Leute durch die Gegend.» Er trat mit dem Stiefel nach einem Stein, und der rollte über die Straße. «Erzähl mir nicht, daß ich's nicht tue, weil das nicht stimmt.»

Gar blieb stehen und sah ihn an. «Da hast du aber was angestellt.» Er lächelte und nickte dann ernst. «Ich glaub dir, Willie T., ich glaube, daß du den Bus kaufst.»

«Dann hab ich was, wenn ich in Rente gehe, verstehst du?»

«Glaub schon.»

«Was machst du dann?»

Gar zuckte mit den Achseln. «Ich muß noch ein paar Jahre machen.»

«Das ist was, worüber man nachdenken sollte. Denn ich hab drüber nachgedacht, und eins will ich dir sagen, wenn du alt bist, dann lassen sie dich verhungern. Wenn sie Lust haben, dann werfen sie dich auf die Straße, ungelogen.» Er drehte sich um und ging weiter, und Gar folgte ihm.

Am Donnerstag nach der Arbeit traf er sich mit Floyd Bannister und gab ihm einen Scheck über vierhundert Dollar. In den zweitausend Dollar waren jetzt die Nummernschilder, die Zulassung, eine zehnmonatige Garantie auf den Motor und das Abschleppen zur Werkstatt enthalten. Sobald Beatty die linke Heckseite repariert hatte, konnte es losgehen. Was sich gut traf angesichts der Tatsache, daß er bei Nabisco zwei Wochen Kündigungsfrist hatte. Das Geschäft lief so glatt, daß Willie T. nervös wurde. Den Stift in der Hand, stellte er sich Unfälle und Diebe vor, und nachdem er unterschrieben hatte und nach Hause ging, konnte ihn nicht einmal der Bus selbst aufheitern, der schräg auf seinem Hohlblock stand.

«Wunderbar», sagte der Mann vom Sunrise Seniorenheim.

«Schicken Sie uns eine Kopie Ihrer Papiere, und dann setzen wir hier einen Vertrag auf. Wenn Sie uns den Schriftkram diese Woche zukommen lassen können, dann schicken wir Ihnen den Vertrag nächsten Mittwoch oder Donnerstag zurück.»

«Hört sich gut an», sagte Willie T. Gar schnitt ihm Grimassen, hielt ihm die Handfläche hin, damit er draufschlagen konnte.

«Sehr gut, Mr. Tillman. Wir hoffen, bald von Ihnen zu hören.»

Er hatte gedacht, daß es ihm leichtfallen würde, bei Nabisco aufzuhören. Er und Christine waren übereingekommen, daß er kündigen konnte. Da er mehr als fünfundzwanzig Jahre dort gearbeitet hatte, stand ihm die volle Rente zu. Gar gratulierte ihm jeden Tag, und sie rissen Witze darüber, aber die letzten beiden Wochen waren für Willie T. schwer. Freunde, die er seit Jahren nicht mehr gesehen hatte, schauten vorbei, um ihm Glück zu wünschen. «Vergiß uns nicht», sagten sie. An seinem letzten Freitag gab die Abteilung für ihn eine Party, mit kostenlosem Kaffee und einer Torte aus der Cafeteria. Sein Vorarbeiter hielt eine Rede, in der er Willie T.s Initiative lobte und ihm für seine langen Dienste dankte. Gar schenkte ihm im Namen der Belegschaft ein Paar Autohandschuhe aus Leder. «Eine Rede, eine Rede», riefen alle. Willie T. hielt die Handschuhe hoch und sagte: «Ich danke euch allen.» Der Raum war von Gelächter und Beifall erfüllt.

Bei Sonnenuntergang kamen Gar und Willie T. bei Waynoka Ford vorbei. Der Hohlblock stand auf einem leeren Platz. Sie gingen den Zaun der Raffinerie entlang und über die Brücke; ihre Stiefel knirschten auf der mit Splitt bedeckten Erde, und ihre Lunchboxen schaukelten und quietschten. Der Kühlschrank glänzte matt im Flußbett. Schweigend gingen sie an der Arco-Tankstelle, an Big Ed's und der Bowlingbahn vorbei und kamen zu Gars Straßenecke. «Okay, Willie T., komm uns mal wieder irgendwann besuchen.» Er schüttelte Willie T. die Hand.

«Mach ich, Gar.» Sie trennten sich, Gar ging seine Straße hinunter, und Willie T. überquerte die Straße. Während er davonging, blieb Willie T. stehen und schaute zurück. Gars braune Jacke glitt durch den Lichtkegel unter einer Staßenlaterne, verschwand dann im Dunkeln, tauchte wieder auf, verschwand erneut, und so weiter die ganze Straße entlang, immer kleiner.

Am Samstagmorgen traf Willie T. noch vor Beatty in dessen Werkstatt ein. Der Bus stand, umringt von Autowracks, auf dem Parkplatz. Er hatte einen neuen Reifen, und der linke hintere Kotflügel war mit einer grauen Grundierung überzogen. «Sieht gut aus», sagte Willie T. und strich mit der Hand die Farbe glatt.

Er entdeckte einen Münzfernsprecher und rief im Sunrise Seniorenheim an. «Ich kann am Montag anfangen», sagte er dem Mann. «Um wieviel Uhr soll ich kommen?»

«Das ist gut, Mr. Tillman. Wir erwarten Sie um zehn Uhr. Wir müssen die Vertragsbedingungen durchsprechen, das wird etwa eine Stunde dauern. Dann haben Sie um elf eine Gruppe, die zum Behandlungszentrum gebracht werden muß, und dann die Rückfahrt um zwei. Also, ja, wir erwarten Sie gegen zehn.»

«Hört sich gut an.»

Beatty erschien eine Stunde später. Willie T. bezahlte mit einem Scheck und holte die Schlüssel. Sie gingen zum Bus hinaus, und Willie T. startete ihn. «Ich hab ihn gestern rausgefahren», sagte Beatty und lehnte sich an die Tür. «Er läuft schön gleichmäßig. Da sind noch ein paar Kleinigkeiten, ein paar Schönheitsreparaturen zu erledigen, aber im großen und ganzen ist er in einem guten Zustand.» Der Motor dröhnte, das Lenkrad vibrierte in Willie T.s Händen. «Wenn irgendwas nicht in Ordnung ist, bring ihn wieder her, und dann kümmere ich mich drum.»

«He, Beatty, das ist mir eine große Hilfe, Mann.»

«Kein Problem.» Er schlug die Tür zu. «Gute Fahrt, Willie T.»

Er hatte in den fünfziger Jahren einen Kleinbus gefahren, als er bei Hoovers Wäscherei gearbeitet hatte, aber als er jetzt den Econoline behutsam durch die engen Straßen von Waynoka steuerte, hatte Willie T. das Gefühl, als wäre er nicht mehr verkehrstauglich. Er fuhr langsam, versuchte die Größe des Busses abzuschätzen, fuhr in Kurven einen weiten Bogen und bremste zu früh. Er fuhr damit auf die Route 64 und raste bis zur nächsten Ausfahrt, wendete dann und raste wieder zurück. Bevor er nach Hause fuhr, hielt er an, um zu tanken. Er fuhr zu einer Zapfsäule mit vollem Service und ließ den Tankwart volltanken und alle Flüssigkeiten überprüfen. Begeistert fuhr er zur Selbstwaschanlage, spritzte den Bus ab und saugte ihn eine Stunde lang. Die Fensterscheiben blitzten. Er stieg ein, nahm die Schachtel mit Gars Handschuhen vom Armaturenbrett, zog die Handschuhe an und machte sich pfeifend auf den Heimweg.

Christine sah ihn sich nickend an. «Du hast recht, es ist wirklich ein schöner Bus.» Sie ging rundherum. «Machen Sie eine Fahrt mit mir, Herr Busfahrer?» Willie T. küßte sie, machte die Beifahrertür auf und half ihr auf den Sitz. Sie ließ die Hand über den Kunststoff gleiten, berührte die unsichtbaren Fensterscheiben. «Der macht wirklich was her», sagte sie.

Sie fuhren den ganzen Samstagnachmittag und fast den ganzen Sonntag und testeten den Econoline. Er schlüpfte zwischen Autoschlangen vor Ampeln hindurch und wechselte die Spur, ohne den Kopf zu drehen. Christine saß mitten auf der Rückbank, und Willie T. übte das Fahren mit Fahrgästen.

Am Montag wachte er zur normalen Zeit auf und versuchte, wieder einzuschlafen, aber das war zwecklos. Er nahm eine Dusche, rasierte sich, zog sich seine beste Arbeitskleidung an, frühstückte und las dann bis neun in der Zeitung. Das Sunrise Seniorenheim lag am anderen Ende der Stadt, nur zwanzig Minuten entfernt, aber er wollte nicht zu spät kommen. Er fuhr um 9 : 15 Uhr. Christine gab ihm einen flüchtigen Kuß auf die Wange und reichte ihm sein Lunchpaket. «Fahr vorsichtig», rief sie ihm von der Tür aus nach.

Mr. Binstock, der Mann, mit dem er am Telefon gesprochen hatte, wirkte von Angesicht zu Angesicht kleiner, aber genauso höflich. Nachdem sie den Vertrag unterschrieben hatten, führte er Willie T. auf dem Heimgelände herum, zeigte ihm den Wohnbereich, die medizinischen und die Freizeiteinrichtungen. Alte Leute in zitronengelben Pullovern schlenderten über den Rasen und die von Hecken gesäumten Wege. «Unsere Bewohner», führte Mr. Binstock aus, «erhalten hier die beste Pflege, die man ihnen bieten kann. Ich verlasse mich darauf, daß Sie eine professionelle Einstellung beibehalten, und Ihr Fahrzeug muß jederzeit in tadellosem Zustand sein. Denken Sie daran, nur das Beste.» Eine Frau, die etwas vor sich hin murmelte, wankte vorbei. «Wie Sie sehen können, ist bei einigen unserer Bewohner besonderes Verständnis erforderlich. Ich denke, daß wir beide darin übereinstimmen, daß das wichtig ist. Ich glaube, Mr. Tillman, in unserem Alter sollten wir uns darüber im klaren sein, wie entscheidend dieser besondere Touch ist, meinen Sie nicht auch?»

Willie T. fiel auf, daß alle Bewohner Weiße waren. Seltsamerweise fuhr niemand im Rollstuhl, stützte sich auf ein Laufgitter oder humpelte am Stock. Sie schlenderten in ihren zueinander passenden zitronengelben Pullovern herum, und ihre braungebrannten Gesichter strahlten. Ein Country Club, dachte Willie T.

Die sechs, denen ein Pfleger in den Bus half, waren da keine Ausnahme. Er verglich ihre Namen mit einer Liste, die Mr. Binstock ihm gegeben hatte. Sie rutschten auf den Sitzen hin und her und winkten ihm, wie er im Rückspiegel sah, zur Begrüßung zu. Der Mann direkt hinter ihm legte ihm die Hand auf die Schulter und flüsterte: «Ich freue mich, daß Sie endlich da sind. Dieser verdammte Kombi hat uns völlig fertiggemacht.»

«Ja, Sir.» Willie T. lachte.

Der Pfleger schob die Tür zu, und Willie T. fuhr los. Ans Armaturenbrett geklebt zitterten die Anweisungen für das Behandlungszentrum. Am Eingangstor drückte er die Zettel ans Armaturenbrett, um sie lesen zu können. Seine Fahrgäste plauderten, ein gleichmäßiges Gemurmel, das das Trommeln des

Motors dämpfte. Er bog durch den Verkehr hindurch nach links und fuhr einen weiten Bogen. Niemand beklagte sich.

Die Fahrt dauerte eine halbe Stunde. In südlicher Richtung auf der 281 aus der Stadt hinaus, durch Prärie, zwischen Förderanlagen und Überlandleitungen hindurch; dann auf der 15 in östlicher Richtung, zusammen mit den Tanklastzügen auf dem Weg nach Enid. Sie überquerten zweimal den Cimarron River. Willie T. blieb auf der rechten Spur, mit der Tachonadel auf 55. Hinter ihm lachten und brüllten seine Fahrgäste lauter als der Fahrtwind. Vor Ausfahrten wechselte er die Spur, um die Auffahrten zu meiden.

Das Behandlungszentrum, ein Gußbetonklotz mit verspiegelten Fensterbändern, befand sich in einem Vorort von Cleo Springs. Willie T. fuhr eine kreisförmige Einfahrt entlang und hielt vor einer Gruppe von Pflegern in Uniform. Während sie den Fahrgästen hinaushalfen, zog er Gars Handschuhe aus, holte eine Karte hervor und zog die Strecke darauf mit einem Markierstift nach. Einer der Pfleger kam zu seinem Fenster herüber und sagte: «Sie sind also der neue Fahrer. Ich heiße Eddie.» Er streckte die Hand über die Karte.

«Willie T.»

«Wir dürften gegen 13 : 30 Uhr fertig sein, also holen Sie sich einen Kaffee, und seien Sie um Viertel nach wieder da, in Ordnung, Willie T.?»

Auf der Rückfahrt übergab sich einer seiner Fahrgäste, eine dicke Frau mit Haarspangen in einem hellen Orange. Willie T. sah sie im Rückspiegel, mit einem tröstenden Arm um den gebeugten Rücken. Er hielt verschreckt nach einer Ausbuchtung auf dem Seitenstreifen Ausschau, fuhr dorthin und hielt.

«Machen Sie sich keine Sorgen», sagte der Mann hinter ihm, «das ist nur Clara. Wenn wir zu Hause sind, geht's ihr wieder gut.»

Willie T. saß da und starrte sein faltiges graues Gesicht an.

«Ich kümmere mich um alles», sagte der Mann, «fahren Sie

einfach weiter.» Er zog ein Taschentuch aus der Hosentasche, erhob sich von seinem Sitz und begab sich zu der Frau. «Na los», sagte er und winkte, «fahren Sie schon.»

Während er weiterfuhr, beobachtete Willie T., wie er ein Fenster aufmachte und das Taschentuch hinauswarf. «Alles klar, Kumpel», rief der Mann mit einem Lächeln. Als er wieder auf seinem Sitz war, flüsterte er: «Ich denke, Sie sollten sich lieber einen kleinen Eimer anschaffen. Das kommt bei Clara ziemlich regelmäßig vor.»

Nachdem Willie T. an der Selbstwaschanlage den Fußboden saubergemacht hatte, kaufte er im Savemore einen Plastikeimer. Als Christine ihn fragte, wie sein Tag gewesen sei, sagte er nichts davon. «Ein Haufen reiche alte Leute», sagte er. «Das ist kinderleicht.»

Am nächsten Tag passierte es erneut, aber diesmal rettete der Eimer den Fußboden. Sie fuhren bei offenem Fenster, und auf dem Heimweg kaufte Willie T. einen Duftspender zum Aufhängen.

Abgesehen von Claras Erbrechen verlief die Woche gut. Willie T. kannte ihre Namen und wußte so viel über sie, wie sich aus ihren Gesprächen entnehmen ließ. Mr. Fergus, der Mann hinter ihm, war ihr inoffizieller Anführer. Zu seiner Rechten saß Mr. DiSilvio, und auf dem Platz direkt neben der Tür Mr. Johns. Hinter ihnen saßen die Frauen: links Mrs. Ryerson, am Fenster Miss Flynn und, bemuttert in der Mitte, Clara, das Baby.

Die Arbeitszeit war gut, die Bezahlung war gut, und die Arbeit war leicht. Jeden Tag den Eimer auszuleeren war nichts im Vergleich zu Nabisco, und obwohl er noch nicht viel gesagt hatte, dachte er, daß er sich gern mit seinen Fahrgästen unterhalten würde. Sie schienen nett zu sein. Sie hatten ihm leid getan, weil sie in einem Altenheim waren, aber sie wirkten nicht traurig, warum sollten sie ihm dann leid tun? Eigentlich fing Willie T. im Laufe der Woche an, sie zu beneiden. Er war zweiundsechzig, und bevor er diesen Job angenommen hatte, hatte er sich Sorgen übers Altern gemacht, darüber, daß er seinen Job verlieren könnte. Aber wenn er Mr. Fergus zuhörte, wenn er schilderte, wie er Gin in einer Blumenvase schmuggelte, dann vergaß er sein Alter. Oder zu sehen, wie Mrs. Ryerson und Miss Flynn Clara auf den Rücken klopften und sie beruhigten. Bei Nabisco, dachte Willie T., war mit fünfundsechzig Schluß. Es machte ihm Sorgen, daß Christine alles war, was er an Familie hatte, daß er alles war, was sie hatte. Das Wissen darum, daß es immer jemanden wie Mr. Fergus oder auch Mr. DiSilvio geben würde, ließ Willie T. besser schlafen.

Am Samstag fegte Willie T. in der Selbstwaschanlage eine Handvoll Haare aus der Tür. Er hielt sie hoch und konnte den Himmel durchscheinen sehen. «Das ist im Alter wohl so», sagte er. Das Büschel schwebte auf die Erde, und der Wind trieb es davon.

Am zweiten Montag fuhr er eine andere Strecke und wählte die hügeligen Nebenstraßen. Die Gruppe jubelte bei jeder Bodensenke oder Kurve. Jeden Tag fand er eine neue Strecke, und am Ende der Woche dirigierte Mr. Fergus sie zum Behandlungszentrum, indem er mit der Karte knisterte und Willie T. links oder rechts auf die Schulter klopfte. Mr. Johns wollte wissen, ob das Radio kaputt sei. Gedankenverloren fuhren sie zu der Musik von Benny Goodman und den Dorsey Brothers, und Mr. Johns schnipste im Takt. Beim Aussteigen sagten die Frauen: «Gute Nacht, Mr. Tillman.»

Bei Nabisco war freitags offiziell um halb sechs Schluß, aber so lange blieb niemand. Willie T. wartete vor dem Zaun, neben dem Pförtnerhaus, innerlich ganz aufgeregt. Es war wie beim Schuleschwänzen. Gegen fünf begannen die Autos, sich davonzumachen, fuhren zuerst mit hoher Geschwindigkeit und krochen dann dahin, während der Pförtner den Verkehr anhielt, um andere Arbeiter vorbeizulassen. Gar ging mitten auf der freien Einfahrtsspur, schüttelte die Lunchbox in Richtung der Wagen und rief: «Na dann, ein gutes. Okay, dir auch.» Willie T. drückte auf die Hupe, um seine Aufmerksamkeit zu erregen.

The Wildcat zogen sie Big Ed's vor, weil es dort umsonst Schweineschwarten gab und die Musikbox die alten Songs spielte. Das Bier in der erhobenen Hand, brachte Gar einen Trinkspruch auf Willie T. aus: «Auf den Millionär.» Sie stießen klirrend mit den Krügen an und tranken. «Wirklich, hört sich an wie der richtige Job für mich. Spät aufstehen, so gut wie nichts zu tun, früh Feierabend. Ja, klingt unheimlich gut.»

«Es ist, wie ich dir gesagt hab, Gar, du solltest darüber nachdenken.»

«Ja.» Er trank einen Schluck. «Ich komm ganz gut selber klar.» Er drehte den Krug in den Händen, stellte ihn hin. «Komm, laß uns ein paar Lieder spielen.»

Beim Ausfegen an jenem Samstag formte Willie T. ein Haarknäuel von der Größe einer Grapefruit. Er wischte mit den Händen über die Sitze; es blieb ein dünner Flaum daran hängen. Er zahlte fünfzig Cent für einmal Staubsaugen und machte innen alles sauber.

Nachdem er sie am Montag abgesetzt hatte, fragte er Eddie, warum so viele Haare liegenblieben.

«Das sind bloß Nebenwirkungen», sagte ihm Eddie. «Manchmal ist es noch schlimmer, und ihnen fallen auch noch die Zähne aus. Ein paar müssen kotzen. Soweit ich weiß, ist das fast so schlimm wie der Krebs. Ich meine, wo liegt der Unterschied? Keiner wird wirklich wieder richtig gesund. He, willst du dir die Klinik mal ansehen?» fragte er. «Hier gibt's verrückte Sachen.»

«Ich weiß nicht.»

«Komm schon, du kannst den Bus unbesorgt hier stehenlassen.»

«Ist schon in Ordnung. Ich brauch jetzt meinen Kaffee.»

Auf der Rückfahrt machte er Witze mit Mr. Fergus, ließ für Mr. Johns das Radio laufen und sagte zu Clara, daß alles gut sei; aber nachts im Bett konnte er nur an den Tod denken. Er wollte Christine nicht beunruhigen, also lag er wach und fürchtete sich vor dem Morgen und dem Bus, vor ihren todgeweihten lächelnden Gesichtern im Spiegel.

Während Christine sich duschte, meldete er sich telefonisch krank. Er verließ um neun die Wohnung, fuhr aber zum Verwaltungsgebäude von Woods County statt zur Arbeit und suchte am Schwarzen Brett nach Stellenangeboten. Es gab keine. Er rief beim Personalbüro von Nabisco an. Zum Schluß fuhr er noch bei Waynoka Ford vorbei und sprach mit Floyd Bannister. Nichts konnte rückgängig gemacht werden, ohne dabei Geld, den Bus oder beides zu verlieren. Er tankte an einer Tankstelle mit Selbstbedienung voll und verbrachte den Nachmittag im Bus, fuhr die unbekannten Straßen südlich der Stadt entlang.

Am nächsten Morgen fragte ihn Mr. Fergus, ob er sich besser fühle. Willie T. bejahte. In der Mittagspause kaufte er sich eine Zeitung und sah die Kleinanzeigen durch. Die Schulen suchten Fahrer, hatten aber eigene Busse. Sonst gab es nichts.

Im Lauf der Zeit wurde er immer verzweifelter. Er war sich sicher, daß einer von ihnen bald sterben würde, bloß weil er wußte, daß sie Krebs hatten. Er überflog die Kleinanzeigen und die Schwarzen Bretter auf der Suche nach der einen Stelle, die ihn von seiner Last befreien würde.

Woche um Woche fuhr er, und bald hörte er damit auf, einen anderen Job zu suchen. Nachdem der Schock nachgelassen hatte, warf er sich vor, überreagiert zu haben. Sie würden ihn noch überleben. Während sie bei ihm im Bus saßen, konnte er so denken, aber nachts kehrte die Angst zurück.

Dann begann Mr. DiSilvio dahinzuwelken. Er bekam einen Ausschlag, rostbraune Pickel, von einer Salbe bedeckt, die ihm der Arzt des Seniorenheims verschrieben hatte. An heißen Tagen durchnäßte sie sein Hemd wie Fett. Er redete weniger, und wenn, dann beklagte er sich. Mr. Fergus' Witze trafen auf Schweigen. Mr. Johns schenkte Glenn Miller keinerlei Beachtung. Die Frauen saßen wortkarg hinten, die Blicke flehend auf den Spiegel gerichtet. Er hatte Christine immer noch nichts erzählt.

Wieder Nacht. Willie T. sagte es laut vor sich hin, verschanzte sich hinter einem Schild aus Worten. Er konnte kündigen, und Nabisco würde ihn wieder einstellen. Er konnte den Bus mit Verlust verkaufen. Er konnte für die Schulen fahren und den Bus mit Verlust verkaufen. Er konnte kündigen. Sie würden einer nach dem anderen sterben, und er würde den leeren Bus zum Behandlungszentrum fahren, zu Eddie sagen: «Heute nichts» und dann wieder zurückfahren. Mr. Johns würde als letzter übrigbleiben, und seine Big Bands würden ihre Musik aus den Lautsprechern schmettern, ein Trio von Sängerinnen mit zueinander passenden Röcken und Frisuren würde sich in den Hüften wiegen, und Soldaten auf Urlaub würden mit Mädchen von der Truppenbetreuung tanzen. Das Licht vernebelt vom Zigarettenrauch, würde eine Klarinette zu Mr. Johns durchdringen, der angeschnallt auf seinem Platz sitzen und an Willie T. vorbei in die heranstürmende Dunkelheit starren würde. Die Dunkelheit, in der Willie T. mit keuchendem Atem lag.

Der Ausschlag wurde schlimmer. Die Pfleger hatten Mühe, seinen gekrümmten Körper auf den Sitz zu bekommen. Manchmal stöhnte er in der ungewohnten Stille, ein leises, qualvoll in die Länge gezogenes Ächzen. Willie T. hielt die Augen auf die Straße gerichtet.

Er machte sich Sorgen um die anderen. Mit düsteren Mienen saßen sie jeden Tag auf ihren Plätzen, während Mr. DiSilvio immer blasser wurde und sein Zustand sich verschlechterte, die Pickel sich ausbreiteten und sich wie Gletscher vereinigten. Sein Stöhnen ging in eine höhere Tonlage über und verhallte wie ein Echo. Die Salbe stank. Willie T. fuhr und stellte sie sich schlafend in ihren Betten vor, allein, das Dunkel des Sunrise Seniorenheims zerrissen von dem Summer der Schwester, dem gedämpften Laufschritt von Gummisohlen. Instrumentenkästen, Nadeln. Wenn sie aufwachten, würde das Zimmer auf der anderen

Seite des Flurs leer sein, und eine Pflegerin würde mit einem Mop durchwischen.

Am Ende von Willie T.s ersten drei Monaten ließ Mr. Binstock ihn zu einer Beurteilung in sein Büro kommen. Eine Mappe aus Manilapapier lag aufgeschlagen auf seinem Schreibtisch. Er blätterte sie durch und zeigte mit dem Radiergummi auf bestimmte Punkte. «Ja ... ja ... ja.» Willie T. saß aufrecht auf dem Stuhl und knetete Gars steife Handschuhe. Jetzt hatte er die Möglichkeit zu kündigen. Die sechs waren wohlbehalten zu Hause, der Bus wartete fluchtbereit in der Auffahrt. Er müßte sie nie wiedersehen. Oder falls Mr. Binstock ihm eine schlechte Beurteilung gab. Mr. Binstock schlug die Mappe zu. «Ausgezeichnet, Mr. Tillman, wirklich ausgezeichnet. Pünktlich, höflich, mit einem guten Blick für die Bedürfnisse unserer Bewohner. Obwohl Sie relativ unerfahren sind, geht Ihre Arbeit hier gut voran. Wir sind bereit, Ihnen eine Festanstellung hier in Sunrise anzubieten, natürlich zu einem angemessenen Lohn.» Willie T. nickte und starrte die Handschuhe an. Sie waren gekräuselt und hart wie Muschelschalen. «Ich bin mir sicher, daß Sie sich das gut überlegen wollen. Dessenungeachtet können Sie von diesem Monat an mit einem höheren Gehaltsscheck rechnen.» Er erhob sich und streckte Willie T. eine Hand entgegen.

Willie T. erhob sich und schüttelte sie. «Vielen Dank.»

«Machen Sie weiterhin so gute Arbeit.» Mr. Binstock lächelte.

An jenem Freitag waren sie zu fünft. Mr. Binstock gab Willie T. eine neue Liste der Fahrgäste. Die Pfleger halfen ihnen herein, und Willie T. fuhr los. Niemand sagte etwas. Im Spiegel sah er Mr. DiSilvios Sicherheitsgurt auf dem Kunststoffsitz liegen. Willie T. bog langsam durch den Verkehr hindurch nach links ab.

Als sie an die Kreuzung kamen, an der Mr. Fergus zum ersten Mal entschieden hatte, wo sie herfahren würden, wartete Willie T. darauf, daß er ihn auf die Schulter klopfte, aber er tat es nicht. Die Ampel sprang um, und er fuhr geradeaus weiter. Die nächste

Ampel war grün. Er fuhr langsamer, wartete darauf, daß Mr. Fergus entschied, aber wieder nichts, und er trat aufs Gaspedal. In südlicher Richtung auf der 281 aus der Stadt hinaus, über den Cimarron, dann auf der 15 in östlicher Richtung und erneut über den Fluß. Mr. Johns fragte nicht nach dem Radio.

Eddie sagte: «Das darfst du dir nicht zu Herzen nehmen. Sie kommen und gehen, und manchmal kommen sie nicht mehr zurück. Daran mußt du dich gewöhnen, sonst kannst du das Ding da gleich verkaufen.»

Auf der Rückfahrt übergab sich Clara. Willie T. hörte es, schaute aber nicht nach hinten. Die 15 nach Westen, der Fluß, die 281 nach Norden, der Fluß und nach Waynoka. Sie waren eine Weile still, und er hob den Blick zum Spiegel. Über ihren leuchtenden Pullovern hing die graue Haut schlaff herunter, sie hatten rote Tränensäcke unter den Augen, die Wangen waren narbig und voller Falten. Die Kopfhaut schien durch Mr. Johns' restliche Haare, genau wie bei Mr. Fergus. Willie T. traf seinen eigenen Blick und fuhr weiter.

Er blieb Samstag und Sonntag zu Hause und sah sich an, wie die Rangers die Yanks zweimal schlugen. Die Kleinanzeigen lagen unberührt auf dem Tisch im Eßzimmer. Er sank in seinen Polstersessel und ließ das Zählen der Strikes über sich ergehen. Er wußte, daß er das auf Dauer nicht konnte. Er würde den Bus verkaufen und wieder zu Nabisco gehen. Draußen ging der Sonntagnachmittag blutrot in den Sonntagabend über, und in den langen, ausgreifenden Schatten hing die Drohung des bevorstehenden Montags.

Am Morgen waren sie wieder zu sechst, und Mr. DiSilvios Platz war von Mr. Paulsen besetzt, einem kleinen, dicken Mann ohne Haare. Die Pfleger schnallten alle an und schoben die Tür zu, und Willie T. ließ den Econoline die Einfahrt hinunterrollen. Hinter ihm erzählte Mr. Fergus dem Neuankömmling einen schmutzigen Witz. Die Frauen kicherten unwillkürlich. «Also wirklich, Mr. Fergus», schimpfte Miss Flynn. Mr. Johns saß da und starrte ausdruckslos vor sich hin, die Hände im Schoß gefaltet. Zweimal der Fluß. Von Zeit zu Zeit blickte Willie T. hoffnungsvoll in den Spiegel. Mr. Fergus erreichte, daß die Frauen sich vorbeugten, um seine Pointe zu hören. Mr. Johns saß immer noch mit herabhängenden Schultern resigniert auf dem Platz am Gang. Mr. Paulsen johlte, die Frauen kicherten. Willie T. lenkte den Bus in die Einfahrt des Behandlungszentrums. Eine Reihe von Pflegern stand am Bordstein, die Beine gespreizt, die Hände hinter dem Rücken und die Köpfe erhoben, wie zur Inspektion. In der Spätmorgensonne glänzten ihre weißen Uniformen. Wie Engel, dachte Willie T., wie Engel in entspannter Haltung.

Während die Pfleger den sechs Patienten hinaushalfen, kam Eddie zu Willie T.s Fenster herüber. «Wie geht's, Willie T.?»

«Geht so, und dir?»

«Kann nicht klagen. Wollte nur mal sehen, wie die Sache läuft.»

«Ich komm schon klar», sagte Willie T., aber das war gelogen. Den Rest der Woche fuhren er und Mr. Johns zusammen, von den anderen durch Schweigen getrennt. Er hätte schwören können, daß er Mr. DiSilvios Salbe roch. Etwas wie Meerrettich oder Ammoniak.

Mr. Paulsen brüllte vor Lachen über die Witze von Mr. Fergus und erzählte selbst ein paar. Mr. Johns war undeutlich im Spiegel zu sehen, mit grauem Gesicht und unbeweglichem Blick. Willie T. fuhr.

Er erklärte es Christine. Sie meinte, er solle kündigen. «Das ist nicht gut», sagte sie. «Du endest noch wie sie und weißt nicht mehr, wann du lachen oder weinen sollst.» Sie unterhielten sich während des Abendessens, beim Fernsehen, beim Zubettgehen darüber. Aber Christine hatte ihre feste Zeit zum Einschlafen, und jede Nacht verstummte sie im Dunkeln, ließ Willie T. allein, überließ ihn seinen Gedanken.

Am nächsten Donnerstag bat Mr. Binstock Willie T., nach der

Rückfahrt in seinem Büro vorbeizukommen. Er klopfte an die Tür. «Ja?» sagte Mr. Binstock. Mr. Fergus saß ihm gegenüber und drehte sich um, um Willie T. zu betrachten. Mr. Binstock bedeutete ihm, Platz zu nehmen.

«Mr. Tillman», begann Mr. Binstock, «wir haben hier ein ernstes Problem. Mr. Fergus hat mich davon unterrichtet, daß Sie nicht glücklich sind. Muß ich Ihnen erst sagen, wie wichtig es für jemanden in Ihrer Stellung ist, eine zuversichtliche Stimmung zu verbreiten? Das ist ein Grund dafür, daß Mr. Fergus Ihre Gruppe begleitet – damit alle bei Laune bleiben.»

Mr. Fergus nickte Willie T. zu.

Mr. Binstock fuhr fort: «Anfangs war Ihre Arbeit gut; sogar ausgezeichnet. Aber es gab auch keinen Grund, warum das nicht so sein sollte. Jetzt, wo es am meisten auf Ihre Unterstützung ankommt, blasen Sie während Ihres Dienstes Trübsal. Verstehen Sie, was ich meine?»

«Ja, Sir, aber sie liegen im Sterben. Wie kann ich da ...»

«Mr. Tillman», unterbrach ihn Mr. Fergus, «es ist nicht Ihre Aufgabe zu verhindern, daß sie sterben, oder sich auch nur Gedanken übers Sterben zu machen. Alles, was Sie zu tun haben – was ich tue –, ist, ihnen zu helfen, das Leben noch zu genießen.»

«Sehen Sie», sagte Mr. Binstock, «wenn jemand weiß, daß er stirbt, dann kann es leicht passieren, daß er sich weigert weiterzuleben.»

«Wie Mr. Johns», setzte Mr. Fergus hinzu.

«Genau», sagte Mr. Binstock. «Und alles, was Sie in dieser Situation zu tun haben, ist, zu bekräftigen, wie schön das Leben ist. Es gibt keinen traurigeren Anblick als Menschen, die sich aufgegeben haben und nur noch warten. Wie unser Mr. Johns. Wie Sie gesehen haben, sind die anderen in keiner besseren Verfassung. Körperlich, heißt das. Geistig sind sie weitaus robuster.»

Willie T. sah Gars Handschuhe an, drehte sie in den Händen.

«Sie können viel tun», sagte Mr. Fergus und faßte Willie T. am Arm. «Fangen Sie mit dem Radio an. Reden Sie, fluchen Sie über die anderen Fahrer – irgendwas. Wir können Mr. Johns da raus-holen.»

«Einige von diesen Leuten werden sterben», sagte Mr. Binstock. «Aber sie können mehr tun als nur herumsitzen und darauf warten.» Er hielt inne und wartete auf eine Erwiderung von Willie T., dann sagte er: «Nächsten Monat werde ich Sie bitten, eine Vollzeitbeschäftigung bei uns anzunehmen. Ich hab gedacht, ich sollte Sie von unserer Einstellung in Kenntnis setzen.»

Willie T. sagte nichts.

«In Ordnung, das wäre dann alles.»

Abends erzählte Willie T. Christine beim Essen von Mr. Fergus. «Wie ein Spitzel», sagte sie. «Aber er hat wohl recht. Klingt eigentlich ziemlich vernünftig. Stell dir vor! Dadurch wärst du wichtiger als irgend so ein alter Busfahrer.»

Nachdem sie eingeschlafen war, machte Willie T. sich Gedanken darüber, was richtig war, was möglich war und was er tun würde. Am nächsten Tag wusch und saugte er den Bus vor der Arbeit. Bei der Arbeit redete er, während er fuhr, mit seinen Fahrgästen und sang zusammen mit dem Radio. Das tat er zwei Wochen lang, und mit der Hilfe von Mr. Fergus und dank der natürlichen Heiterkeit von Mr. Paulsen fand Mr. Johns wieder zu sich selbst zurück.

Aber selbst während seine Fahrgäste lachten und Witze rissen, vergaß Willie T. nie, daß sie bald sterben würden. So zu tun, als wäre alles in Ordnung, war leichter, als daran zu glauben. Christine war stolz auf ihn, Mr. Binstock war stolz auf ihn, Mr. Fergus war stolz auf ihn. Ungeachtet des Geldes wäre es dumm gewesen, gegen ihren vereinten Respekt anzukämpfen. Also fuhr er, angstvoll, skeptisch.

Manchmal, wenn im Radio ein bestimmtes Lied lief oder wenn Mr. Johns bei Ella Fitzgerald mitsummte oder Mr. Fergus die Frauen zum Kichern brachte, konnte Willie T. daran glauben. Einen unwillkürlichen Augenblick lang, der, wenn er ihm bewußt wurde, sofort verging. Er roch die Salbe, sah das Hemd, durchsichtig wie Wachspapier, die Pickel, die sich wie verschütteter Wein ausbreiteten. «Es ist alles okay», sagte er zu Eddie. «Auf der Arbeit war's gut», sagte er zu Christine. «Sieht gut aus», sagte er zu Mr. Binstock. Aber Mr. Fergus konnte er nichts vormachen.

An einem Sommertag schickte Mr. Fergus nach der Rückfahrt den Pfleger weg und blieb auf seinem Platz sitzen. «Wohin?» witzelte Willie T.

«Sie haben Angst, Mr. Tillman. Ich weiß es. Ich sehe es in Ihren Augen, höre es an Ihrer Stimme. Ich hab das schon oft gesehen, ich weiß, was ich sehe.»

«Diese Leute liegen im Sterben, und ich soll die ganze Zeit gut drauf sein?»

«Hier», sagte Mr. Fergus und schob den Arm über den Sitz. Unterhalb des Handgelenks funkelte eine rot entzündete Stelle, und darunter noch eine. Auf der Innenseite seines Ellbogens umschloß gelbe Haut dunkle blaue Flecke. «Sie brauchen keine Angst zu haben, Mr. Tillman. Niemand muß Angst haben.» Er zog den Arm zurück und rollte den Ärmel seines Sunrise-Pullovers darüber. Dann hielt er beide Hände hoch, die Finger gespreizt, und lächelte. «Sehen Sie? Alles weg.» Er zeigte Willie T. die Handflächen und Handrücken wie ein Zauberer. «Nichts, wovor man sich fürchten müßte, stimmt's?»

Willie T. schüttelte den Kopf. «Tut mir leid.»

«Nicht nötig, dafür gibt es keinen Grund. Denken Sie so darüber: Wenn man etwas kommen sieht, bereitet man sich darauf vor. Man stellt sich darauf ein. Die meisten Menschen machen sich Sorgen darüber, wann es wohl kommt. Mein Gott, das ist das, was die Hälfte der Leute hier umbringt.»

Willie T. wollte nicht mehr mit Mr. Fergus im Bus sitzen. Er dachte an die Salzmaschine und die Kaffeepause und daran, wie er mit Gar nach Hause ging. Mr. Fergus blendete sich ein und aus. Er versuchte, Willie T. etwas zu geben.

«Dann sehen wir es uns morgen an, in Ordnung? Mr. Tillman?»

«Ich will nichts haben.» Er wandte sich ab und verbarg sich hinter der Kopfstütze.

«Sie brauchen es, Mr. Tillman. Glauben Sie mir, Sie brauchen es.»

«Ich will's nicht haben, ich will gar nichts haben.»

Mr. Fergus tätschelte ihm die Schulter. «Ruhen Sie sich etwas aus. Wir unterhalten uns morgen.»

Am nächsten Tag nach der Arbeit blieb Mr. Fergus auf seinem Platz sitzen, während die anderen in ihre Zimmer zurücktapsten. «Wir können es heute oder auch morgen tun», sagte er. «Liegt ganz bei Ihnen.»

Außer bei seinen Besprechungen mit Mr. Binstock hatte Willie T. noch nie das Innere des Sunrise Seniorenheims gesehen. Er folgte Mr. Fergus durch stuckverzierte Flure, über glänzende Linoleumfußböden. Sie bogen um eine Ecke und gingen an dem geschwungenen Tresen vor dem Bereich für das Pflegepersonal vorbei. Die Zimmer standen offen, und die Bewohner saßen in Gruppen darin und spielten auf den Krankenhausbetten Karten. In einem abgedunkelten Zimmer summte eine Klimaanlage. Mr. Fergus blieb stehen, machte eine Tür auf und ließ Willie T. als ersten eintreten.

An den Wänden hingen Schwarzweißfotos von Mr. Fergus. Wie er im Frack tanzte, mit Stock und Zylinder in den fliegenden Händen. Als Landstreicher, der eine Riesenflasche schwarz gebrannten Whisky streichelt. Willie T. glaubte, den jungen Bob Hope vor sich zu haben. Während er von einer Wand zur anderen ging, durchstöberte Mr. Fergus eine schmutzige Kochnische. Harry James, Mae West, Groucho. Ein gerahmtes Theaterplakat, signiert von den Schauspielern einer Inszenierung von «South Pacific».

«Sie wußten nicht, daß ich berühmt bin, oder?» Mr. Fergus knallte eine Pappschachtel auf einen Couchtisch und winkte Willie T. herüber. «Ich verkaufe noch ab und zu einen Gag. Nur an die großen Stars, das neue Zeug geht über meinen Horizont.»

Er riß den Deckel von der Schachtel; es befand sich ein Stapel Papier darin. Mr. Fergus blätterte den Stapel durch. «Die hier hab ich nie verwendet, jedenfalls nicht richtig. Man hat seine schlüpfrigen Sachen, seine witzigen Bemerkungen und seine platten Witze, seine Abfuhren für Zwischenrufer, seine Standardwitze über Ehefrauen.» Er deutete auf die Trennkartons in allen Regenbogenfarben. «Witze über Betrunkene, Witze über Geisteskranke, Witze über New York und L. A. Sehen wir mal nach: über Fette, Häßliche, Iren – man muß auch über sich selber lachen können, stimmt's? –, Schwarze, Polen, Italiener, Juden. Man hat Sachen über die Demokraten, über die Republikaner, Hippies, Hinterwäldler, Witze über Tiere. All das hat man.»

Er tätschelte den Stapel und sah Willie T. an. «Erinnern Sie sich, jeder kann komisch sein. Wenn man fleißig genug übt, kann man wirklich komisch sein. Aber was einen Komiker zu einem Komiker macht, das ist hier drin. Weil man sich nicht über die Leute lustig machen darf. Man muß ihnen Raum geben. Ich habe erlebt, wie Leute mit tollen Sachen durchgefallen sind, nicht weil sie die Menschen nicht gekannt, sondern weil sie sie nicht gemocht haben. Und Sie mögen die Menschen, Mr. Tillman. Deshalb brauchen Sie das hier, deshalb gebe ich es Ihnen.»

Willie T. nahm die Schachtel und den Deckel und fügte sie zusammen. Mr. Fergus war für ihn eindeutig verrückt. «Vielen Dank», sagte er, klemmte sich die Schachtel unter den Arm und wich zurück. «Wir sehen uns morgen.»

Mr. Fergus folgte ihm nach draußen und rief hinter ihm her: «Vergessen Sie nicht, Mr. Tillman, es ist alles da drin.»

«Hab verstanden», rief Willie T. zurück.

Er versteckte die Schachtel in dem Wandschrank im Schlafzimmer unter einem Paar alter Stiefel.

In den darauffolgenden Wochen schien es Mr. Fergus gutzugehen. Er erzählte seine Witze und lachte über die von Mr. Paulsen, schlug auf die Rückseite von Willie T.s Sitz, wenn Mr. Johns sang. Er gab eine eingehende Schilderung davon, wie Clara sich übergab und zog Mrs. Ryerson und Miss Flynn wegen ihrer neuen Sommerperücken auf. Aber Willie T. wußte, daß er nicht mehr lange hatte. Seine Ärmel reichten ihm bis zu den Handgelenken, und der Gestank der Salbe wurde so stark, daß Willie T. selbst an den seltenen kühlen Morgen die Fenster offenließ.

Bald mußte der Pfleger ihn vom Sitz heben und zur Tür hinaustragen. Er kam jeden Morgen ganz früh, damit die anderen es nicht sahen, und wenn sie gingen, blieb er auf seinem Platz sitzen und unterhielt sich mit Willie T., bis der Pfleger den Rollstuhl an den Bordstein schob. Er sprach von seiner Kindheit, seinen Erlebnissen als junger Mann, seiner Karriere, seinen Ehen. Geschichten sprudelten aus ihm hervor. Willie T. versuchte, kein Urteil zu fällen. Als Mr. Fergus schwächer wurde, schlossen seine Erzählungen sein ganzes Leben ein. Im einen Augenblick sprach er von den Kais in Brooklyn und im nächsten von dem verdorbenen Essen in der Cafeteria. Er wiederholte bestimmte Episoden und vergaß wichtige Einzelheiten, und doch schien er sich zu konzentrieren, sich zu verbessern, so als wäre jede neue Version die letzte und müßte vollkommen sein. Willie T. unterbrach ihn nie. Er sagte sich, daß die Dringlichkeit in Mr. Fergus' Stimme nur natürlich war.

Und an einem Augustmorgen waren sie wieder zu fünft. Sie überquerten schweigend den Fluß in südlicher Richtung, dann in östlicher Richtung. Er erzählte Eddie, wie tapfer Mr. Fergus gewesen war.

Nach dem Abendessen überließ Christine Willie T. sich selbst. Er saß in seinem Polstersessel und trank Bier, schenkte dem Fernseher keinerlei Beachtung und war zur Schlafenszeit betrunken. Christine schaltete alle Lichter aus und fragte: «Kommst du?»

«Später.»

Das Bier war warm und schmeckte säuerlich. Er hing im Sessel, und die blauen Gespenster aus dem Fernseher sausten die

Wände entlang. Er ging in die Küche, um sich noch ein Bier zu holen, kam zurück und sah dabei zu, wie die Zimmerdecke verschwamm. Es war zwei Uhr, als er die letzte Flasche ausgetrunken hatte, die Nationalhymne war längst abgespielt, der Bildschirm ein greller Fleck aus verschwommenen Testbildern.

Barfuß schlich er ins dunkle Schlafzimmer. Die Tür des Wandschranks quietschte. Er wühlte sich durch Stiefel und Schuhe bis zu der Schachtel. Im Wohnzimmer blitzte das grelle Licht des Fernsehers wie ein Sommergewitter über die Wände. Er knipste den Lichtschalter im Badezimmer an, stellte die Schachtel auf die Toilette und setzte sich auf den Rand der Badewanne. Ein grobkörniger Mr. Fergus lächelte zu ihm auf. Willie T. nahm das erste Blatt aus der Schachtel, hielt es übers Waschbecken und fing an zu lesen. Im Spiegel bewegten sich seine Lippen, seine Stimme war leise in der kalten, gekachelten Nacht, und er murmelte vor sich hin wie bei einem Gebet.